À demi-mot

Du même auteur
aux Éditions J'ai lu

À huis clos
Jeu de patience
Jeu d'innocence
Jeu d'indulgence
Jeu d'imprudence
Jeu d'attirance

Numérique
Éternellement
Chanceux

Lux
1 – Obsidienne
1.5 – Oubli
2 – Onyx
3 – Opale
4 – Origine
5 – Opposition

Obsession

JENNIFER L.

ARMENTROUT

À demi-mot

Traduit de l'anglais (États-Unis)
par Paola Appelius

J'AI LU

Titre original
SCORCHED

Éditeur original
Spencer Hill Contemporary, an imprint of Spencer Hill Press

Je dédie cette histoire à mes lectrices, qui l'ont rendue possible, et à tous ceux qui ont su surmonter les moments sombres de la vie.

Chapitre 1

Andrea

C'était à tous les coups le truc le plus débile dans lequel j'aie sérieusement envisagé de me fourrer. Ce qui n'est pas peu dire, car depuis vingt-deux ans que je traîne ma carcasse sur la planète Terre, j'ai commis mon lot de bêtises, et je vous jure que je n'exagère pas.

À l'âge de six ans, j'ai planté une fourchette dans le grille-pain de mon grand-père pour décoincer ma biscotte à la framboise – et je savais sûrement déjà que ce n'était pas malin. J'ai fini aux urgences et le cher homme a frisé la crise cardiaque. Il n'a d'ailleurs plus jamais voulu me garder après ça. À dix ans, je me suis laissé convaincre par mon frère Broderick – mon aîné d'à peine plus d'un an – que c'était trop génial et sans aucun danger de plonger dans la piscine depuis le toit de la véranda. Résultat des courses : une jambe cassée et Brody privé de sortie tout l'été.

Toutes mes bêtises ne se sont pas terminées à l'hôpital, mais n'étaient pas plus fines pour autant. À quatorze ans, je me suis mis en tête de faire le tour du pâté de maisons avec la voiture de mes parents. Hélas pour moi, j'étais tellement excitée à l'idée de faire un truc défendu que j'ai oublié d'ouvrir la porte du garage et je suis carrément passée *au travers.*

Avec leur nouvelle Mercedes flambant neuve.

Plus tard, je suis sortie avec Jonah Banks, le quaterback vedette du lycée, ce qui n'était pas en soi une mauvaise chose, sauf que le mec était persuadé – et ça m'étonnerait que ça ait changé – que le soleil tourne autour de la Terre. Pour faire comme tout le monde, je lui ai offert ma virginité, ce que j'ai aussitôt regretté. Toutes ces acrobaties à l'arrière de son pick-up ne valaient certainement pas la douleur déchirante et l'impression bizarre qui en ont résulté, et ça m'a littéralement fait suer.

Et aujourd'hui encore, je commençais à penser qu'avoir troqué mes études de médecine pour le professorat à la rentrée prochaine était loin d'être l'idée du siècle parce que, *merdum cubitum*, je rempilais pour quatre ans et quand je serais *enfin* diplômée, je croulerais sous les dettes jusqu'à la troisième génération. Sans compter que mes parents étaient encore sous le choc de cette dernière décision, qu'ils désapprouvaient forcément. Ils étaient tous les deux médecins et Brody, lui-même inscrit en médecine, perpétuait la tradition familiale en bon fils qu'il était.

Mais devenir docteur... c'était le rêve de mes parents. Pas le mien.

C'est en voyant Kyler, le copain de ma meilleure amie, changer d'orientation l'année dernière que j'ai eu le courage d'en faire autant. Ce que je m'étais bien gardée de lui dire. Ni à lui ni à qui que ce soit, d'ailleurs.

Bref. Ma dernière bêtise en date, et certainement pas des moindres, avait été de me laisser aller à succomber au charme de Tanner Hammond. Parce que je savais totalement, et je dis bien *totalement*, à quoi m'attendre. Depuis le premier jour où nos chemins s'étaient croisés, j'avais reconnu Tanner pour ce qu'il était : un coureur de jupons dans toute sa splendeur. Il faut dire que j'avais un frère qui ne savait plus où donner de la tête – et d'autre chose – en matière de nanas. Et Tanner ne valait pas mieux.

Un vrai queutard.

Et j'étais encore sur le point de prendre une décision calamiteuse. Alors que je regardais Sydney Bell au fond de ses beaux yeux bleus, j'étais parfaitement incapable de dire non à ma meilleure amie.

Bon, techniquement, c'était possible, je lui avais déjà dit non un million de fois, mais dans cette situation particulière c'était carrément impossible. Parce que ça voulait dire que je resterais coincée ici sans mes amis, et que rien ne me rendait plus dingue que de me retrouver en tête à tête avec moi-même.

— Allez… implorait-elle, ses petites mains jointes, en sautillant sur place, ce qui faisait onduler son épaisse queue-de-cheval de cheveux noirs.

Tout chez Syd était taille zéro. À côté d'elle, j'avais l'impression d'être une géante des montagnes – une femelle yeti au poil roux.

— Allez… Je te promets qu'on va s'éclater. Et c'est la dernière fois qu'on pourra passer un moment ensemble. L'été est bientôt terminé. Kyler fera sa rentrée à l'école vétérinaire et mes cours de dernière année vont me prendre tout mon temps.

Et moi, je continuerai à glander en licence, comme la grosse débile bonne à rien que j'étais en train de devenir.

Je me laissai tomber au bord du lit de l'appartement qu'elle partageait désormais avec Kyler, m'efforçant de ne pas penser à toutes les galipettes impudiques que ces deux-là avaient faites dedans. Ni au constat déprimant que tous mes amis étaient en couple, tout près d'obtenir leur diplôme ou d'entrer dans la vie active pendant que moi… je faisais du surplace.

J'étais à la ramasse.

Et j'avais beau changer tout le temps d'avis sur presque tout, j'étais encore et toujours à la ramasse.

— Mais on parle d'un chalet dans la forêt en Virginie-Occidentale, dis-je en écartant ces pensées envahissantes avant qu'elles ne deviennent ingérables. Comme au début de tous les films d'horreur bourrés de cannibales.

Syd plissa les yeux.

— Ça ne t'a jamais empêchée de venir au chalet de Snowshoe.

— Parce qu'il est situé dans une zone touristique, alors que celui-là est au beau milieu de nulle part, répliquai-je. Et tu as peut-être oublié ce qui s'est passé la dernière fois que tu es allée à Snowshoe ? Tu t'es retrouvée bloquée par une tempête de neige et tu as subi les attaques d'un fou furieux.

Elle balaya mon objection d'un revers de la main.

— C'était un cas exceptionnel.

Sa belle désinvolture avait été gagnée de haute lutte, mais ils avaient quand même jeté leur dévolu sur une autre baraque plutôt que de retourner dans le chalet de la famille de Kyler. Honnêtement, je doutais que Syd y remette un jour les pieds.

— Et la maison qu'on a louée est juste à côté de Seneca Rocks, ce n'est pas si isolé. Tu ne risques pas de croiser un monstre suceur de sang ou une horde d'extraterrestres.

Je m'étranglai de rire, grognant comme un goret.

— Je pensais plutôt à un péquenaud des alpages à six doigts.

Syd croisa les bras sur sa poitrine d'un air exaspéré.

— Andrea…

Je levai les yeux au ciel en poussant un soupir.

— D'accord. Ça ne court pas les rues.

Et pour tout dire, j'avais toujours trouvé très beaux les paysages de Virginie-Occidentale chaque fois que j'y étais allée.

— Le chalet est entièrement équipé et c'est la super classe. Six chambres. Jacuzzi et piscine.

Se dirigeant vers la commode en merisier, Syd entreprit de classer par couleurs les bracelets qui y étaient éparpillés. Ma BFF était une véritable obsédée du rangement.

— On passera une semaine paradisiaque.

Je haussai un sourcil dubitatif. De mon point de vue, le paradis, c'était plutôt se prélasser sur une île du Pacifique, une margarita géante à la main, mais qu'est-ce que j'y connaissais ?

— Et la maison est assez grande pour que tu ne t'aperçoives même pas de la présence de Tanner, ajouta Syd en me coulant un sourire entendu par-dessus son épaule. Si c'est ce que tu veux. Mais rien ne t'oblige à le fuir.

— Mais toi, tu étais *obligée* de l'inviter aussi, bien sûr ?

Incapable de tenir en place, je me levai d'un bond et dépassai Sydney en direction de la salle de bains – ridiculement bien rangée avec ses tapis de sol outremer assortis à l'abattant des toilettes. Beurk. Les couples. Je me penchai au-dessus du lavabo pour me regarder dans la glace. Flûte. Mon eye-liner avait coulé. Pourquoi Syd ne m'avait rien dit ?

— Ce n'est pas *moi* qui l'ai invité, répondit-elle depuis la chambre. C'est Kyler. Est-ce que c'est vraiment un problème ? Je croyais que vous aviez fait la paix.

Je m'essuyai le dessous des yeux et laissai retomber mes mains sur la porcelaine fraîche de la vasque en soupirant.

— On a fait la paix *pour l'instant*, mais rien ne prouve que ce sera le cas demain, la semaine prochaine ou dans une heure. Ce mec est une vraie girouette.

Aucune réponse ne me parvint cette fois de la pièce voisine.

Je me haussai sur la pointe des pieds pour me rapprocher du miroir et jurai entre mes dents. C'était bien un bouton, sur mon menton ?! Et un bien gros, en plus.

Je tordis mes lèvres dépourvues de maquillage. Je ne sortirais donc jamais de la phase adolescente boutonneuse ?

— Et puis d'abord, qu'est-ce que Kyler lui trouve ? Tanner est aussi passionnant qu'une séance d'épilation des sourcils. Puisqu'on en parle...

Je me reculai, fronçant le nez.

— Mes sourcils ressemblent à des chenilles, Syd. Deux grosses chenilles poilues.

Syd se racla la gorge.

— Euh... Andrea...

— Rectification.

Reprenant appui sur mes pieds, je lissai du plat de la main les boucles de ma tignasse qui me balayaient les épaules. Mes cheveux, d'un auburn soutenu à la lumière normale, paraissaient d'un roux éclatant sous le soleil. Syd trouvait que je ressemblais à Nicole Kidman période pré-Tom Cruise, taches de rousseur en bonus.

— Je préférerais m'épiler les poils du menton que de passer une semaine avec Tanner. Et pourquoi est-ce qu'on a des poils au menton, tu peux me le dire ? Non, ne réponds pas à cette question. Tu vas me sortir une explication rationnelle, et je suis allergique à la raison en ce moment.

— Andrea...

— Bref, j'aimerais encore mieux m'épiler n'importe quelle partie du corps. *Merde.*

Ouais. Je montais sur mes grands chevaux, comme chaque fois que je pensais à Tanner.

— Tu sais ce que m'a dit ce crétin quand vous m'avez laissée tomber dans le parc le soir du feu d'artifice ? Et pas besoin de demander ce que vous faisiez derrière ces arbres, bande de pervers, enchaînai-je, sentant ma colère revenir au galop au souvenir des paroles de Tanner. Il m'a dit que je picolais trop. Alors qu'il avait une bière à la main. C'est ce qu'on appelle faire deux poids deux mesures ou je ne m'y connais pas. Et puis, si je picole, c'est pour ne pas lui balancer un coup de pied dans les parties.

— Très chic.

Je me raidis, les yeux écarquillés en reconnaissant une voix beaucoup trop grave pour appartenir à Syd, sauf si elle m'avait caché un très, très lourd secret. Deux taches roses s'épanouirent sur mes joues et je fis volte-face en direction de la porte ouverte de la salle de bains.

C'était la voix de Kyler, et s'il était rentré, il y avait de fortes chances qu'il ne soit pas seul, ce qui signifiait...

Et merde...

Le visage brûlant et sûrement aussi rouge que mes cheveux, j'envisageai brièvement la possibilité de me planquer derrière le rideau de douche, mais cela aurait été lâche et vraiment trop tordu. Me résignant à sortir de la salle de bains, j'eus la confirmation que j'aurais mille fois mieux fait de fermer ma grande bouche.

Kyler Quinn était bien dans la chambre, un bras musclé glissé autour des minces épaules de Syd. En voyant les joues enflammées de cette dernière, j'en déduisis qu'il avait dû faire bon usage de sa bouche et de ses mains pour leurs retrouvailles. Ce mec était très doué pour faire plusieurs choses à la fois. Dans l'immédiat, il me dévisageait avec un sourire jusqu'aux oreilles qui le faisait ressembler à un chat venant de dévorer un plein cageot de souris. Kyler était canon. Avec ses cheveux châtains en bataille et son sourire de prince charmant, il faisait la paire avec Syd, qui m'avait toujours fait penser à une Blanche-Neige en chair et en os.

Le couple que formaient Sydney et Kyler me donnait envie de gerber des arcs-en-ciel en mode *Mon petit poney*.

Toute leur histoire était un conte de fées, du genre dont rêvent toutes les petites filles – et dont je rêvais toujours plus ou moins, ce qui était triste et pathétique.

Ils étaient des amis d'enfance, secrètement amoureux l'un de l'autre jusqu'à l'année dernière où ils s'étaient finalement déclaré leur flamme alors qu'ils étaient bloqués tous les deux par une tempête de neige au chalet de Snowshoe. Depuis, ils ne faisaient plus un pas l'un sans l'autre, et j'étais très heureuse pour eux – même si j'étais un peu jalouse. Ces deux-là avaient mérité que leur histoire se finisse bien.

Quant au queutard adossé au cadre de la porte, c'était une autre histoire.

Mon regard se posa sur Tanner Hammond. Ce mec-là n'était pas canon. Oh non. *Canon* était un mot trop faible pour qualifier son mètre quatre-vingt-cinq de braise ambulante fait de bras musculeux, tablettes de chocolat et torse puissant assortis de hanches étroites et d'un petit cul hyper gaulé que j'aurais pu lorgner *ad vitam aeternam*. Ses magnifiques yeux bleus aussi clairs et brillants que des saphirs, toujours mi-clos et sensuels, semblaient faits pour l'amour. Des traits presque parfaits avec ses pommettes saillantes et une lèvre inférieure légèrement plus pulpeuse, le nez délicatement accidenté par une fracture bien antérieure à notre rencontre.

J'avais d'habitude une préférence pour les garçons aux cheveux un peu plus longs, mais il portait divinement la coupe en brosse. Un jour que j'étais... disons éméchée, je m'étais mis en tête de lui passer une main sur le crâne. Sans aucun doute une autre de mes idées tordues, mais j'avais cru mourir sur place au contact à la fois doux et piquant de ses cheveux contre ma paume.

Voluptueux comme une caresse.

La première fois que j'avais vu Tanner, ma langue était pratiquement sortie de ma bouche et j'avais bavé jusqu'au sol. Lui, bien sûr, ne m'avait pas remarquée. Kyler et Syd croyaient que notre première rencontre datait seulement d'un ou deux ans, mais ils avaient tout faux. Je connaissais

Tanner depuis ma première année de fac. Cette année-là, nous avions deux cours en commun et j'avais totalement craqué sur lui – j'en étais tombée raide dingue et ça avait duré jusqu'à la fin du premier semestre.

Tanner haussa un sourcil.

— Je maintiens ce que j'ai dit : tu picoles trop.

Mes poings se serrèrent et je pris une brusque inspiration.

— On t'a pas sonné, docteur Freud.

— Tout ce que je dis, c'est que je t'ai vue vomir plus souvent qu'un urgentiste en pleine épidémie de gastro, ajouta-t-il sèchement.

La veine sur ma tempe se mit à pulser et je vis Kyler piquer du nez, dissimulant mal un sourire.

— Oh. Tu veux dire autant de fois que tu t'es tapé de filles cette semaine.

Ses lèvres s'incurvèrent en un demi-sourire – que j'aurais trouvé méga sexy si je n'avais pas eu envie de le lui faire ravaler.

— Tu dois avoir raison. Non, attends. Je crois que j'ai honoré une fille de plus que de fois où tu as vomi, si on veut tenir les comptes.

— Les gens… murmura Syd.

Carrant les épaules, je me préparai pour le cinq millionième round de cette joute verbale.

— Tu as donc dû choper des champignons *et* une blennorragie rien que ce week-end, non ?

Il haussa une épaule en me jetant un regard nonchalant.

— Autant de chances que pour toi d'avoir gerbé sur les genoux de ton petit copain.

Je me sentis rougir. Cela m'était arrivé. Une fois. Pas beau à voir.

— Tu sais quoi ? Va donc te faire…

Tanner se décolla du mur et se tourna vers Syd et Kyler.

— Elle vient au chalet ? Je vais devoir emporter une combinaison de survie.

J'allais le frapper. Sérieux. Lui coller mon poing dans l'estomac pile quand il prendrait son inspiration.

S'efforçant de garder son calme, Syd me regarda.

— Je ne sais pas. J'essayais de la convaincre avant que vous arriviez, mais j'ai comme l'impression que j'ai perdu mon temps.

Elle bombarda Tanner d'un regard noir, auquel il répondit par un sourire.

— Pas de problème en ce qui me concerne.

Après une tape sur l'épaule de Kyler, il repartit dans le couloir.

— Je pourrais inviter Brooke.

J'en restai bouche bée. Brooke Page ? Cette blondasse à airbags qui avait besoin d'une calculette pour compter jusqu'à cent ?

— Pas question que tu invites Brooke, soupira Syd.

Tanner gloussa.

— Mandie, alors ?

Un gargouillement étouffé s'échappa de la gorge de Kyler.

Je levai les yeux au ciel. Là, il devenait carrément lourdingue.

— Tu as un goût très sûr en matière de filles, à ce que je vois.

Avec un regard en coin par-dessus son épaule, il me fit un clin d'œil.

— Mais ces deux-là, au moins, ne sont pas des gosses de riches gâtées pourries qui ont besoin de papounet pour connaître le solde de leur compte en banque.

— Je ne suis pas une gosse de riches gâtée pourrie ! hurlai-je, et Syd s'intéressa soudain à un truc au plafond.

Bon, d'accord. Mes parents étant des chirurgiens esthétiques réputés, ils étaient pétés de thunes. L'appartement où je vivais était payé rubis sur l'ongle par papa et maman. Comme tout ce qu'il contenait, et la voiture – une bonne vieille Lexus – que je conduisais, mais ce n'était pas parce que ma famille était riche que j'étais forcément gâtée pourrie. Mes parents n'hésitaient pas à comptabiliser tout ce qu'ils avaient dépensé pour moi et à me faire comprendre que rien ne m'était dû – ils m'avaient même obligée à payer les frais d'université maintenant que j'avais changé de matière, et les emprunts que j'avais dû contracter commençaient à peser bonbon.

— Et je sais faire mes comptes, contrairement à Brooke et Mandie.

— Que tu dis, répliqua-t-il en s'éloignant vers la cuisine.

Je le suivis comme une furie, sans prêter attention au sifflement agacé de Syd.

— C'est quoi, ton problème, Tanner ? Tu ne veux pas que je vienne au chalet ?

— Tu veux vraiment une réponse, Andy ? me lança-t-il sans s'arrêter.

Son interpellation provoqua chez moi un rictus. Je détestais ce surnom. Ça me donnait l'impression d'être un type bourré de testostérone avec des épaules de lutteur... et je n'étais déjà pas un modèle réduit. Sans me laisser le temps de répondre, Tanner me porta le coup de grâce.

— On est vendredi soir, tu ne devrais pas être fin saoule à l'heure qu'il est ?

— Ha ha.

Pour dire la vérité, j'étais généralement bien allumée à cette heure-là le vendredi soir, mais Syd avait décidé aujourd'hui de cocooner avec Kyler et le reste de nos potes étaient tous partis.

Pas question d'aller au chalet.

À peine mon cerveau eut-il formulé cette pensée qu'une boule de panique me vrilla l'estomac, et ma gorge s'assécha. Si je n'y allais pas, je resterais... coincée là, sans autre compagnie que moi-même. Et si j'étais toute seule, je n'aurais plus qu'à me pieuter et… à broyer du noir, et si je n'arrivais pas à dormir, je me mettrais à cogiter.

Et ce genre d'activité ne m'apportait jamais rien de bon.

Il fallait que j'aille au chalet.

Je m'immobilisai à l'entrée de la cuisine et me retournai vers la chambre, où étaient toujours Syd et Kyler.

— Vous avez prévu de partir quand ?

— La semaine prochaine.

Syd s'avança dans le couloir. Elle avait les cheveux ébouriffés, sa queue-de-cheval défaite. Bon Dieu. Kyler ne perdait pas de temps.

— Nous partirons lundi matin.

— Mmm.

Je me tournai vers Tanner avec un sourire radieux.

— Eh bien, puisque je suis une gosse de riches gâtée pourrie, je n'ai pas besoin de demander des jours à mon patron. Je suis libre comme l'air la semaine prochaine.

Tanner ouvrit le frigo de Kyler et en sortit une bière, qu'il décapsula et leva vers moi. Des rubans de buée glacée s'échappèrent du goulot.

— Eh bien, puisque je n'ai pas de problème avec l'alcool, j'ai le droit de boire ça.

— Je n'ai pas de problème avec l'alcool, trouduc.

Il but lentement une longue rasade au goulot, une hanche calée contre le comptoir.

— Tu sais, on dit que le premier pas vers la guérison, c'est de reconnaître qu'on a un problème.

Une nouvelle fois, je hoquetai et je sentis mes joues s'embraser. Tanner et moi, on était comme chien et chat, c'était une évidence, mais pour une étrange raison, ma gorge se noua et mes yeux s'embuèrent alors que je le regardais boire. Un sentiment désagréable avait pris racine au creux de mon ventre et déployait lentement ses tentacules telles les branches d'un arbre – du genre qui ne donne que des fruits amers.

Je n'avais *pas* de problème avec l'alcool.

Tanner reposa sa bouteille. À l'instant où nos regards se croisèrent, le sourire s'effaça de son beau visage. Il fronça les sourcils et il ouvrit la bouche, mais je me tournai brusquement vers Syd, à qui je m'adressai d'une voix rauque.

— Tu peux compter sur moi.

Tanner

Oups. Merde.

Je regardai Andrea se diriger vers le salon d'une démarche raide. Elle ondulait généralement des hanches comme personne, et sa rigidité en disait long. Ce truc débile qu'il y avait entre nous était allé trop loin. Je me rendis compte que je l'avais blessée, mais je n'avais pourtant rien dit d'inhabituel.

Ma main se referma sur le goulot de ma bouteille. Bon Dieu de merde, c'était quoi, le problème d'Andrea Walter ? Je n'en avais pas la moindre idée. Sérieux. Je ne pigeais pas. Une seconde, sa belle bouche boudeuse déversait une cascade de mots doux, la seconde d'après elle crachait le feu comme un dragon sorti de l'enfer – un dragon très séduisant, mais un dragon quand même. Elle s'embrasait à la moindre étincelle.

La faute à son tempérament de rouquine ?

Un petit sourire moqueur étira un coin de mes lèvres.

Elle se comportait toujours comme ça avec moi, et le plus vicieux dans l'affaire, c'est qu'une partie de moi attendait avec impatience ce qui sortirait de sa bouche. Complètement tordu. C'était comme un jeu entre nous, à qui frapperait le plus fort sans lever le petit doigt. Je trouvais ça très stimulant – du moins jusqu'à tout à l'heure. Maintenant, je commençais à me poser des questions.

Ses beaux yeux de biche m'avaient paru étrangement brillants juste avant qu'elle ne les détourne, et... ça me mettait mal à l'aise.

Kyler me lança un regard entendu quand il passa à côté de moi pour prendre lui aussi une bière dans le frigo, mais je n'avais d'yeux que pour Andrea, assise au bord du canapé dans une posture inhabituellement crispée.

Sydney se pencha sur l'accoudoir.

— On comptait partir tôt, vers 6 heures du matin.

J'observai Andrea, attendant une repartie cinglante, du genre qu'il n'était pas question qu'elle se lève aux aurores, mais elle resta étrangement silencieuse. Je me raidis moi aussi.

— Ce qui nous ferait arriver au chalet entre 9 et 10 heures, selon la circulation.

Kyler se planta à côté de moi pour décapsuler sa bouteille.

— Et on rentrera le lundi suivant.

— C'est bon pour moi.

Je regardais toujours Andrea, qui rattachait les lanières de ses sandales.

Sydney leva les yeux sur moi avec un sourire amical.

— Tu n'es pas d'astreinte à la caserne ?

Je secouai la tête. J'étais un pompier volontaire, mais Kyler m'avait prévenu depuis plusieurs semaines qu'il voulait aller au chalet avant la rentrée et j'avais posé des vacances. Ça voulait dire que je devrais doubler mes gardes au retour, mais ça m'était égal. Ça ne me changerait pas beaucoup des services de douze heures qu'on faisait d'habitude, et ça ne durerait de toute façon que jusqu'en février, date de mon départ pour l'académie de police. Je n'étais pas pressé de quitter les pompiers, mais j'avais la vocation de flic dans la peau. Et je voulais surtout être un *bon* flic. Je reprendrais sans doute du service à la caserne une fois que je connaîtrais mon emploi du temps dans les forces de l'ordre.

— Le mieux serait de ne prendre qu'une voiture, continua Sydney, entortillant une mèche de cheveux autour de ses doigts. Kyler et moi, on peut passer vous prendre tous les deux.

Andrea se tourna vers Sydney pour protester contre cette idée de covoiturage et je m'éloignai, la surveillant du coin de l'œil, ma bière au bout des doigts.

Bon sang... c'était une très jolie fille. Non, elle était plus que jolie, et ce n'était pas la première fois que je m'en apercevais. Depuis le premier jour où je l'avais vue dans ce bar avec Sydney, elle m'avait fait forte impression. Il suffisait d'avoir des yeux pour se rendre compte qu'elle était magnifique. Une bouche pulpeuse, des taches de rousseur et une épaisse frange de cils sombres. Elle me rappelait une fille dont j'étais amoureux à l'école primaire. Je ne me souvenais plus de son nom, mais c'était aussi une rouquine au minois constellé de taches de rousseur. Je passais mon temps à lui tirer les tresses ou une autre bêtise tout aussi puérile. Mes lèvres s'incurvèrent en un petit sourire tandis que j'y portais le goulot de ma bouteille. Andrea, quant à elle, était une fille explosive, pas du genre à se laisser dompter aussi facilement.

Ouais, pas le genre de fille qu'on avait *envie* de dompter.

Elle sortait avec des garçons, mais ne restait jamais très longtemps avec eux. Peu de mecs étaient à la hauteur. En fait, je ne voyais personne. À part moi. J'aurais été parfaitement capable de la prendre en main si je l'avais voulu.

Je n'avais pourtant pas essayé. Les relations sur la durée n'étaient pas mon truc à l'époque, mais les choses changent. La vie est ainsi faite. Je n'étais plus autant intéressé par les coups d'un soir que je l'étais encore un an ou deux plus tôt, même si Andrea semblait penser que ma chambre était aussi fréquentée qu'un quai de métro. Putain. Cela faisait plusieurs mois que je n'avais ramené personne chez moi et que je ne m'étais pas réveillé dans un lit qui n'était pas le mien.

Dès le premier soir, j'avais su qu'Andrea n'était pas comme les autres filles. Je l'avais draguée, plus que partant pour une partie de jambes en l'air, mais elle m'avait regardé droit dans les yeux et m'avait ri au nez en déclarant que je pouvais toujours rêver.

Ce qui, bien sûr, n'avait fait qu'attiser mon intérêt.

Au début, j'avais pris ça pour un défi, et puis j'avais compris qu'elle ne jouait pas avec moi et qu'elle était sérieuse. Cela n'avait diminué en rien mon attirance pour elle, mais j'étais complètement largué quand il s'agissait de savoir ce qu'elle éprouvait à mon égard.

Je suppose qu'entre-temps elle avait retrouvé son sang-froid, car elle s'était levée et ramenait une boucle rousse derrière son oreille.

— Bon, je m'en vais.

Elle tourna vers moi ses foutus grands yeux bruns, qui s'attardèrent quelques secondes avant de poursuivre leur chemin, et que je sois pendu si elle n'avait pas l'air piquée au vif. Elle contourna le canapé, ramassa un sac aussi gros qu'une petite voiture sur la chaise à côté de la porte.

— Je rentre me saouler dans mon loft de richarde financé par le trust familial et finir la soirée en gerbant partout sur mes sacs Louis Vuitton.

J'écarquillai les yeux, mais pour une raison qui m'échappait, je m'abstins de riposter. Je ne prononçai pas un mot tout le temps qu'elle prit congé de Kyler et de Syd et jusqu'à ce qu'elle s'en aille. Je crois que j'aurais pourtant mieux fait. Une drôle de sensation au creux de l'estomac me soufflait qu'une bonne repartie aurait été la bienvenue.

— Je vais... euh... lui parler.

Sydney fit le tour du canapé, le temps de déposer un baiser rapide sur les lèvres de Kyler et de me taper sur le bras, puis elle fila.

— Je reviens tout de suite.

Quand la porte se referma pour la seconde fois, je regardai Kyler, qui haussa un sourcil.

— Bon, finit-il par dire. Je crois que tu as vraiment énervé Andrea cette fois.

— Ouais.

Je secouai la tête, un peu paumé, et je me tournai vers la porte. Merde.

Kyler me lança un regard appuyé et s'adossa au mur, les chevilles croisées.

— Qu'est-ce qu'il y a entre vous ? Sérieux ? À croire que vous avez fricoté ensemble par le passé et que les choses ont mal tourné.

J'émis un ricanement bref.

— Arrête tes conneries, tu sais très bien qu'il ne s'est rien passé.

Il haussa de nouveau un sourcil et porta le goulot de sa bouteille à sa bouche.

— Ou peut-être que tu ne me l'as pas dit.

Je poussai un grognement.

— Syd est persuadée que vous avez fait un truc et que vous voulez garder le secret.

Une grimace me déforma la bouche.

— C'est Andrea qui lui a dit ça ?

Il secoua la tête.

— Non. Juste la théorie de Syd.

— Sa théorie est fausse.

— Je ne comprends pas ce qu'Andrea a contre toi, ajouta-t-il au bout d'un moment.

— Moi non plus. Je ne sais vraiment pas, murmurai-je en buvant une gorgée de ma bière, les yeux toujours fixés sur la porte. Mais tu sais quoi ? Je le saurai bientôt.

Chapitre 2

Andrea

La musique pulsait au-dessus de moi, comme un battement haletant en rythme avec celui de mon cœur. J'étais en nage et j'avais la gorge sèche, mais je me sentais bien – non, *super bien*. Une impression de liberté et de légèreté, la tête délicieusement vide. Les bras levés, je renversai la tête en arrière et souris.

Je ne savais même pas quel était le morceau, sans doute un de ceux que je n'aurais pas assumé d'avoir dans la playlist de mon iPhone, mais je m'en fichais complètement. Ce soir, tout était parfait.

— Hé, feula une voix masculine derrière moi.

Comment s'appelait-il, déjà ? Jason ? Jim ? Jarvis ? Big Jim ? Je pouffai. Le type en question me rabaissa le bras droit.

— Tu vas te renverser ça dessus.

Au bout de mes doigts pendouillait un verre à cocktail, encore à moitié plein. Je l'avais complètement oublié. C'était un truc fruité, sucré et délicieux. Happant la paille, j'aspirai joyeusement la boisson alcoolisée tout en ondulant des hanches au diapason de la musique. Je fermai de nouveau les yeux et me laissai glisser dans un bienheureux oubli. J'avais besoin de ça à cause de… tout ce bazar – ce qui s'était passé hier soir dans l'appartement de Syd et Kyler, ce que Tanner m'avait dit et la discussion que j'avais eue ensuite avec Sydney dehors.

« Il ne pensait pas à mal, avait-elle dit. Je crois qu'il est juste inquiet. Nous le sommes tous… »

Un malaise prit naissance au creux de mon ventre. Inquiets ? Pourquoi seraient-ils inquiets ? Il n'y avait pas de quoi et je secouai la tête, faisant voler mes cheveux. Je ne voulais plus y penser.

Mais des bribes de cette conversation que nous avions eue près de ma voiture remontaient à mon cerveau embrumé.

« Le mois dernier, tu as passé une semaine entière sans parler à personne. »

J'avais des choses à faire.

« Tu t'es vraiment mise dans un sale état la dernière fois qu'on est sortis. C'était flippant. Ça m'a fait flipper. »

Elle exagérait carrément.

« Tu ne connaissais même pas le mec avec qui tu es partie. »

Je ne voulais pas repenser à ce type ni à cette soirée.

De grandes mains se posèrent sur mes hanches et je sentis un souffle chaud et poisseux contre ma joue. L'odeur de bière me submergea, accentuant mon malaise.

— Tu es vraiment bandante.

Je fronçai les sourcils. Pendant quelques secondes, je ne savais plus qui était ce type. Lui aussi, je l'avais oublié. Je détournai la tête et ouvris les yeux.

— C'est quoi, ton nom, déjà ?

Il ne parut pas vexé par ma question. Il éclata de rire et ses mains me serrèrent plus fort.

— Tu peux m'appeler comme tu voudras, répondit-il.

Malgré le brouillard qui m'enfumait l'esprit, je connaissais ce genre de mecs. Il se fichait comme d'une guigne que je puisse prononcer son nom. La seule chose qui l'intéressait, c'était ses chances de me ramener chez lui. J'aurais pu m'endormir sur lui comme une masse que ça ne l'aurait même pas gêné. Il ne connaissait sûrement pas non plus mon nom, et n'en avait rien à cirer. Il ne cherchait pas une fille avec qui se projeter dans l'avenir au-delà d'une partie de jambes en l'air.

Les mains qui étaient posées sur mes hanches glissèrent vers l'avant et il crocheta ses pouces dans les passants de mon jean. Je portai mon verre à mes lèvres. Vide. Relevant la tête, je regardai autour de moi, cherchant le bar. Je le vis presque tout de suite et mes poumons se vidèrent de l'air qu'ils contenaient.

Tanner était assis à l'une des hautes tables rondes. Kyler et Syd l'accompagnaient, mais ils n'avaient d'yeux que l'un pour l'autre. Quant à Tanner, c'est moi qu'il regardait. Son regard azur était braqué sur moi et il semblait agacé – et même carrément furieux. Je sentis mes joues s'enflammer, et je voulus détourner la tête, mais j'en fus incapable.

Une fille s'approcha de leur table. Je la connaissais. Je crois. Plutôt jolie, des cheveux blonds méchés de rose, et elle avait dû faire de gros efforts pour rentrer dans le jean slim hyper moulant qu'elle portait. Elle fondit sur Tanner et se planta devant lui. Il leva la tête vers elle et son air furibond s'effaça de son beau visage, remplacé par un sourire cool et accueillant – le genre de sourire qui m'était si rarement destiné.

— J'ai besoin d'un autre verre, dis-je en détournant la tête.

Mais c'était trop tard. Le sourire de Tanner restait gravé dans ma mémoire. Un demi-sourire si craquant, comme s'il ne souriait pas encore vraiment, mais qu'il était content.

— Ouais ?

Machin-Truc-Chose m'attira de dos contre lui.

— Je vais t'en chercher un, si tu veux.

Proposition parfaite pour plusieurs raisons. Principalement parce que j'avais envie d'un verre, mais je voulais aussi qu'il me lâche la grappe. Sauf que le mec était relou. Il ne me lâcha pas. Ses lèvres sèches effleurèrent ma joue tandis qu'il se frottait contre mes fesses et je sentis son érection.

OK. Ce type-là commençait à me courir. Je n'étais pas encore bourrée à ce point.

Je fis un pas en avant pour tenter de me libérer. Je parvins à m'éloigner de lui de quelques centimètres avant qu'il ne me plaque à nouveau contre lui. Je rebondis contre son torse, manquant lâcher mon verre.

— Où tu vas comme ça ? On s'amuse bien, tous les deux.

— Pas moi.

Je pivotai sur moi-même et lui saisis le poignet de ma main libre. J'y enfonçai mes ongles.

— Bas les pattes.

— Quoi ?

Il postillonnait et mon estomac se souleva un peu plus.

— On est juste en train de danser. Allez. Laisse-toi aller.

— Je ne connais même pas ton nom, m'entendis-je dire, ce qui me parut complètement débile considérant que je m'en fichais éperdument quelques minutes plus tôt. Et tu ne sais pas non plus comment je m'appelle.

— Est-ce vraiment nécessaire ?

Je m'écartai brusquement sur le côté comme quelqu'un – un autre couple – venait de nous percuter, mais je me figeai à ces paroles, qui tournaient en boucle dans ma tête. Soudain, j'avais envie qu'il me dise autre chose. Qu'il dise qu'il voulait connaître mon nom – me connaître *moi*. J'étais prête à parier que Tanner connaissait le nom de la fille qui lui parlait.

Minable.

C'était totalement nul.

Tanner

Mon pied s'agitait sur le sol poisseux à une vitesse supersonique. Combien de temps serais-je encore capable de rester assis là à regarder Andrea faire ses conneries ?

Je l'avais trouvée bizarre quand elle s'était pointée au bar. Elle n'avait pas ouvert la bouche et m'avait lancé des regards à la dérobée. Presque timidement. Je m'étais demandé si elle avait bu avant de venir, mais je préférais lui laisser le bénéfice du doute. Elle n'était pas assez stupide pour prendre le volant en état d'ivresse. Oui, elle aimait faire la fête et se mettre la tête à l'envers, mais ce n'était pas un danger public. Elle s'était cependant mise à picoler dès son arrivée et n'avait pas ralenti depuis. J'avais perdu le compte des verres qu'elle avait descendus.

C'était parti pour une de ses soirées démentes.

Même si ça me démangeait, je m'étais retenu et j'étais resté assis à la table quand elle avait déclaré vouloir danser. Syd l'avait rejointe sur la piste pour un moment, mais était revenue toute seule et Andrea était maintenant en train de se donner en spectacle.

Bon Dieu de merde, tous les mecs non accompagnés avaient les yeux braqués sur elle. Nous étions comme des missiles à infrarouge quand il s'agissait de détecter les nanas bandantes, et c'était une cible toute désignée.

Ses cheveux auburn volaient dans tous les sens alors qu'elle ondulait des hanches au son de la musique rock, les bras levés au-dessus de la tête. Ses joues joliment échauffées luisaient d'une fine pellicule de sueur. Son tee-shirt noir était relevé, dévoilant une bande de peau claire au-dessus de la ceinture de son jean – ce foutu jean qui épousait parfaitement les courbes de son cul en forme de cœur. Et moi, je restais planté là les bras croisés – incapable de bouger ou de détourner les yeux, comme tous les autres mâles dans ce bar. Je me sentais soudain à l'étroit dans mon propre jean.

Quand un grand abruti dégingandé était venu se frotter contre elle, je ne m'étais pas levé, mais je m'étais penché en avant, soudain très attentif. C'est à ce moment-là que j'avais compris que je bavais depuis le début de la soirée devant la seule nana plus susceptible de me briser les couilles que de les caresser. Un sentiment nouveau était en train de se frayer un chemin en moi. Rien à voir avec le désir sexuel – davantage un besoin de marquer mon territoire en pissant autour d'Andrea comme un homme des cavernes. De toute ma vie, je n'avais jamais rien éprouvé de pareil et j'étais totalement largué.

Le grand connard l'attrapa par les hanches.

Mes yeux se plissèrent tandis qu'une bouffée de rage irrationnelle m'envahissait. Bordel de merde, pourquoi laissait-elle ce type la tripoter ? Il avait une gueule d'abruti et elle méritait beaucoup mieux que ça.

Je perçus un mouvement sur ma droite et relevai la tête, surpris de reconnaître Lea Nacker qui s'avançait vers moi. Elle me sourit en ne jetant qu'un regard rapide à Kyler et Sydney.

— Salut, dit-elle de cet accent traînant caractéristique du Sud. Je ne t'ai pas vu de tout l'été. Je pensais que tu étais parti.

— Non. Je bossais. Et toi ?

Elle ramena une longue mèche de cheveux blonds et roses derrière son oreille.

— Pareil. Il me reste encore un semestre à Maryland. Toi, tu as terminé, non ?

— Ouais.

Je jetai un regard rapide sur la piste de danse et ravalai un juron. Le grand connard avait glissé ses mains à un endroit qui ne me plaisait pas du tout. Andrea était-elle trop bourrée pour se rendre compte de ce qu'il faisait ?

Parce que j'étais certain qu'elle ne s'abaisserait pas à fricoter avec une merde comme lui dans son état normal.

— Eh bien, si tu es toujours dans le coin, passe-moi un coup de fil, dit Lea, et je ramenai mon attention sur elle.

Il me fallut quelques secondes pour comprendre ce qu'elle disait – ce qu'elle me proposait.

— Si c'est toi, je répondrai, ajouta-t-elle avec un petit sourire adorable.

Merde. Il ne manquait plus que ça.

Lea et moi étions sortis ensemble à plusieurs reprises ces dernières années. Rien de sérieux, et j'aurais normalement sauté sur l'occasion dans un futur très proche, mais je n'étais soudain plus du tout intéressé. Si je n'avais pas bandé de façon inappropriée quelques minutes plus tôt, j'aurais pu croire que mon engin n'était plus en état de fonctionner.

Un peu gêné, je m'obligeai à lui sourire parce qu'on avait pris du bon temps ensemble et que c'était une fille très chouette.

— OK.

Lea s'apprêtait à répondre, mais mon attention fut de nouveau attirée vers la piste de danse et je me fichai soudain de cette conversation et de toutes les règles de politesse. Le grand connard avait plaqué Andrea contre lui, ce qu'elle n'appréciait visiblement pas. Mon sang ne fit qu'un tour.

— Je reviens, annonçai-je aux deux tourtereaux qui partageaient ma table.

Kyler haussa un sourcil surpris sans rien dire ; je crois qu'il avait compris. Je me levai, saluai Lea de la tête et traversai la salle sans même me retourner.

Alors que j'approchais des danseurs, j'entendis Andrea lancer : « Et tu ne sais pas non plus comment je m'appelle. »

Sa voix était légèrement pâteuse et je sentis mes épaules se crisper.

— Est-ce vraiment nécessaire ? répliqua le type.

Mon ventre se noua et je tressaillis. Arrivant par-derrière, je posai lourdement une main sur l'épaule du connard. Il lâcha Andrea et je la vis tituber, puis se ressaisir. Nos regards se croisèrent brièvement. Le sien était vitreux, et ma colère monta d'un cran.

— Ouais, avant de tripoter une fille, on lui demande son nom, dis-je en resserrant ma prise pour le tirer brutalement en arrière.

Avant qu'il puisse réagir, je m'interposai entre Andrea et lui.

— Mais là, ce ne sera pas la peine. Tu peux t'épargner cet effort. Cette fille-là n'est pas pour toi.

Le grand connard fit mine de s'avancer vers moi, mais mon expression le fit changer d'avis. Il détourna les yeux.

— T'es qui, toi ? Son mec ?

Je faillis lui rire au nez, mais Andrea s'était assez fait insulter pour la soirée, même si elle ne le savait pas.

— Ouais. Et tu as intérêt à dégager si tu ne veux pas que je te foute dehors moi-même.

— Tanner…

La main d'Andrea se posa sur mes reins, mais je gardai le type à l'œil.

Tendu, j'attendis la réaction du connard, mais il leva une main et se contenta d'un geste de mépris avant de tourner les talons. Je ne pus m'empêcher de m'esclaffer en le voyant battre en retraite. Ce type était un abruti, mais il avait encore du bon sens. À vue de nez, je battais sa carcasse efflanquée d'une bonne dizaine de kilos de muscles.

Andrea retira sa main de mon dos et je pris une profonde inspiration avant de me tourner vers elle. Ce qui était une bonne précaution, parce que mon souffle resta bloqué dans ma poitrine – ce qui la foutait mal. Qu'est-ce qu'il m'arrivait ? À croire que mes couilles avaient été remplacées par des ovaires. Pas impossible.

Andrea me regardait, ses lèvres pulpeuses entrouvertes, ses grands yeux bruns écarquillés pleins de tant de mélancolie que j'eus envie de la prendre dans mes bras. Je sentis à peine que quelqu'un me rentrait dedans tandis que je me dirigeais vers elle. Ses lèvres s'agitèrent et elle prononça une phrase que je n'entendis pas.

— Quoi ?

— Tu ne me souris jamais, répéta-t-elle plus fort et je clignai les yeux.

Ses épaules se soulevèrent comme elle poussait un grand soupir, et mon envie s'accrut de la serrer contre moi.

— Andy, dis-je en secouant la tête. Je passe mon temps à te sourire.

— Non. Pas vraiment.

Elle leva son verre vide et le contempla.

— Ce type avait les mains baladeuses.

— Oui, on peut dire ça.

Je ne voulais pas parler de ce connard, et j'aurais aimé effacer la tristesse de sa voix. Glissant la main sur son poignet gracile, je lui pris le verre des mains.

— Viens.

Comme de bien entendu, elle freina des quatre fers.

— Mais j'ai envie de danser.

Je haussai un sourcil en la contournant, m'étirant à bout de bras sans lui lâcher la main pour poser son verre vide sur le comptoir.

— Tu en es sûre ?

Elle pencha la tête sur le côté et fronça les sourcils.

— Oui.

Libérant sa main de la mienne, elle leva les bras en l'air et se mit à tournoyer. Elle perdit l'équilibre et tituba sur le côté en direction des gars qui attendaient au bar d'être servis. Oh, tout ça allait mal se terminer. Plongeant en avant, je la rattrapai par la taille avant qu'elle pique du nez contre le dos d'un des types.

Le rire d'Andrea était communicatif et un peu inquiétant quand elle se laissa aller contre moi. Elle posa ses mains sur mes avant-bras et se mit à onduler contre moi. Je serrai les dents alors qu'un élan de désir jaillissait en moi.

À nouveau cette satanée érection malvenue.

Bon Dieu, ma queue tressauta dans mon pantalon quand je me reculai.

— Andy, grognai-je d'une voix rauque. Qu'est-ce que tu fais ?

Elle pencha la tête sur le côté, les yeux fermés, et me sourit.

— Je danse, et tu es sur mon chemin.

C'était la pure vérité.

Environ cinq secondes plus tard, elle se servait de moi comme d'une barre de pole dance.

Elle se tourna vers moi, posa ses mains sur ma poitrine et descendit tout doucement sur mes abdos. Je sursautai, la bouche sèche, tandis qu'elle atteignait la ceinture de mon jean, les yeux dissimulés derrière une épaisse frange de cils. Mon sexe palpita violemment.

J'avais envie de la laisser faire, de voir jusqu'où elle irait. J'en avais vraiment très envie, et elle était si proche, pratiquement à genoux, me regardant dans les yeux, les doigts tout près de ma braguette.

Bon Dieu, je l'agrippai par les poignets avant que ça ne dégénère et de devenir l'un de ces types que je ne supportais pas. Je la relevai et m'efforçai de ne pas sourire quand elle fit la grimace.

— Je te ramène à la maison, lui dis-je.

Elle haussa un sourcil cuivré.

— Waouh... on en est déjà là ?

Je refusai de prêter attention à la part de moi que ces mots titillaient.

— Stop.

— Stop ou encore ? répondit-elle, puis elle renversa la tête en arrière et éclata de rire comme si tout cela avait un sens. Je ne suis pas sûre de vouloir aller chez toi.

— Ça tombe bien.

Je lui passai un bras autour des épaules avant qu'elle puisse m'échapper.

— Parce que c'est chez toi que je t'emmène.

Sa bouche se tordit comme si elle ne comprenait pas bien et j'en profitai pour la guider vers Kyler et Sydney. Ils nous regardaient tous les deux d'un air entendu. Je leur lançai un regard noir tout en ouvrant la bouche, mais Andrea me devança.

— Il veut rentrer chez moi, gloussa-t-elle en m'entraînant dans une danse. C'est du rentre-dedans ou quoi ?

Qu'est-ce que c'était encore que ça ? Je la pris par la main avec une grimace, et les yeux de Sydney s'agrandirent d'horreur.

— On peut la raccompagner.

— Vous deux, vous passez un bon moment, protestai-je. Rien ne vous oblige à partir.

Sydney haussa un sourcil dubitatif.

— Oh oh.

— Ouais, parce que ça serait trop bizarre.

Andrea cessa de danser, mais balança nos mains comme si nous étions un couple, et je m'efforçai de ne pas trouver ce geste mignon.

— Je vous adore, mais quatre, ça fait un peu beaucoup. On dirait un truc échangiste.

Sydney s'étouffa dans son verre.

— Je n'ai rien contre les échangistes, attention, pépia joyeusement Andrea. Mais je ne suis pas en couple, alors ce ne serait pas de l'échangisme. Ce serait plutôt une orgie, et je n'ai pas trop envie de vous voir tous les deux à poil.

J'en restai sans voix.

Kyler mit une main sur sa bouche et murmura :

— Là, on est d'accord.

Andrea hocha la tête avec sérieux, puis se tourna vers moi, sans cesser de balancer nos bras.

— Est-ce qu'on part tout de suite ? Parce que je boirais bien un dernier verre.

— On s'en va, déclarai-je.

Elle soupira.

— T'es vraiment pas marrant, espèce de constipé qui fait dans son froc.

— Alors là, je ne sais plus quoi dire, avouai-je.

Andrea leva les yeux au ciel.

Jaillissant de son siège comme un ressort, Sydney prit le sac d'Andrea et le lui glissa à l'épaule, puis elle la serra brièvement dans ses bras.

— Avec n'importe qui d'autre, je ne la laisserais pas partir, mais j'ai confiance en toi. Arrange-toi pour que je ne le regrette pas.

J'éprouvai un élan de culpabilité, car mes pensées n'étaient pas totalement innocentes au sujet d'Andrea, surtout si elle me faisait une autre petite danse.

— Ne t'inquiète pas. Il ne lui arrivera rien.

— T'as intérêt, me lança Sydney comme un avertissement, sacrément menaçante pour un aussi petit gabarit.

— Hé ho, les gens, je suis là, dit Andrea, qui souleva ses cheveux de sa main libre. Peut-être que je n'ai pas envie qu'il ne m'arrive rien. Peut-être que j'ai envie de vivre dangereusement.

Sydney poussa un soupir.

— Non, tu n'en as pas envie.

— Peut-être que j'ai envie d'aller sur mon compte Grindr, déclara-t-elle.

Je fronçai les sourcils.

— Quoi ?

— Sauf que tu *n'as pas* de compte Grindr, répondit Sydney.

Andrea plissa les yeux, ce qui lui donna l'air de loucher un peu.

— Qu'est-ce que tu en sais ?

— Alors ça, c'est la meilleure, dit Kyler.

— Grindr est fait pour les mecs gays, pour autant que je sache, expliqua Sydney en secouant la tête. Je ne pense pas que tu aies le profil.

Andrea battit des paupières.

— Je voulais dire Tinder.

— Tu n'as pas non plus de compte Tinder, répondis-je.

Elle me sourit d'un air innocent et j'eus soudain envie d'inonder son portable, et le monde entier avec, d'essence et d'urine et d'y mettre le feu. Il était temps que je la ramène chez elle, et cela me prit un temps fou. Elle était comme un oiseau-mouche imbibé d'alcool, sautant d'une chose à l'autre sans prévenir, et quand je parvins enfin à la faire rentrer chez elle, j'étais totalement épuisé.

Andrea, elle, disposait apparemment d'une source d'énergie inépuisable. Elle posa son sac par terre, se débarrassa de ses chaussures à talons et fila comme un bolide vers la cuisine. Elle cherchait sûrement quelque chose à boire, et ce ne serait pas de l'eau. Je ramassai son sac, que je posai sur une chaise, y rangeai son trousseau de clés, puis je l'interceptai.

Je plaçai mes mains sur ses épaules et la fis pivoter en direction de l'étroit couloir.

— Et si tu allais plutôt au lit ?

Elle se balança sur ses pieds nus, son sourire plissant la peau autour de ses yeux.

— Bon Dieu, Tanner, t'es un rapide.

Une nouvelle fois, des pensées déplacées bombardèrent mon cerveau.

— Allons, Andy. Tu sais très bien que ce n'est pas pour ça que je suis là.

— Ah non ? demanda-t-elle, s'éloignant de moi en dansant.

Elle recula dans le couloir, ses mains virevoltant vers le bas de son tee-shirt. Elle risquait de trébucher et de se rompre le cou.

— Moi, je ne sais pas pourquoi tu es là.

Tandis que je la suivais, mes yeux se posèrent sur ses seins qui tendaient le tissu, et j'eus toutes les peines du monde à m'en arracher.

— Je t'ai raccompagnée chez toi.

— Sans dec.

Elle s'arrêta à côté de la porte de sa chambre et s'adossa au mur. Un éclair de peau nue était exposé alors qu'elle triturait toujours le bas de son tee-shirt.

— C'est trop nul.

Et elle passa à l'attaque.

Je sentis mon dos se raidir comme si on m'avait versé de l'acier liquide dans la colonne vertébrale.

Bon Dieu, l'image qui s'offrait à mes yeux était presque irrésistible. Légèrement cambrée, les yeux mi-clos, elle souleva lentement le bas de son tee-shirt. À chaque inspiration, ses seins se soulevaient. Ils devaient être extraordinaires, parce que s'ils étaient déjà aussi beaux sous ses vêtements, ça devait être quelque chose une fois libérés. Pressant sa nuque contre le mur, elle s'humecta les lèvres.

Mon membre bondit instantanément.

— Andy...

— Tanner... dit-elle sur le même ton.

Je ravalai un grognement, sur le qui-vive quand elle se décolla brusquement du mur. Elle tanguait légèrement sur ses pieds tout en me dévisageant.

— Qu'est-ce que tu fais ? m'alarmai-je.

— Rien du tout.

Ben voyons. J'étais soudain partagé entre une immense lassitude et une tout autre émotion quand elle se mordit sensuellement la lèvre inférieure.

— Je peux te poser une question ? demanda-t-elle.

— Bien sûr.

Ma voix était devenue rauque.

Elle inclina la tête sur le côté et battit des cils.

— Pourquoi on n'a jamais couché ensemble ?

— Quoi ?

J'espérais vraiment que j'avais mal compris.

— Je t'intimide ?

Andrea se rapprocha de quelques centimètres.

— Ou tu n'es qu'un crétin ?

— Waouh. Tu sais parler aux hommes.

Ses lèvres s'étirèrent en un sourire qui s'effaça tout aussi vite.

— Tu n'as pas envie de... ?

— Arrête-toi là, la coupai-je, plus brutalement que je n'en avais eu l'intention.

J'eus l'impression de voir un ballon de baudruche se dégonfler. Ses épaules s'affaissèrent, elle posa les mains sur ses cuisses moulées dans son jean et baissa la tête avec un haussement d'épaules.

— OK. J'ai compris.

Elle me présenta son profil, le regard tourné vers la porte, et releva légèrement la tête.

— Je suis bien arrivée chez moi. Tu... tu peux t'en aller maintenant.

— Andy, je...

Que pouvais-je dire ? Que j'avais envie de cogner quelque chose parce qu'elle me faisait des avances seulement quand elle était bourrée ? Et parce qu'une fois qu'elle aurait dessaoulé je pouvais m'attendre à un coup de poignard plutôt qu'à ses sourires ?

Elle s'immobilisa. Ses cils se relevèrent et elle planta ses yeux dans les miens. Son sourire était anémique, si différent de ses airs provocants de tout à l'heure.

— Pas de problème.

Ma langue restait collée au fond de mon palais. Je ne savais pas quoi faire. Puis elle plaqua de nouveau ses mains sur mon torse. J'aurais eu tout le temps de l'arrêter, mais je la laissai faire. Pas de quoi être fier, mais mes pensées n'étaient plus rationnelles. Elle se haussa sur la pointe des pieds, remontant ses mains sur mes épaules, puis posa sa bouche sur la mienne. Un effleurement léger et rapide. Ses lèvres avaient un goût sucré et alcoolisé, mais sa bouche était chaude et douce contre la mienne.

Ce simple baiser me fit un effet bœuf et je me sentis tout chose. Au point que quand elle s'éloigna et entra dans sa chambre, dont elle referma à moitié la porte, je restai cinq minutes sans bouger. Sérieux. Je crois que je suis vraiment resté scotché pendant cinq bonnes minutes, comme un sombre crétin qui bandait pour une fille tellement bourrée qu'elle ne pouvait pas rentrer chez elle toute seule.

Mais elle venait de m'embrasser.

Mais elle m'avait embrassé parce qu'elle était bourrée, ce qui annulait tout.

— Merde, marmonnai-je en me passant une main sur le crâne, sans quitter sa porte des yeux.

J'avais presque envie de m'enfuir en courant, mais j'étais encore sous le choc. Il fallait que je m'assure qu'elle allait bien. C'est en tout cas l'excuse que j'avais trouvée pour pousser cette fichue porte.

La lumière était allumée, éclairant sa chambre d'un halo doré. Andrea était sur son lit, allongée sur les couvertures, à moitié à plat ventre. Je ne pouvais pas la laisser comme ça. Je m'approchai du lit et lui soulevai doucement les jambes pour les glisser sous la couette, puis je déplaçai son corps en position latérale de sécurité. Je pris ensuite l'un de ses longs traversins, que je calai contre son dos pour qu'elle ne risque pas de rouler dans son sommeil au cas où elle vomirait.

— Tu as changé d'avis ? marmonna-t-elle.

J'émis un ricanement bref tout en remontant la couette sur elle.

— Non, Andy.

Elle poussa un profond soupir et je la regardai. Ses épais cils auburn assombrissaient ses joues.

— Arrête de m'appeler comme ça... ducon.

Un autre petit rire m'échappa. Elle était encore capable de m'insulter. Ça voulait dire que je l'avais vue dans des états bien pires.

— Toujours aussi distinguée.

Pas de réponse. Elle s'était endormie. Un étrange sourire attendri étira mes lèvres tandis que je la contemplais.

— Je fermerai à clé en partant, dis-je, même si je savais qu'elle ne m'entendait plus.

Je tendis une main hésitante vers la lampe. Ce n'était pas la première fois que je la mettais au lit, mais là... Bah, c'était toujours la même chose, sauf que la dernière fois elle ne m'avait pas reproché de ne jamais lui sourire et elle ne m'avait pas embrassé.

Ses lèvres roses s'entrouvrirent tandis qu'elle s'agitait un peu, comme si elle voulait rouler sur le dos mais n'y parvenait pas. Sous la couette, elle se roula en boule et je sentis... un curieux pincement au cœur. Comme si on m'étreignait la poitrine. Ce n'était pas forcément désagréable, seulement déstabilisant, et je ne savais pas quoi penser.

Je n'avais jamais su quoi penser à propos d'Andrea – depuis la première fois que je l'avais rencontrée dans un bar près de l'université, où elle était avec Sydney. Elle m'avait tout de suite tapé dans l'œil. Bordel. Cheveux roux, lèvres pulpeuses, un cul à se damner. Elle m'avait lancé un regard, avait ouvert la bouche et j'avais vite fait de comprendre qu'elle n'avait pas la langue dans sa poche.

Et qu'elle ne m'aimait pas.

Oh, je lui plaisais physiquement. De ça, j'étais certain. J'avais perçu ses regards quand elle croyait que je ne la voyais pas, mais je n'étais jamais allé plus loin. Et je ne savais pas pourquoi cela avait changé.

Mais merde, c'était le cas.

Ses cheveux avaient glissé sur ses joues constellées de taches de rousseur et je tendis la main sans réfléchir pour lui dégager le visage. Le contact de sa peau douce me fit l'effet d'une décharge électrique et je reculai vivement. Je la regardai, le souffle court. Bon sang, j'avais envie de la toucher, vraiment envie. Envie à en crever. Ça me démangeait de repousser cette couette pour voir si ses seins arrogants étaient aussi doux que ses joues. Et ses cuisses ?

Il me fut plus difficile que je ne l'aurais cru de repousser ces pensées malsaines. Me détournant du lit, je repérai une petite poubelle, dont je m'emparai pour la placer à côté de son lit. Je me rendis ensuite dans la cuisine, y remplis un verre d'eau, puis je revins dans sa chambre et le posai sur la table de nuit. Elle aurait soif quand elle se réveillerait. Elle aurait sûrement aussi une migraine carabinée.

Je n'avais plus vraiment de raisons de m'attarder, mais je m'inquiétais pour elle – elle avait vraiment beaucoup bu. Si elle était malade au milieu de la nuit, il n'y aurait personne pour s'occuper d'elle. Je faillis appeler Kyler pour qu'il me passe Sydney, mais je finis par poser mes fesses au fond d'un fauteuil argenté au ras du sol, mais étonnamment confortable. Il y avait une valise posée à côté.

Je suis finalement resté assis là pendant plusieurs heures, jusqu'à ce que les premières lueurs de l'aube apparaissent derrière les rideaux, jusqu'à ce que je sois quasi certain qu'elle ne vomirait pas, et que je m'aperçoive avec stupeur que j'avais passé toute la nuit à son chevet comme une sorte d'infirmière, ce que je n'avais jamais fait pour personne – et n'aurais jamais pensé faire avant. Malgré mon épuisement et mon dos en compote quand je me relevai, comme accablé par bien plus d'années que mes vingt-trois printemps, je savais que cela signifiait quelque chose. Forcément. Quoi ? Ça, je l'ignorais encore.

Chapitre 3

Andrea

Je tentai de feuilleter les pages du dernier *US Weekly*, mais j'abandonnai rapidement et jetai le magazine sur le coussin beige à côté de moi. Mon regard se posa sur les plantes en pot devant la fenêtre assombrie, sur la télé, et je poussai un profond soupir.

Les dimanches soir n'étaient plus ce qu'ils étaient sans *The Walking Dead*.

Je m'ennuyais à mourir et j'étais agitée. M'extrayant du canapé confortable, je franchis la courte distance qui me séparait de ma chambre. Mon appartement était une sorte de loft converti en deux-pièces. Chaque pièce était assez grande, plus spacieuse que dans la plupart des logements d'étudiants, et j'étais vraiment reconnaissante à mes parents de me l'avoir acheté l'année de ma licence. Je n'avais pas à me préoccuper de payer mon loyer. Quoi qu'en pensent certains, j'étais consciente de la chance que j'avais.

Je m'immobilisai et contemplai la couette grise et blanche en boule sur mon lit que je n'avais pas refait après m'être levée au milieu de l'après-midi et avoir passé le reste de la journée à soigner une gueule de bois mémorable. De la soirée de la veille, je me souvenais d'un défilé de cocktails au rhum et à la tequila. Je me rappelais vaguement de la piste de danse et de mains baladeuses, et que Tanner m'avait raccompagnée en voiture, mais c'était le trou noir à partir du moment où il avait garé son pick-up dans le parking. Je supposais qu'il m'avait ramenée chez moi et mise au lit, parce que j'avais trouvé un verre d'eau sur ma table de nuit, ce qui ne me ressemblait pas.

Bon sang, il fallait que j'arrête de picoler.

Je regardai autour de moi. Qu'est-ce que j'étais venue faire ? Je n'en avais plus la moindre idée. Ma valise, prête pour le départ au chalet le lendemain matin, était posée à côté du grand fauteuil rond en rotin garni d'un coussin argenté près de ma coiffeuse. Ça, c'était moi – je préparais toujours mes bagages *plusieurs jours* à l'avance.

Poussant un autre gros soupir, je restai plantée là quelques minutes avant de faire demi-tour en direction de la cuisine. Je m'arrêtai cette fois devant mon frigo. Acier inoxydable. Double porte. Mes parents avaient choisi des appareils ménagers dernier cri, ce qui se faisait de mieux, mais je ne voyais que les traces de doigts qui en maculaient la porte et la poignée.

Lorsque j'ouvris la porte, le cliquetis des bouteilles s'entrechoquant les unes contre les autres me fit frissonner. Elles semblaient me chanter une chanson à boire. Six bouteilles de bière à la pomme me tendaient les bras.

Mes doigts se crispèrent malgré moi sur la poignée de la porte et je m'accroupis, mon autre main filant tout droit pour en prendre une. *Tu picoles trop*. Je respirai un grand coup et fermai les yeux. Je ne buvais pas tant que ça. Seulement à l'occasion, comme la moitié des Américains. Je *n'avais pas* de problème avec l'alcool.

Mais ça viendra, me murmura une petite voix insidieuse et dérangeante.

Je jetai finalement mon dévolu sur un soda et refermai la porte, refusant de prêter attention au cliquetis alléchant qui hantait mes pas. Je regagnai le salon et ouvris la cannette. Je m'appuyai contre le dossier de mon canapé, mon soda à la main, tentant de reconstituer les images confuses de la veille, mais je savais que c'était futile. Ce n'était pas une perte de mémoire ou un vrai trou noir, mais je ne me rappelais pas les détails, ce qui était différent. Je me dandinai d'un pied sur l'autre, soudain mal à l'aise.

J'éprouvai un serrement au cœur. Tanner ferait des gorges chaudes de cette soirée. Ce n'était pas la première fois qu'il me raccompagnait chez moi, mais j'avais l'impression qu'il s'était passé quelque chose. Pourvu que je ne l'aie pas injurié. Ou pire, je l'avais peut-être dragué. Ou encore essayé de lui caresser les cheveux. Mon Dieu, si c'était le cas, ce serait carrément gênant. Fermant très fort les yeux, je m'obligeai à respirer plusieurs fois lentement à fond jusqu'à ce que la pression diminue dans ma cage thoracique.

Le temps passa. Je ne sais pas combien de temps je suis restée là sans bouger, mais il n'était même pas 21 h 30 quand je jetai un coup d'œil à la pendule murale fluorescente. Je me traînai jusqu'à la cuisine, posai ma cannette sur le comptoir et ouvris le placard au-dessus du micro-ondes.

Toute ma pharmacie était sens dessus dessous.

Antihistaminiques. Imodium. Alka Seltzer. Des médicaments pour le rhume. Quelques fioles de somnifères y étaient disséminées et je pris la plus proche. Les petites gélules bleu et vert s'entrechoquèrent dans le flacon quand je le pris. Elles ne m'aidaient pas vraiment à dormir davantage, mais moins d'une demi-heure après en avoir gobé une, j'étais dans les bras de Morphée ou complètement dans les vapes. Ce n'était pas le cas de tout le monde

– mon médecin m'avait expliqué que chacun répondait différemment aux hypnotiques. Pour moi, une seule dose était suffisante pour achever la journée qui venait de s'écouler et foncer tête baissée vers la suivante.

Qui, je l'espérais, serait un jour meilleur.

Je dévissai le couvercle avec un sourire las et prélevai une gélule, que je fourrai dans ma bouche et avalai avec ce qui restait… d'un Pepsi Max, me rendis-je compte après coup. Un rire étouffé m'échappa. Somnifères et caféine. J'étais un oxymore vivant.

Je souffrais d'insomnies depuis mon année de licence. À force d'étudier à des heures indues, j'avais pris l'habitude de m'endormir tard dans la nuit – généralement autour de 4 heures du matin – et n'avais pas été capable de briser cette routine. J'aurais bien voulu m'en passer. C'était un premier pas vers d'autres mauvaises habitudes, mais j'avais maintenant toutes les peines du monde à m'endormir sans ces fichues pilules. Ce qui était vraiment nul. À seulement vingt-deux ans, je gobais déjà des somnifères à 21 h 30 après avoir dormi toute la journée. Voilà où j'en étais.

Ça ne plaisait pas à Syd que je prenne ces médicaments. Elle voulait que j'essaie quelque chose de plus naturel. Elle n'aimait pas non plus les autres comprimés de mon armoire à pharmacie. Et *surtout* pas que je… bref. Syd aurait bientôt son diplôme de psychologue et elle avait des opinions très arrêtées à propos de beaucoup de choses.

Je venais de refermer le flacon quand quelqu'un frappa à ma porte, me faisant sursauter.

— Qu'est-ce que c'est encore ?

Je posai le flacon sur le comptoir, à côté du Pepsi, et traversai le salon. Je n'attendais personne. Qui cela pouvait-il être ? Sydney m'aurait prévenue de son arrivée par téléphone ou par texto.

Un tueur en série ? Ou... un voisin qui avait besoin de sucre, un voisin séduisant qui faisait des cookies et à qui il manquait un ingrédient de base ?

Pourvu que ça soit un mec canon venu m'emprunter du sucre.

J'accélérai le pas jusqu'à la porte et regardai par le judas.

— Putain de merde !

Je devais halluciner, ce qui n'était pas à exclure, car les somnifères avaient parfois sur moi des effets très bizarres. Et ce que j'avais sous les yeux l'était à cent pour cent. Je connaissais bien les cheveux châtain clair coupés en brosse et la mâchoire ciselée que j'apercevais de profil.

C'était Tanner.

Il savait évidemment où j'habitais, mais c'était bien la première fois qu'il se pointait chez moi sans s'annoncer. Mon cœur se serra tandis que je reculais d'un pas. L'inquiétude me noua le ventre. Quelque chose était arrivé ? Bon Dieu, Tanner bossait chez les pompiers et il serait au courant s'il était arrivé quelque chose à Kyler ou Sydney ou même à ma famille. Était-ce la raison de sa venue ? Je déverrouillai la porte et l'ouvris.

— Tanner...

Les mots que j'étais sur le point de prononcer moururent sur mes lèvres quand il se tourna vers moi.

Son regard azur croisa le mien une infime fraction de seconde, puis me détailla lentement de la tête aux pieds, de la pointe des cheveux jusqu'à mes orteils vernis de bleu. Mais ce regard... s'attarda sur certaines zones à la façon d'une caresse. Ma respiration se bloqua dans ma gorge et ma tête se mit à tourner.

C'est alors que je me rappelai ma tenue.

N'ayant pas prévu de compagnie, je ne m'étais pas habillée et je ne portais qu'un boxer en coton et un débardeur moulant qui ne cachait rien de mes formes.

Oh, mon Dieu.

J'étais presque nue. Ou peu s'en fallait. Mes cuisses étaient visibles dans toute leur rondeur épanouie. Et il savait maintenant que j'aimais qu'il fasse frais chez moi, car mon fin débardeur ne cachait rien de mes seins qui pointaient, et Dieu sait que je ne manquais pas non plus de rondeurs dans ce département-là.

Plus il me regardait, plus mes pensées devenaient chaotiques. J'avais à la fois envie de m'enfuir dans ma chambre pour me couvrir... et de le laisser me mater tout son saoul.

Le problème étant que je n'avais pas le même corps que Sydney, Mandie ou Brooke. Ou que Clara Hansen, ma coloc de première année. Ces filles étaient toutes minces comme des fils, et moi j'avais des formes à tous les étages. Je n'avais pas une taille de guêpe et mon ventre était tout sauf plat. Il était bombé, et j'étais prête à parier que ce foutu bourrelet sous mon nombril était visible à travers mon tee-shirt. Mes hanches étaient également rebondies, tout comme mes fesses. Pour le dire autrement, je ne me serais jamais au grand jamais exhibée dans cette tenue devant un garçon. J'aurais choisi des vêtements stratégiques pour dissimuler tous ces défauts.

Sûr et certain, je n'avais jamais attiré l'attention de Tanner jusqu'ici, pas de la bonne façon en tout cas, mais là... c'était carrément autre chose.

Je sentis mes joues s'enflammer en même temps que mon sang s'échauffer et je me raclai la gorge.

— Est-ce que... tout va bien ? Il n'est rien arrivé, j'espère ?

Il cligna soudainement les paupières et son regard remonta vers mes yeux.

— Oui. Pourquoi penses-tu qu'il serait arrivé quelque chose ?

Je désignai mon appartement vide.

— Euh… peut-être parce que tu n'as pas l'habitude de te pointer chez moi sans raison ?

— Pas faux.

Il leva une main, qu'il se passa sur les cheveux, avant de l'arrêter sur sa nuque et de pencher la tête.

— Est-ce que je peux entrer une seconde ? Je ne resterai pas longtemps. Je remplace un collègue d'astreinte, ce soir.

— Bien sûr.

Confuse et légèrement curieuse, je m'effaçai pour le laisser passer, mais je n'en menais pas large. Était-il venu à cause de la veille ? Oh non. Avais-je fait quelque chose de tellement stupide que ça justifiait une confrontation impromptue ?

Juré craché, je ne boirai plus jamais.

Avec un demi-sourire, Tanner entra. Alors que je refermais la porte, il laissa retomber son bras et je ne pus m'empêcher de remarquer la façon dont son biceps tendait le tissu de son tee-shirt.

Je croisai les bras sur ma poitrine quand il se tourna vers moi.

— Tu veux boire quelque chose ?

Il secoua la tête et se détourna, se dirigeant vers le canapé. Ça me faisait mal de l'admettre, mais il était plutôt beau gosse en survêtement. Posant ses fesses au bord du canapé, il tapota les coussins à côté de lui.

— Tu veux bien t'asseoir une seconde ?

OK. J'étais de plus en plus curieuse, et de plus en plus anxieuse. Un poids me comprimait de nouveau la cage thoracique. En passant devant lui, je m'efforçai d'ignorer les pensées idiotes qui me traversèrent l'esprit. J'espérais vraiment que mes fesses ne dépassaient pas de mon short. Je m'assis à côté de lui, lui jetant un regard en biais.

— Alors, qu'est-ce qu'il se passe ?

Des yeux si bleus qu'ils semblaient irréels rencontrèrent les miens et ne les lâchèrent plus. Incapable de détourner le regard, je me tendis.

— Comment tu te sens ? demanda-t-il.

— Quoi ?

Le petit sourire craquant refit son apparition, mais disparut beaucoup trop vite.

— Tu étais... un peu à côté de tes pompes hier soir, me rappela-t-il.

— Oh. Oui.

Mes joues devaient être cramoisies tandis que je haussais les épaules. Au moins, il n'avait pas dit que j'étais complètement bourrée.

— Ça va. À part une bonne gueule de bois ce matin.

— J'imagine.

Je fis la moue.

— C'est pour ça que tu es venu ? Pour me demander comment je vais ? Si c'est le cas, pardonne-moi de te le dire, tu dois t'ennuyer comme un rat mort ou alors tu as fumé.

Tanner éclata de rire, et je sentis mes entrailles se liquéfier au son de sa voix grave.

— En fait, je suis venu m'assurer que tout serait cool entre nous la semaine prochaine.

Je me détendis légèrement, plaçant les mains sur mes genoux, soulagée, mais aussi un peu sur mes gardes.

— Pourquoi ça ne serait pas cool ?

Il haussa un sourcil.

— Tu es sérieuse ?

Je bâillai bruyamment tout en me laissant aller contre les coussins.

— Ben oui.

Un autre sourire étira ses lèvres. Il me souriait beaucoup, ce soir, et cela faisait vaguement résonner un écho en moi. Un truc à propos des sourires ?

— Disons que toi et moi, on est souvent comme chien et chat.

Il s'interrompit, comme pour choisir soigneusement ses mots.

— Et je ne voudrais pas gâcher les vacances de Kyler et Sydney, tu me suis ?

Je m'agitai un peu.

— Ce n'est pas mon intention.

Il tourna son regard perçant vers la télé.

— Tu ne le fais pas exprès.

Je voulus froncer les sourcils, mais la tentative s'acheva en un autre bâillement.

— Enfin, ce n'est pas seulement toi. Je parle aussi pour moi. Je sais que je t'ai pris la tête il y a quelques jours, avoua-t-il.

J'en restai bouche bée tandis qu'il s'essuyait les paumes sur son jean.

— Je suis désolé si... si je t'ai blessée.

Je ne trouvai rien à répondre. Est-ce que j'hallucinais ?

— On passe notre temps à se balancer des vannes, et je crois que parfois on dépasse les bornes. Alors... oui, je voulais juste m'assurer que ça serait cool entre nous.

Il me regarda et il fit la grimace.

— Tout va bien ?

Je battis des paupières, et j'avais l'intention de lui répondre que oui, tout allait bien, mais ce fut tout autre chose qui sortit de ma bouche.

— Tu ne t'en souviens même pas, pas vrai ? Nous avions deux cours communs en première année.

L'expression de Tanner se mua en surprise.

— Quoi ?

Secouant la tête, je regrettais déjà de ne pas avoir fermé ma grande bouche, mais ma langue n'en faisait qu'à sa guise, ce soir.

— Tu te souviens de Clara Hansen ?

Il fit la moue.

— Pas vraiment, non. Où veux-tu en venir ?

Il ne se souvenait pas de Clara ? Sérieux ? Waouh. Une partie de moi était désolée pour elle, mais l'autre partie était aux anges, ce qui était gênant.

— Laisse tomber, dis-je au bout d'un moment. Tout se passera bien. Je saurai me tenir.

Tanner me dévisagea.

— Tu sauras faire ça ?

Je ricanai. On pouvait se le demander, en effet. Nous imaginer tous les deux sans nous disputer était aussi surréaliste que de m'imaginer ne pas me précipiter vers le camion du glacier.

— Qui est cette Clara ? revint-il à la charge.

Comme je ne répondais pas, il détourna de nouveau la tête en plissant les yeux.

Soudain très lasse, j'avais l'impression de m'enfoncer inexorablement dans les coussins.

— Écoute, tu aurais dû m'appeler ou m'envoyer un message avant de venir.

— Tu as raison, murmura-t-il. Mais je passais par là pour aller au boulot.

Il marqua une pause.

— On avait vraiment deux cours communs ?

Je hochai la tête.

— Eh oui.

— Tu en es sûre ? Je me serais souvenu de toi.

Sa façon de dire ça tout en fronçant les sourcils ne me fit pas vraiment chaud au cœur. Je soupirai. Mon esprit tournait au ralenti, mais j'étais presque sûre qu'il *ne passait pas* devant chez moi pour se rendre à la caserne. Que devais-je en penser ?

Tanner ouvrit la bouche pour dire quelque chose, puis sembla se raviser. Il laissa passer quelques instants, puis se lança.

— Hier soir, tu m'as embrassé.

Mon cœur s'arrêta de battre. Il avait lâché cette bombe comme si c'était sans importance, comme s'il me donnait l'heure.

— Quoi ?

— Hier soir, tu m'as embrassé, Andy.

Je me penchai en avant, puis m'écartai de lui.

— Un, arrête de m'appeler comme ça, et deux – surtout –, tu racontes n'importe quoi. Je ne t'ai *certainement pas* embrassé.

En même temps que je prononçais ces mots, je me rendis compte que la possibilité, horriblement embarrassante, qu'il dise vrai existait, vu que je ne me souvenais de rien.

Il ferma à demi les yeux de cette façon qui me donnait envie de me tortiller.

— Un, je ne peux pas m'empêcher de t'appeler Andy, parce que je sais que tu adores secrètement ça, et deux – surtout…

J'allais vraiment le frapper.

— Tu m'as bel et bien embrassé.

Il se laissa aller en arrière, un bras sur le dossier du canapé, et me dévisagea.

— Tu t'es haussée sur la pointe des pieds, tu as posé tes deux mains sur mes épaules, et tu m'as embrassé.

— Certainement pas.

Il hocha lentement la tête.

— Tu t'es aussi servie de moi comme d'une barre de pole dance au bar. C'était plutôt sympa.

Je me levai d'un bond, oscillant sur mes pieds, prise de vertige, mais je balayai la sensation.

— Je n'ai pas fait ça !

— Oh si, tu as fait ça.

Un coin de sa bouche se releva d'un air moqueur.

— Tu avais un goût de sucre et d'alcool. Pas désagréable comme mélange.

— Ferme-la, l'avertis-je. Tu me fais marcher.
— Et pourquoi j'inventerais ça ?
Bonne question.
— Parce que tu es un sale type. Ça me paraît clair.
Il haussa un sourcil à ces mots.
— Tu m'as aussi plus ou moins invité à te rejoindre au lit.
— *Quoi ?* hurlai-je presque. Comment peut-on « plus ou moins » inviter quelqu'un dans son lit ?
— Oh, tu peux me croire, tu es capable de telles approximations.
Il se pencha en avant, les yeux levés sur moi.
— Honnêtement, si tu avais été capable de marcher droit et consciente de ce que tu faisais, je n'aurais pas dit non.
L'espace d'une seconde, je restai bloquée sur cette image de Tanner et moi ensemble dans un lit. À tel point que je fus incapable de détourner les yeux. Ces deux dernières années, je n'avais jamais imaginé que Tanner ait pu nourrir de telles pensées à mon égard.
— Tu m'as aussi chanté *Story of My Life*, ajouta-t-il. Tout le long du chemin jusque chez toi.
Je croisai les bras.
— Et alors ? C'est une super chanson. Les One Direction sont géniaux.
Je m'interrompis.
— Attends une seconde. Comment ça se fait que tu connaisses cette chanson ? Tu écoutes les One Direction quand personne ne te voit ?
Il haussa les épaules.
— Je n'ai pas honte d'écouter des chansons pour filles quand elles sont bonnes.
Secouant la tête, je ravalai un petit sourire. C'est alors que je compris qu'il ne se fichait pas de moi et que j'avais vraiment dû me jeter à son cou. Alors que j'étais bourrée. Tellement bourrée que je ne m'en souvenais pas. Les

joues en feu, je reculai, manquant me cogner à la table basse. J'étais sur le point de protester une fois de plus, mais alors que je le regardais – sa belle bouche bien dessinée – une image me revint. J'étais debout dans le couloir, je m'avançais vers lui et je faisais exactement ce qu'il venait de dire, je me haussais sur la pointe des pieds et je l'embrassais.

Oh my God !

Il inclina la tête sur le côté.

— Tu ne t'en souviens vraiment pas ?

Sans lui répondre, je plaquai mes mains sur mes yeux et poussai un long grognement, laissant échapper un « Nooon » étouffé.

Comme il ne disait rien, je descendis un peu mes mains pour regarder par-dessus mes doigts. Tanner contemplait le sol, les mâchoires serrées, et semblait en colère.

Je joignis les mains sous mon menton comme le Chat Potté dans *Shrek*.

— Je... Je suis désolée ?

Il releva la tête.

— Tu es désolée ?

— De... euh... t'avoir embrassé ? Et de t'avoir traité comme... une barre de pole dance ?

Un petit sourire releva le coin de sa bouche.

— Andy, tu n'as pas besoin de t'excuser de te servir de moi comme d'une barre de pole dance. La prochaine fois que tu auras envie de me grimper dessus, tu n'as qu'à demander.

— Eh ben...

Il gloussa.

— Écoute, ce n'est pas l'affaire du siècle.

— Bien sûr que non.

Je me laissai retomber à côté de lui, soudain vannée.

— Ça ne m'a pas dérangé, dit-il d'une voix détachée, mais quand je le regardai il me parut bizarre, sans que je puisse mettre le doigt dessus. Tu aurais pu faire bien pire.

— Je ne vois pas trop comment, marmonnai-je, et j'avais envie de me cacher dans un trou de souris pour une année entière. Je ne boirai plus jamais.

Tanner ouvrit la bouche, mais la referma aussitôt, ce qui était sans doute une sage décision. Un ange passa.

— Bon, il faut que je file. Je peux utiliser tes toilettes avant de partir ?

— Fais comme chez toi, dis-je en lui indiquant mollement où étaient les commodités.

Il hésita à se lever, la bouche pincée d'inquiétude.

— Est-ce que ça va, Andrea ?

— Oui, répondis-je en riant. J'ai pris un somnifère, et il commence à faire effet.

Ses yeux bleus s'étrécirent et se rivèrent aux miens.

— Tu prends souvent des somnifères ?

Je haussai une épaule.

— De temps en temps.

— Tu ne mélanges pas avec l'alcool, n'est-ce pas ?

Je fus secouée d'un rire étonné.

— Bien sûr que non, répondis-je, mais c'était un mensonge éhonté.

Cela m'arrivait parfois, mais je faisais toujours attention. Toujours.

— Il m'arrive d'avoir des insomnies. J'ai une ordonnance.

Tanner hocha la tête, puis finit par se lever et se diriger vers les toilettes, mais il se retourna.

— Flash info : si tu t'habillais comme ça plus souvent, je ne me disputerais pas autant avec toi. Je serais bien trop distrait.

Sous le coup de la surprise, j'écarquillai les yeux en même temps qu'un frisson de plaisir me parcourait. Il avait peut-être besoin de lunettes. Mais je pris ça pour un compliment et me sentis flattée, surtout après m'être apparemment jetée sur lui la veille au soir. Je m'efforçai de prendre un air cool alors que j'avais envie de glousser.

— Pervers.

Il me sourit.

— Je voulais juste te dire que je suis cent pour cent pour que tu t'habilles comme ça plus souvent.

Je sentis quelque chose papillonner bêtement dans ma poitrine. Ça ne pouvait pas être mon cœur. Ça devait être une indigestion.

— C'est noté.

Tanner rit doucement en contournant le canapé pour aller aux toilettes. Lorsque j'entendis la porte se refermer, je me laissai rouler sur le flanc et me cachai de nouveau les yeux sous mes mains. On aurait dit… que j'avais peut-être finalement attiré l'attention de Tanner Hammond.

Avec juste deux ans de retard.

Tanner

OK. J'avais des idées mal placées, mais c'était plus fort que moi.

Bon Dieu, Andrea était gaulée comme une déesse – le genre de corps qui vous laissait sur le cul et vous donnait envie de faire tout un tas de trucs débiles pour avoir le droit d'en approcher. Comment avais-je pu ne pas m'en apercevoir plus tôt ?

En fait, j'avais bien remarqué qu'elle avait des formes partout où il fallait, mais pas à ce point. Bon Dieu, non. Bordel, ce short et ce débardeur ? Mon pantalon de survêtement parut avoir rétréci d'une taille tandis que je revoyais cette image, le fin tissu contenant à peine ses seins.

Et les seins d'Andrea… doux Jésus, elle était gâtée par la nature de ce côté-là.

Tout en refermant la porte des toilettes, je me rendis compte que j'étais un veinard. Il y avait une piscine au chalet, ce qui voulait dire qu'Andrea serait en maillot de bain. Un sourire étira mes lèvres. Pourvu qu'elle porte des bikinis.

Pourtant, j'avais eu l'impression qu'elle était un peu gênée quand j'étais arrivé, et cela m'avait étonné. Je n'aurais jamais pensé qu'elle manquait de confiance en elle, avec son attitude volcanique. Puis je me souvins de la mélancolie que j'avais lue dans ses yeux la veille au soir et qui m'avait hanté toute la journée. Certaines personnes avaient l'alcool triste.

Jetant un coup d'œil autour de moi dans la salle de bains, je ne pus m'empêcher de sourire. Il y avait partout son empreinte. Le rideau de douche de couleurs vives à carreaux roses et violets, le tapis de sol bleu et un verre à dents jaune citron sur le bord du lavabo. Rien n'était assorti. Je me lavai les mains, puis m'aspergeai le visage d'eau fraîche.

Je me redressai, fermai le robinet et laissai échapper un petit soupir. Elle avait raison. J'aurais dû l'appeler ou lui envoyer un texto, mais je voulais m'assurer qu'elle allait bien. Et aussi m'excuser pour ce que je lui avais balancé chez Kyler, et j'avais besoin de le lui dire en face. J'avais aussi eu l'intention de mener ma petite enquête pour comprendre ce qu'elle avait contre moi. Sauf que, dès que je l'avais vue dans cette tenue, j'avais oublié pourquoi j'étais là. J'avais l'impression d'avoir à nouveau quinze ans.

Mais elle ne se souvenait pas qu'elle m'avait embrassé. Ça, c'était un coup bas. Mieux valait en rire. Heureusement que j'avais un ego aussi gros qu'une montagne.

Il s'était écoulé à peine trois minutes quand je regagnai le salon, mais je ne vis plus Andrea sur le canapé. Je me rapprochai, le front plissé par l'inquiétude, et ce que je vis me fit écarquiller les yeux.

Elle était sur le flanc, roulée en boule, les jambes sur les coussins et les bras repliés sous les seins. Je fis bonne figure alors que je me penchais par-dessus le dossier.

— Andrea ?

Pas de réponse.

Un sourire effleura mes lèvres.

— Hé, Andy ?

Je haussai la voix.

— Bébé ?

Ses lèvres s'agitèrent et elle murmura quelque chose d'inintelligible. Elle avait son compte. Secouant la tête, je me redressai et regardai autour de moi. Je vis la porte de sa chambre entrouverte. J'aurais pu la laisser dormir sur le canapé, mais ce n'était pas sa place. Ma mère ne m'avait pas inculqué beaucoup de bonnes manières, mais elle avait fait en sorte que je me comporte en gentleman.

Je fis demi-tour et me dirigeai vers sa chambre, où j'allumai la lampe de chevet. Une impression de déjà-vu me traversa l'esprit sauf que ce soir Andrea n'avait pas bu. On aurait dit que quelqu'un avait balayé l'abat-jour avec un pistolet à colle pour le parsemer de losanges violets au hasard. Je ne les avais pas remarqués la veille. Je m'aperçus que son lit était défait et remis un peu d'ordre en soupirant. Une odeur de pêche m'assaillit tandis que je remontais sa couette. Andrea sentait toujours la pêche et la vanille.

Je n'osai pas regarder sa chambre, je ne sais même pas pourquoi. Tout ça me paraissait trop intime après hier soir. Elle n'avait pas bougé quand je revins au salon. Je m'accroupis à côté d'elle, et elle s'agita légèrement quand je glissai les bras sous son corps.

— Ça devient une habitude, prononçai-je à haute voix.

— Que... Qu'est-ce que tu fais ? bredouilla-t-elle.

— Je t'emmène au lit.

Je la soulevai dans mes bras et la serrai contre moi. Sa tête roula sur mon torse et ses cheveux roux s'éparpillèrent sur mon bras.

— Dans tes rêves, mon pote, répondit-elle.

Je ne pus m'empêcher de rire en secouant la tête. Même dans un demi-sommeil, elle avait de la repartie. Je la transportai jusqu'à sa chambre et la déposai dans son lit. Elle n'était pas totalement inconsciente et fit cette fois quelques efforts tandis que je glissais ses jambes sous la couette.

Pourtant, elle avait pris un somnifère, et je n'étais pas sûr qu'elle soit dans son état normal. Merde, je ne savais pas qui elle était vraiment. Je n'avais fait qu'effleurer la surface, même au bout de deux ans. Je ne savais même pas qu'elle avait des insomnies. Elle n'en avait jamais parlé, et ni Syd ni Kyler ne l'avaient mentionné.

Je dus prendre sur moi pour m'éloigner d'elle et sortir de sa fichue chambre, mais je ne pus retenir un sourire. Il me tardait d'être à la semaine suivante.

Tout allait changer entre nous.

Chapitre 4

Andrea

Nos vacances commençaient de façon super bizarre.

Assise à côté de Tanner sur la banquette arrière de la Durango de Kyler, j'avais l'impression que nous étions deux sales gosses sur la route des vacances. Ce qui faisait de Kyler et Syd l'équivalent de nos parents. Plutôt chelou.

Cela faisait une heure et demie qu'on roulait, Syd avait le nez dans sa liseuse, les pouces de Kyler pianotaient sur le volant tandis qu'il fredonnait toutes les chansons qui passaient à la radio, et je m'efforçais de ne pas penser que j'avais embrassé Tanner alors que j'étais complètement bourrée. Je me mordis les lèvres et lui coulai un regard en biais.

Je trouvai deux yeux bleus fixés sur moi.

Et merde, il s'était réveillé. Je me détournai vivement vers la fenêtre… où des collines verdoyantes défilaient à perte de vue.

Je ne pouvais pas non plus m'empêcher de repenser à sa visite impromptue la veille – au regard appréciateur dont il m'avait enveloppée quand je lui avais ouvert. À ce qu'il m'avait dit avant de se rendre aux toilettes. Et moi, je m'étais bêtement endormie dans ce court laps de temps.

Il m'avait *portée* dans mon lit. Bon sang, je n'étais pas un petit gabarit. C'était impressionnant… et carrément sexy.

Quand un semi-remorque transportant des rondins nous dépassa, je m'efforçai de ne pas penser à *Destination finale 2*. Ce qui aurait certainement mieux valu que ce qui occupait mon esprit. C'était très perturbant. Ça n'aurait pas dû m'obséder ainsi. C'était Tanner, et nous n'étions pas vraiment des amis tous les deux. Et puis, il avait eu une ouverture avec moi quelques années plus tôt, et n'en avait pas profité.

Il ne s'en souvenait même pas, et je ne lui avais pas vraiment laissé sa chance à l'époque. Je ne lui avais jamais adressé la parole, encore moins dit que je voulais m'entraîner à faire des bébés avec lui, et donc…

Tanner me tapa sur le genou pour attirer mon attention. Je le regardai dans les yeux.

— Quoi ?

Il tendit vers moi un long doigt, qu'il recourba à plusieurs reprises.

— Viens par ici.

Je me sentis défaillir au son de sa voix sourde et rauque. Ne sachant pas ce qu'il voulait, je me penchai vers lui et tendis l'oreille.

— Ça fait déjà un moment que je suis réveillé, dit-il et le contact de son souffle sur ma joue me fit frissonner. Alors…

— Alors quoi ?

Pourquoi est-ce qu'il me disait ça ?

— Tu n'arrêtes pas de me mater, chuchota-t-il.

Je voulus reculer, des protestations au bout de la langue, mais il fut plus rapide que moi. Sa main se referma sur ma nuque, m'empêchant de bouger.

— Ça ne me dérange pas.

Mon cœur s'accéléra soudain. Je déglutis, cherchant désespérément une de ces reparties intelligentes qui étaient ma spécialité. Mais la seule chose qui sortit de ma bouche fut un minable :

— Non ?

— Non.

Ses doigts plongèrent dans mes cheveux, qu'il tira doucement, ce qui me fit délicieusement frissonner.

— Je viens de décider que non.

— Là, tout de suite ? soufflai-je.

Tanner déplaça légèrement sa tête, et quand il parla de nouveau, son souffle me caressa les lèvres. Les muscles de mon bas-ventre se contractèrent.

— Ben ouais. Il y a deux minutes, en fait.

Un petit rire surpris m'échappa.

— Quand même. Deux longues minutes entières.

— Peut-être cinq, concéda-t-il d'un air moqueur, et mon estomac se tordit agréablement. Si je disais dix, ce serait exagéré.

Je faillis rire encore, mais sa bouche était si proche de la mienne que nos lèvres se seraient touchées au moindre mouvement, et j'avais très envie de me souvenir de ce baiser noyé dans les brumes de l'alcool. Ses doigts s'enfoncèrent dans ma chevelure. J'étais un peu paumée. Pour la première fois de ma vie, quelqu'un m'avait coupé la chique.

— Pas de sexe sur la banquette arrière, déclara Kyler. Je viens de laver ma voiture.

Le charme était rompu et je me reculai d'un coup sec, grimaçant quand mes cheveux restèrent coincés entre ses doigts. Les joues brûlantes, je regardai droit devant moi tandis qu'il retirait sa main.

Dans le rétroviseur, Kyler me souriait. Je lui fis signe de dégager.

Le cœur battant la chamade, je me tournai vers Tanner. Nos regards s'aimantèrent et un sourire étira lentement ses lèvres. Il s'adossa contre sa portière, un bras posé sur le dossier de la banquette. Il me regardait intensément, comme si ses yeux me transperçaient et qu'il lisait en moi comme dans un livre ouvert. Rougissante, je baissai les yeux la première.

Syd s'était retournée. Ses yeux passèrent de moi à Tanner puis revinrent sur moi et elle pinça les lèvres.

— Voilà qui est mieux.

Je ne trouvai rien à dire quand elle reprit sa place et replongea dans sa liseuse. Je ne pouvais même plus penser. Je fixai du regard l'arrière du crâne de Kyler, complètement sous le choc de tout ce qui venait de se passer. Tandis que mes battements cardiaques s'accéléraient encore, une chose était certaine. Cette semaine allait être très intéressante.

Au bout de ce qui me parut une éternité, les pneus de la Durango crissèrent sur des graviers. Dès que le véhicule se fut immobilisé, j'ouvris la portière comme une dingue et je bondis à l'extérieur. Waouh. Blague à part sur la Virginie-Occidentale, ce petit coin perdu était beau à couper le souffle.

Des pins et des ormes majestueux embaumaient l'air et offraient une ombre bienvenue pour s'abriter du soleil écrasant du mois d'août. Au-dessus des feuilles et des aiguilles, je distinguai une haute masse de grès qui se dressait dans le ciel azur dégagé. La montagne scintillait légèrement, et chacun de ses pics acérés ressemblait à une main géante cherchant à toucher les nuages.

Syd me rejoignit, un grand sourire aux lèvres comme elle suivait mon regard.

— Voilà Seneca Rocks. Kyler veut y aller mercredi ou jeudi. Si ça te dit de venir avec nous, tu es la bienvenue.

J'éclatai de rire en secouant la tête.

— Je ne crois pas. Je suis plus le genre de meuf à me prélasser au bord de la piscine qu'à escalader les montagnes.

Syd me donna un coup de hanche en jetant un coup d'œil par-dessus son épaule vers les garçons qui sortaient nos bagages du coffre du 4 × 4.

— Ou peut-être le genre de meuf à explorer ce qui pourrait se passer avec Tanner ?

Je lui donnai une tape sur le bras.

— Pas mon genre non plus, et tu le sais.

— Que tu dis.

Elle planta ses dents dans sa lèvre inférieure et me regarda au fond des yeux.

— Tu sais, j'ai toujours pensé que tu lui plaisais.

— Arrête, soupirai-je.

Syd adorait jouer les entremetteuses depuis qu'elle s'était casée avec Kyler. Le soir où j'étais partie de chez elle toute retournée par ce que Tanner m'avait dit, elle y était allée de sa rengaine comme quoi elle était persuadée que nous étions secrètement amoureux l'un de l'autre.

— Quoi ? demanda-t-elle d'un air de défi. On dirait deux gamins au bac à sable. Au lieu de vous tirer les cheveux et de vous pousser, vous êtes tout le temps à vous bouffer le nez.

— Laisse-moi croire que je suis un peu plus mûre que ça.

Elle haussa un sourcil charbonneux et je gloussai.

— OK. Peut-être pas.

— Ouais, dit-elle d'un air songeur. Vous avez déjà couché ensemble, non ?

Je lui lançai un regard horrifié et secouai la tête.

— Bien sûr que non.

Son expression se fit dubitative.

— Vous vous êtes au moins embrassés...

— Non. Rien du tout.

Je ris sous cape, parce que, bien sûr, ce baiser-*là* ne comptait pas.

— Qu'est-ce qui te fait penser ça ? Lui et moi, on n'a jamais rien fait ensemble. Je te l'aurais dit.

Elle semblait en douter encore, mais depuis le temps qu'on se connaissait, pourquoi cette obsession ? Écartant cette discussion de mes pensées, je respirai une grande bolée d'air frais en souriant. Il n'y avait pas ici une once de fumée ou d'odeurs corporelles ou d'autres trucs dégueu auxquels on ne prête plus attention en ville jusqu'à ce qu'on arrive dans un lieu comme celui-ci. L'air pur. Bon sang, j'avais oublié combien c'était bon.

— Allons les aider.

Glissant son bras sous le mien, elle rabattit sur ses yeux ses lunettes de soleil et m'entraîna vers le coffre de la Dodge.

Tanner portait un sac paquetage à l'épaule. Comment faisaient les mecs pour fourrer des affaires pour une semaine dans un truc qui aurait pu me servir de sac à main ? Dans l'autre main, il tenait ma valise à pois roses et violets.

Je me libérai de Syd pour me rapprocher de lui.

— Il n'y a pas de raison que tu portes ça.

Je tendis la main vers ma valise.

— Pas de problème.

Il se tourna vers moi et je vis mon reflet dans les verres argentés de ses Ray-Ban aviator. Waouh, il était vraiment canon avec ça. On aurait dit un pilote de chasse.

— Je peux très bien la porter, insistai-je alors que Kyler contournait la voiture.

Syd était derrière lui, les bras chargés de sacs en plastique.

Tanner sourit et recula, escamotant la valise bourrée à craquer hors de ma portée.

— Prends les sacs de bouffe et laisse-moi porter ça.

Il pivota sur ses talons.

Nous nous étions arrêtés dans une épicerie en ville et le coffre était plein de provisions, suffisamment pour nourrir une armée. Je saisis deux sacs en papier, que je sortis du coffre en le regardant d'un air méfiant.

— Tu essaies de me mettre dans ton lit ou quoi ? Je sais que ça va être dur pour toi toute une semaine d'abstinence.

Tanner s'arrêta net et se retourna vers moi. Un sourcil se haussa au-dessus de ses lunettes.

— Voyons, Andy. Qui parle d'essayer ?

Je plissai les yeux et marchai droit sur lui.

— Qu'est-ce que c'est censé vouloir dire ?

Il abaissa la tête jusqu'à ce que nos yeux soient pratiquement à même hauteur. Le coin de ses lèvres se releva et il répondit d'une voix que j'étais seule à pouvoir entendre.

— Si je voulais te mettre dans mon lit, je n'aurais qu'à lever le petit doigt.

Mieux valait entendre ça que d'être sourde ! Ma mâchoire se décrocha et je laissai échapper un petit rire bref.

— Oh, waouh. Tu es bien prétentieux.

Il haussa une épaule.

— Non. Juste sûr de moi.

Je ricanai.

— Ou très très optimiste sans vouloir te vexer.

Il rit tout doucement tandis que je calai les sacs dans mes bras.

— On va faire un pari, Andy.

— Ne m'appelle plus comme ça, lui intimai-je, mais je détestai le son de ma voix, carrément haletante.

J'avais envie de me donner des coups de poing dans la poitrine. Ou de le frapper, lui. Oui, ce serait beaucoup mieux.

— Je ne fais pas de paris avec toi.

Je le contournai, martelant les graviers de mes pieds chaussés de sandales. Je n'avais fait que quelques malheureux pas quand il répliqua.

— Parce que tu sais que tu perdras.

Stoppée dans mon élan, je faillis trébucher. Je me retournai comme une furie pour lui faire face. J'avais *sûrement* mal entendu.

— Pardon ?

Le sourire de Tanner était insupportable quand il me dépassa d'un air fanfaron.

— Oui, tu as bien entendu. Tu seras dans mon lit avant la fin de la semaine.

Chapitre 5

Tanner

Les joues d'Andrea étaient aussi rouges que ses cheveux, et c'était... vraiment adorable. Ce n'était pas mon truc. En tout cas jusqu'ici. Car maintenant je kiffais à mort les trucs adorables... tant qu'il s'agissait d'Andrea.

J'aurais dû me sentir minable de lui avoir dit ce que je venais de dire, mais non. Je ne regrettais rien. Rien de rien. Tout en gravissant les marches du perron, je m'interrogeai sur mes motivations.

Je mentirais en disant que je ne savais pas ce que je faisais. Je n'étais pas si naïf. Je savais exactement où je mettais les pieds, mais je n'avais pas la moindre idée d'où ça me mènerait. Et ça, c'était nouveau pour moi.

Car je n'avais pas de porte de sortie.

J'avais toujours été le genre de mec allergique aux relations sentimentales. C'était de notoriété publique. Pas que je me l'interdisais, mais pas question de me lancer dans ce petit jeu-là sans en avoir vraiment envie. Quelque chose de vraiment étrange s'était passé entre vendredi soir et ce matin, parce que j'en avais envie avec Andrea. Je ne savais pas, en revanche, quel avait été le déclic, ni même pourquoi Andrea. Pourquoi pas Brooke ou bien Mandie ? Ou même

Lea ? Aucune de ces filles ne m'avait jamais donné envie de me taper la tête contre les murs, mais avec Andrea j'avais souvent été sur le point de péter un câble.

Merde. Je savais ce qui m'attirait chez elle, pour être honnête. Cette fille avait du répondant. Elle était intelligente, et drôle quand elle ne me tapait pas sur les nerfs. Il y avait même des moments où elle pouvait être adorable, et pas seulement quand elle dormait. Mais ce n'était pas nouveau, alors qu'est-ce qui avait changé ?

Là, je n'avais pas de réponse.

— Punaise ! s'exclama Andrea en découvrant le chalet depuis la galerie qui en faisait le tour. Comment vous vous êtes débrouillés pour dégoter ce palace ?

Je me décalai légèrement quand elle s'immobilisa à côté de moi pour admirer la porte en fer forgé et l'immense baie vitrée de la pièce de devant. Ce chalet en bois de cèdre était gigantesque. Plus que suffisant pour nous loger tous les quatre. On aurait même pu y caser confortablement une équipe de foot tout entière, mais j'étais bien content de ne pas avoir à me battre contre une flopée de mecs bourrés de testostérone pour les beaux yeux d'Andrea cette semaine.

— Ma mère connaît le propriétaire, répondit Kyler alors qu'il introduisait la clé dans la serrure.

Sa mère dirigeait une grosse entreprise de rénovation de bars et elle avait le bras long.

— On a eu de la chance.

— Ça, tu peux le dire.

Andrea me regarda avec un grand sourire. Je m'étais plutôt attendu à un regard noir, mais son sourire avait gagné ses yeux, réchauffant le brun de ses prunelles.

— Je suis impatiente de voir l'intérieur.

Quand Kyler poussa la porte, une vague de fraîcheur nous accueillit. Je m'effaçai pour laisser passer Andrea, qui haussa un sourcil surpris, auquel je répondis par un petit sourire. Elle secoua la tête et franchit le seuil.

Elle s'arrêta tout net et je faillis m'encastrer dans son postérieur – et pas comme je l'aurais voulu.

— Désolée, murmura-t-elle et se déplaçant sur la droite.

Une expression admirative traversa son beau visage alors qu'elle découvrait la hauteur de plafond, les poutres apparentes, les immenses ventilateurs et les spots de l'entrée. Je ne pouvais pas croire, vu que sa famille roulait sur l'or, que c'était la première fois qu'elle voyait une baraque aussi classieuse.

J'aurais même parié qu'elle avait grandi dans ce genre de luxe.

— C'est magnifique.

Elle sourit cette fois à Sydney.

— Waouh.

— Et tu n'as pas tout vu. La mère de Kyler nous a envoyé des photos. Il y a un salon après la cuisine, prolongé par un solarium. Cinq chambres à l'étage, dont trois avec salle de bains privative.

— Et une salle de jeu au sous-sol avec tout l'équipement multimédia, ajouta Kyler.

Toujours bon à savoir.

Nous traversâmes une pièce qui n'avait d'après moi d'autre fonction que d'en mettre plein la vue. Avec ses meubles en rotin blanc et leurs énormes coussins flambant neufs, j'étais prêt à parier qu'elle n'avait même jamais servi. L'escalier menant à l'étage se trouvait sur la gauche, juste après la cuisine… qui était elle-même plus grande que celle de ma mère et notre salon réunis.

Andrea examina la hotte en inox au-dessus d'un barbecue à gaz, qui s'élevait jusqu'au plafond.

— La cuisine est pour moi.

Posant les valises par terre, je remontai mes lunettes de soleil.

— Tu sais cuisiner ?

Elle me toisa.

— Oui. Je sais faire d'autres choses que m'enfiler mon poids en alcool.

Normalement, j'aurais répliqué par un truc mordant, mais je parvins à m'en abstenir. J'aurais mérité une médaille.

— Qu'est-ce que tu vas me faire à dîner, alors ?

— Ha ! gloussa-t-elle en posant les sacs d'épicerie sur le comptoir. Tu peux toujours courir.

Sydney sourit tandis qu'elle rejoignait Andrea pour l'aider à déballer les provisions.

— Dommage pour toi, Tanner, parce qu'Andrea est un vrai cordon-bleu.

— Eh ouais.

Elle rangea une grosse barquette de viande hachée dans le réfrigérateur.

— C'est pas moi qui le dis.

Appuyé contre le comptoir, Kyler préleva une bouteille d'eau du pack que sa copine était en train de mettre au frais.

— Ses lasagnes sont une tuerie.

Je fronçai les sourcils.

— Tu as déjà mangé ses lasagnes ?

Kyler fit sauter la bouteille d'eau dans sa main.

— Oui, monsieur.

— Pas juste, marmonnai-je, bizarrement… jaloux.

Andrea gloussa en me coulant un regard par-dessus son épaule.

— Tu regrettes de ne pas avoir été plus gentil avec moi, pas vrai ?

Elle se retourna et prit le pack de bières, qu'elle rangea sur l'étagère du bas dans le frigo.

— Tu aurais déjà goûté mes lasagnes.

— Ce ne sont pas tes lasagnes que j'ai envie de goûter, susurrai-je à mi-voix.

Elle se raidit.

— Qu'est-ce que tu as dit ?
— Rien. Je m'éclaircissais la voix.
Je ne prêtai pas attention aux yeux écarquillés de Kyler et repris les bagages.
— Mais tu sais quoi ? Puisque j'ai tes affaires, je vais choisir ta chambre.
Elle fit un tour complet sur elle-même, mains sur les hanches.
— Certainement pas.
— Oh que si.
Je reculai d'un pas et m'immobilisai, tandis que Kyler et Sydney échangeaient un regard.
Andrea étrécit les yeux.
Nos regards s'arrimèrent l'un à l'autre et je me retournai, filant vers l'escalier sans même essayer de cacher mon sourire quand je l'entendis jurer. Je me comportais comme un gamin avide d'attirer l'attention. Et c'était exactement ça – je voulais *toute* son attention. Comme un gosse avec un nouveau jouet, je ne voulais pas la partager avec Kyler et Sydney. Une seconde plus tard, elle était derrière moi.
— Je veux choisir ma chambre moi-même, me lança-t-elle.
— C'est ce qu'on verra.
Je montai les marches quatre à quatre.
Elle poussa un grognement.
— Tu es insupportable. Et tu as les jambes beaucoup trop longues. Et tu marches trop vite.
Je m'esclaffai en arrivant sur le palier. Quand je me retournai, elle était encore plusieurs marches derrière moi.
— Je n'y peux rien si tu as les jambes courtes.
— Je n'ai *pas* les jambes courtes.
Elle finit par atteindre elle aussi le palier, les joues joliment rosies par l'effort.
— C'est toi qui as les jambes anormalement longues. Elles sont immenses.

— Tu sais ce qu'on dit : homme à grandes jambes...

Elle roula des yeux.

— N'importe quoi. Personne ne dit ça.

— Dans mon monde, si.

Je m'arrêtai à côté de la première porte, que j'ouvris d'un coup de coude, révélant une chambre gigantesque dotée d'un lit où nous pourrions nous coucher tous les quatre sans nous gêner. En face du lit, un écran de télé géant était suspendu au plafond.

— Ce doit être la chambre de maître.

— Laissons-la pour Syd et Kyler.

Andrea referma la porte et se précipita devant moi pour ouvrir la suivante. Je ne vis pas ce qu'il y avait derrière, mais elle pesta et la referma. Elle s'empressa d'aller ouvrir celle d'après. La troisième devait être la bonne, car elle poussa un cri ravi.

— Voilà ma chambre !

Je haussai les sourcils en lui emboîtant le pas, et je compris sa réaction. Elle avait très bon goût. Un grand lit, pas aussi spacieux que celui de la chambre de maître, mais classe. La pièce était rustique – poutres apparentes et murs en lambris peints en gris.

Elle entra dans la chambre en sautillant et posa sur une chaise au fond son sac à main géant. Elle fila ensuite tout droit vers une grande porte blanche, qu'elle poussa, et battit des mains.

— Oh, mon Dieu ! Regarde cette salle de bains. Je pourrais vivre ici.

Je posai sa valise sur un banc de bois près de la porte, laissai tomber mon sac polochon avec un « pof » sonore sur le plancher et la rejoignis.

— Waouh.

Je restai sur le pas de la porte, adossé au chambranle.

— Tu pourrais carrément dormir dans la baignoire.

— Carrément, oui ! Et je le ferai peut-être.

Se retournant vers moi, elle me gratifia d'un large sourire.

Je sentis quelque chose se serrer dans ma poitrine et me raidis tandis qu'elle pivotait sur elle-même pour contempler de nouveau la salle de bains.

— C'est une baignoire pattes de lion. Je n'ai jamais pris un bain dans ce genre de truc et je n'en ai jamais vu d'aussi grande de toute ma vie. C'est plutôt… romantique, ajouta-t-elle d'un air songeur.

Je ne répondis rien comme elle ouvrait une seconde porte.

— Oh, la salle de bains communique avec la chambre voisine.

Elle la referma aussitôt et revint dans la première chambre, m'effleurant au passage. Son sillage de pêche me fit l'effet de phéromones.

— C'est vraiment super beau, ici. La mère de Kyler a un goût exquis.

— Oui.

Je la suivis des yeux alors qu'elle se dirigeait vers un miroir en pied, admirant au passage son cul splendide moulé dans son jean. Andrea ne manquait pas d'arguments de ce côté-là non plus.

Secouant la tête, je pivotai sur mes talons et contournai le banc placé devant le lit. Je la regardai d'un air de défi. Elle haussa les sourcils. Je me jetai sur le lit et fis l'étoile de mer, bras et jambes en croix. Sa réaction ne tarda pas.

— Qu'est-ce que tu fais ?

— Je me mets à l'aise.

Croisant les bras derrière ma tête, je la regardai s'immobiliser devant la coiffeuse.

— Ce lit est cool.

— Mais c'est le mien.

— Pas du tout. Il appartient au propriétaire du chalet, lui fis-je remarquer, joueur.

— Sans dec, Sherlock, merci pour l'info.

Elle tourna la tête vers la porte, puis ses yeux couleur de whisky revinrent sur moi.

— Merci d'avoir monté ma valise.

— Pas de quoi, rétorquai-je avec un clin d'œil.

Elle aspira la lèvre inférieure entre ses dents de façon captivante pendant un court instant.

— C'était une façon polie de te dire de te casser de ma piaule.

— J'avais compris.

Ses yeux s'écarquillèrent.

— Mais tu es toujours là.

— Exact.

Elle s'avança d'un pas, puis s'arrêta.

— Tu n'as pas autre chose à faire ? Genre explorer le reste de la maison. Ou poster sur Snapchat des photos de ta bite à des filles au hasard ? Ou aller emmerder quelqu'un d'autre ?

— Pas vraiment.

Je marquai une pause. Il va sans dire que je n'avais jamais envoyé de photo de mon sexe à personne, mais tout à coup j'avais envie de lui en envoyer une à elle.

— Tu sais quoi ?

Elle s'approcha du lit sans me quitter des yeux.

— Non et je ne veux pas le savoir.

Avec un gloussement, je roulai sur le côté pour lui faire face.

— Mauvaise réponse.

— Je sais.

Elle haussa les épaules et se rapprocha encore.

— Mais je m'en fous. Je suis la spécialiste des mauvaises réponses.

— Nan, ce n'est pas de ça que tu es la spécialiste.

Elle fronça les sourcils.

— Si tu dis que ma spécialité, c'est de me prendre des cuites, je ne réponds plus de mes actes.

— Ta spécialité, c'est de me distraire et de me rendre fou. Pas forcément dans le mauvais sens du terme. Quelquefois, mais pas toujours, concédai-je.

Elle ouvrit de grands yeux, mais je ne disais que la vérité.

— Une autre de tes spécialités, c'est d'être vraiment très belle.

Sa bouche s'entrouvrit.

— Tu...

Elle secoua la tête.

— Encore raté. Tu ne me mettras pas dans ton lit.

J'éclatai de rire, mais mon regard s'arrêta sur le décolleté du débardeur bleu ciel qu'elle portait. La façon dont le tissu était tendu par sa poitrine généreuse attira toute mon attention. Je dus faire un effort de volonté pour m'en détacher et la regarder dans les yeux.

— Je prends la chambre voisine.

Ses joues rosirent joliment.

— Comme par hasard.

— On partagera la même salle de bains. C'est pas génial ? Ça nous permettra de nouer des liens.

Je lui balançai mon sourire ultrabright, celui qui attire généralement les filles dans les bars comme le miel attire les ours.

— Je suis sûr qu'on a plein de choses à se dire.

— Je... Pas d'accord avec toi, contra-t-elle.

Mon sourire ne marchait pas avec elle. J'aurais dû m'en douter.

— Je crois que tu te trompes.

Elle croisa les bras, ce qui fit remonter ses seins au-dessus du tissu. Merde. Il fallait que j'arrête de mater ses seins.

— Il y a d'autres chambres, qui ont leur propre salle de bains.

— C'est celle-là qui me plaît.
— Tu ne l'as même pas vue, Tanner.
Je souris, mutin.
— Je sais qu'elle va me plaire.
Visiblement exaspérée, elle me regarda droit dans les yeux et secoua la tête. Une avalanche de cheveux roux suivit le mouvement.
— Qu'est-ce que tu manigances ?
— Rien du tout.
Je tapotai le dessus-de-lit près de moi du plat de la main.
— Viens par ici.
Elle haussa un sourcil auburn.
— Pourquoi ?
— Parce que je veux te demander quelque chose.
— Et tu ne peux pas le faire pendant que je suis debout ?
Elle transféra le poids de son corps d'un pied à l'autre.
Avec une moue enfantine, je tapotai de nouveau le lit.
— Non. Il faut que tu sois là, tout près de moi. C'est obligé.
— Ça devient ridicule.
Mais sa voix était attendrie.
— Peut-être bien.
Un long moment passa, et puis, avec un soupir ostensiblement las, elle se rapprocha et s'assit à côté de mes jambes.
— Tu es content ?
— Non.
Tendant la main, je l'attrapai par le bras et la fis tomber sur le lit à côté de moi avant qu'elle puisse se défendre.
— Maintenant, oui, je suis content.
Je m'attendais plus ou moins à ce qu'elle se dégage et s'enfuie loin de moi, mais elle resta où elle était. C'était sûrement bon signe. Quand sa bouche rose s'entrouvrit, laissant échapper un soupir, l'envie de goûter à ses lèvres me fit l'effet d'un coup de poing – un vrai baiser, dont elle

se souviendrait. La violence de mon désir me fit un choc. Je ne la comprenais pas, mais ce n'était pas le moment de me poser des questions. Andrea était près de moi. Elle sentait divinement bon. Et nous n'étions pas en train de nous disputer.

— Qu'est-ce que tu voulais me dire ? demanda-t-elle.

Je suivis des yeux le mouvement de ses lèvres.

— Je ne voulais rien te dire, je voulais te poser une question.

Les coins de sa bouche frémirent comme si elle réprimait un sourire.

— Qu'est-ce que tu voulais me demander, alors ?

Quand je la regardai dans les yeux, nos visages n'étaient qu'à quelques centimètres l'un de l'autre.

— Qu'est-ce que tu vas me faire à dîner ?

Andrea battit des paupières, puis éclata de rire – un rire franc et profond, communicatif, qui me chauffa le sang.

— Je vais faire ces hamburgers que j'ai vus dans *Cauchemar en cuisine*. Ils y mettaient des oignons émincés, de la chapelure et tout un tas de trucs. C'est vraiment délicieux.

Ah, j'étais vraiment mal barré. Encore un truc qui me bottait chez elle. Ses recettes venaient d'une émission de télé-réalité.

— Je les ferai cuire au barbecue.

— Tu devras te battre avec Kyler pour approcher du feu.

— Il ne me fait pas peur.

Son débardeur glissa sur une épaule, révélant une bretelle de son soutien-gorge bleu pâle. Je m'empressai d'y glisser un doigt pour le remettre en place. Ce faisant, j'effleurai sa peau et un profond soupir s'échappa de ses lèvres, soulevant sa poitrine.

Ses pupilles se dilatèrent et j'étouffai un grognement quand la pointe de sa langue vint humecter ses lèvres. Ni elle ni moi ne prononçâmes un mot tandis que je remontais son débardeur. Comme elle ne protestait pas, je m'enhardis à lui caresser le bras, ébloui par la douceur de sa peau. Je m'arrêtai sur le dos de sa main, qui était posée sur sa hanche.

— Que... Qu'est-ce que tu fais, Tanner ? demanda-t-elle à nouveau.

Très bonne question, à laquelle je n'avais pas vraiment de réponse, car ce que je faisais n'avait pas d'importance à cet instant précis. Cela allait bien au-delà, comme je m'en étais rendu compte plus tôt ; quelque chose s'était modifié entre vendredi soir et aujourd'hui et je ne savais ni quoi, ni ce que ça signifiait, ni rien du tout.

Je claquai ma main sur ses fesses.

Ça me semblait la seule chose à faire.

Avec un cri perçant, elle se redressa en position assise. Le regard de feu qu'elle braqua sur moi la rendait vraiment adorable. Encore ce mot.

— Espèce de fils de...

— Allons, Andy, ma mère n'y est pour rien.

Roulant sur le côté, je me relevai d'un bond et lui balançai un sourire moqueur.

— En attendant, je vais aller explorer cette piscine que je n'ai pas encore vue.

Pendant quelques secondes, elle ne dit rien, ne bougea pas d'un poil, je n'étais même pas sûr qu'elle respirait encore, puis elle roula sur le dos. Levant un bras, elle me fit un doigt d'honneur.

J'éclatai de rire.

Chapitre 6

Andrea

Les hamburgers étaient au frais dans le frigo, prêts à passer au barbecue, et j'avais pris tout mon temps pour les préparer. Les autres étaient au bord de la piscine et je m'attardais dans la cuisine, où je regardais les informations régionales à la télé. Quelqu'un avait dessiné une moustache à la bombe sur une statue dans une ville dont je n'avais jamais entendu parler.

Une info de la plus haute importance dans la région, semblait-il.

Je me dirigeai vers la porte, une bouteille de vodka citron à la main. De là, je voyais tout le monde. Un large pont de bois menait de la terrasse à la piscine encastrée en contrebas. Ayant grandi dans une maison dotée d'une piscine géante ressemblant à une plage de galets, je savais que cette terrasse et cette piscine avaient coûté un bras aux proprios de la baraque.

Syd et Kyler étaient dans l'eau du côté droit, occupés à essayer de se noyer mutuellement, ou ce qui y ressemblait à mes yeux. Mon regard glissa sur la gauche et je lâchai un juron étouffé.

Tanner.

Oh, waouh.

La mâchoire m'en tomba. J'étais peut-être même en train de baver, mais honnêtement, qui aurait pu m'en blâmer ?

Tanner ressemblait à ces « mecs canons » que l'on trouve sur Tumblr, genre ceux qui posent avec des chats. Bon Dieu, j'adore le Tumblr « Des hommes et des chatons ». Celui ou celle qui a eu cette idée géniale mérite une médaille.

En appui sur ses bras repliés derrière lui au bord de la piscine, les muscles des épaules bandés, les biceps saillants. Mon regard s'attarda sur son large torse sculpté et ses tablettes de chocolat visibles sous l'eau. La tête rejetée en arrière, il offrait son visage au soleil. Un sourire flottait sur ses lèvres bien dessinées, une sorte de sourire intérieur comme s'il savait que je me cachais pour le mater telle une fille transie d'amour.

Je n'étais pas transie d'amour pour lui.

Mais je me cachais bel et bien.

Avant de préparer les hamburgers, je m'étais mise en maillot de bain, et j'avais renfilé mes fringues par-dessus. Qu'est-ce qui m'était passé par la tête de porter un bikini ? Bêtement, je m'étais imaginé que le noir m'amincirait. Et c'était carrément stupide, parce que je vous jure que les maillots de bain amincissants n'existent pas, quoi qu'en disent les publicités.

Au même moment, Syd se hissa hors de l'eau – longs cheveux noirs lisses et brillants, corps de sylphide... Je soupirai. Sydney était très mince et elle arborait sans la moindre gêne le bikini qui lui allait à ravir. J'aurais mieux fait d'apporter un maillot une pièce, mais je crois que je n'en avais pas.

Serrant ma bouteille sur mon cœur, je revins sur Tanner. Il était toujours dans la même position et j'avais l'impression d'être le loup de Tex Avery avec la langue qui pend jusqu'au sol. Les deux garçons étaient canons, mais Tanner... m'avait toujours tapé dans l'œil.

Ce qui n'avait jamais été réciproque... jusqu'à ce jour.

Qu'est-ce qu'il avait dans la tête ? Son comportement dans la voiture, puis dans la chambre tout à l'heure ? Ouais, c'était déjà bizarre qu'il soit passé chez moi hier soir pour s'assurer que nous n'allions pas gâcher les vacances de Syd et Kyler, mais cette visite impromptue ne m'avait pas préparée à ça. Et je doutais sérieusement qu'il ait voulu dire « fricoter ensemble » quand il parlait de bien se tenir.

Pouvais-je sortir avec Tanner ?

Apparemment, je pouvais l'embrasser quand j'avais trop bu.

Il baissa le menton, et sa bouche s'ouvrit tout grand comme il riait à quelque chose que lui criait Kyler depuis l'autre côté de la piscine. Je n'entendais pas sa voix, mais je sentis tout de même mon ventre palpiter.

Oh oui, je pouvais totalement sortir avec lui.

Et c'est alors, sans prévenir, que ça me prit – les palpitations étaient remontées dans ma poitrine. Et ce n'était plus une sensation agréable et coquine. Non, c'était un coup de poignard brutal et mon rythme cardiaque s'accéléra.

Non. Non. Non. Pas de ça.

Je me détournai de la porte et m'appuyai sur le comptoir, les yeux fermés. Je m'efforçai de prendre une longue inspiration, mais ma poitrine se contracta, me coupant la respiration. *Non.* Ce n'était pas en train d'arriver. Tout était dans ma tête. Tout se passait toujours dans ma tête, pas vraiment dans mon corps. La pression s'accentua, mais ce n'était pas non plus réel. Je m'efforçai d'emplir mes poumons d'air et de ne pas prêter attention à l'emballement de mon cœur. Mes jointures étaient douloureuses à force de serrer la bouteille. Une vague de frissons partit de la base de ma nuque, envahissant mon cuir chevelu comme une armée de fourmis.

Une douleur aiguë me traversa la poitrine et je secouai la tête, serrant les dents au point de me meurtrir la mâchoire. Et si ça arrivait vraiment ? Si je ne pouvais pas l'arrêter ? J'allais...

Je repoussai ces pensées en ouvrant grand la bouche pour respirer. Ça n'arriverait pas. Il ne s'était rien passé. La soudaine et violente angoisse qui m'étreignait n'avait pas de raison d'être. Tout était dans ma tête. Quelques secondes passèrent, puis une minute, puis deux. Mon pouls finit par ralentir et les picotements dans ma nuque s'estompèrent. Les mains tremblantes, je portai la bouteille à mes lèvres et bus une gorgée d'alcool.

La porte vitrée coulissa et je rouvris les yeux, poussant un soupir de soulagement quand je vis que c'était Syd. Les cheveux enroulés sur une épaule, elle nouait une serviette de bain autour de sa taille.

— Te voilà, dit-elle. Je me demandais où tu étais.

Je la gratifiai d'un petit sourire aussi faible que mes genoux.

— Je préparais les hamburgers pour tout à l'heure.

Elle jeta un coup d'œil à la cuisine vide.

— Ah oui ?

— Oui. Je viens de finir, mentis-je en me décollant du comptoir. Ils sont dans le frigo.

Elle me lança un regard entendu.

— Tu te caches.

— Non. Pas du tout.

Elle croisa les bras et haussa un sourcil, dans l'expectative. Je poussai un soupir.

— Ça va ? me demanda-t-elle.

Syd était au courant qu'il m'arrivait parfois... que parfois je n'allais *pas bien*. Au début, j'avais essayé de lui mentir, mais elle serait bientôt docteur en psychologie et mes comportements erratiques n'avaient pas de secrets pour elle. C'était le genre de fille qui vous perçait à jour en cinq minutes chrono, et elle ne se trompait jamais.

— Ça va.

Je bus une autre gorgée avant de poser ma bouteille sur le comptoir. Retirant le chouchou que je portais au poignet, j'attachai mes cheveux en une queue-de-cheval approximative.

— Mais c'est vrai que je me cache. Plus ou moins.

— Je sais.

Elle se dirigea vers le frigo pour y prendre un soda. Syd n'était pas portée sur les boissons alcoolisées.

Je me tournai vers la porte.

— C'est Tanner... il est bizarre.

Je savais que j'avais toute son attention en cet instant.

— Tu sais qu'il s'est pointé chez moi, hier soir ?

— Quoi ?

Elle ouvrit de grands yeux.

— Tu ne me l'avais pas dit.

— Je pensais que c'était sans importance. Il n'est pas resté très longtemps. En fait, il était venu s'excuser pour l'autre soir.

Je m'interrompis et serrai les lèvres. Pas question de lui raconter que je l'avais embrassé samedi soir.

— Bah, je n'avais pas non plus été très cool, mais bon. Il est passé pour s'excuser, et puis voilà. Pas de quoi en faire un plat.

— Je pense le contraire, répliqua-t-elle. Il aurait pu t'appeler. Ou même le faire ici. Il n'avait pas besoin de venir chez toi.

— Je sais bien.

Je repris ma bouteille et me déplaçai vers la porte vitrée. Kyler et Tanner faisaient les cons dans la piscine, éclaboussant partout.

— Et il me drague plus ou moins. Enfin, plutôt plus que moins.

— J'avais remarqué. Ça ne m'étonne pas.

Je lui lançai un regard intrigué.

— Quoi ? Vous vous tournez autour depuis le jour où vous vous êtes rencontrés.

Je sentis mon ventre se nouer.

— Mais pourquoi maintenant ? Et pourquoi tout d'un coup ?

— Je n'en sais rien. Faut-il vraiment une raison ?

Je laissai échapper un rire.

— Oui.

— Il n'y avait pas vraiment de raison quand Kyler et moi sommes passés de l'amitié à autre chose. Bon, nous étions bloqués ensemble au chalet, mais ça aurait pu se passer n'importe quand. Il se trouve que c'est arrivé à ce moment-là. C'est peut-être pareil pour toi et Tanner, expliqua-t-elle. Vous n'attendiez qu'une occasion – comme ici, un endroit romantique et tout ça.

— Je ne crois pas qu'il cherche à avoir une relation sentimentale, dis-je en lui faisant face. Je crois qu'il veut juste coucher avec moi.

Elle leva les yeux au ciel.

— Qu'est-ce que tu en sais ?

— Euh, voyons voir. Il répète à qui veut l'entendre qu'il ne cherche pas l'âme sœur. D'après ce que je connais de son passé sentimental – ou, devrais-je plutôt dire, de son passé de fricotage – je maintiens ce que j'ai dit : il veut juste tirer un coup.

— Les gens évoluent. Kyler a bien changé.

— C'est parce qu'il était amoureux de toi depuis toujours.

Le sourire de Syd illumina son visage.

— Exact. Mais peut-être que Tanner a toujours été...

— Ne va pas plus loin, l'arrêtai-je en grinçant des dents. Ça devient complètement absurde.

— Bon. D'accord. Et toi, est-ce que tu cherches une relation amoureuse ? me défia-t-elle.

J'ouvris la bouche pour répondre par la négative, mais la refermai aussitôt. Où était la vérité ? Je ne cherchais pas activement un petit ami, mais si un mec bien me tombait dans les bras, je ne dirais pas non. Pourtant, même si je n'irais sans doute pas dormir dans la baignoire si Tanner me tombait dans les bras, je savais qu'il n'entrait pas dans cette catégorie. Merde, je me mentais à moi-même. Tanner serait un cadeau tombé du ciel, mais il n'y avait aucune chance qu'un mec comme lui ne se lasse pas très vite de moi et de toutes mes conneries. Je me fatiguais parfois moi-même.

Jetant un regard dehors, je haussai les épaules. Tanner était debout près de la piscine, mains sur les hanches. Il était tourné dans ma direction et je reculai d'un pas, les joues brûlantes. Heureusement qu'il ne nous entendait pas.

— Je ne sais pas. Je veux dire, qui n'écarterait pas les cuisses pour lui ?

Le rire cristallin de Sydney résonna dans la cuisine.

— Écarter les cuisses ? Comme tu y vas. Coucher avec quelqu'un ne fait pas forcément de toi une salope.

— Tu prêches une convaincue, dis-je en me tournant vers elle avec un sourire coquin, et son rire redoubla. Je ne sais pas. C'est juste bizarre. C'est…

Je me mordis la lèvre inférieure.

— Je ne te l'ai jamais dit, parce que, sérieux, ça ne me semblait pas important et que ça s'est passé avant qu'on soit amies toutes les deux, mais… je connais Tanner depuis ma première année de fac.

Elle ne répondit pas tout de suite.

— Quoi ?

Sa voix était montée dans les aigus et je fis la grimace. Je regardai Tanner plonger dans la piscine.

— Bah, *connaître* est un bien grand mot. Il ne savait même pas que j'existais. Nous avions seulement deux cours en commun, mais j'étais raide dingue amoureuse de lui.

— Pourquoi tu ne l'as jamais dit avant ?

Je haussai les épaules, puis me retournai vers elle.

— Quand je te dis qu'il ne savait même pas que j'existais, je suis sérieuse. À la fin de ma première année, je pensais que je ne le reverrais jamais, ou juste par hasard, et puis il s'est pointé dans ce bar avec Kyler.

Elle m'observait attentivement.

— Je vois. Je commence à mieux cerner ton attitude vis-à-vis de lui, et je suis sûre qu'il n'y a pas que ça. Qu'est-ce qu'il a fait ?

Je sentis mes joues s'empourprer.

— Tu te souviens de Clara Hansen ? Ma coloc en première et deuxième années ?

— Mmm, oui. Vaguement. Je me souviens surtout qu'elle n'était pas souvent là.

Sydney me rejoignit près de la porte.

— Eh bien, elle suivait les mêmes cours que nous. Elle savait forcément que j'avais le béguin pour lui, vu que je me bavais dessus chaque fois qu'il se pointait. Enfin, je ne lui ai jamais dit, mais... Bref.

J'avalai une autre gorgée et accueillis avec bonheur la brûlure de l'alcool dans mon gosier.

— Un soir, je suis restée bosser à la bibliothèque et je suis rentrée tard au dortoir. Clara n'était pas seule. Elle était déjà au pieu et s'envoyait en l'air.

— Oh. Oh non, grogna Sydney. Laisse-moi deviner. Avec Tanner ?

— Ouais.

— Quelle salope !

— Mais je ne lui avais jamais dit que j'en pinçais pour lui et je n'avais même jamais adressé la parole à Tanner.

La colère déforma son beau visage.

— Quand même. Mais comment se fait-il qu'il ne se souvienne pas de toi si tu les as surpris au lit ?

— Il était... disons... occupé, et quand j'ai compris que c'était lui, j'ai détalé en quatrième vitesse.

J'éclusai le reste de ma boisson.

— Il a forcément vu que quelqu'un était entré, mais il ne savait pas que c'était moi. Je sais que c'est con, mais ce truc-là m'a toujours pris la tête.

— Je peux comprendre ça, répondit-elle doucement.

Je me dirigeai vers la poubelle pour y jeter le cadavre de ma bouteille.

— C'est complètement débile. Il ne savait même pas qui j'étais. J'en suis parfaitement consciente. Et je crois que j'ai quand même mûri un peu depuis cette époque.

Syd haussa les sourcils d'un air dubitatif qui m'arracha un petit rire.

— Voilà toute l'histoire.

— Et qu'est-ce que tu comptes faire aujourd'hui ? demanda-t-elle.

Je secouai la tête.

— Je n'en sais foutre rien.

Un sourire étira ses lèvres.

— Eh bien, il va falloir te décider. Mais il faut commencer par arrêter de te planquer dans la cuisine.

Tanner

Les hamburgers d'Andrea étaient une vraie tuerie. J'avais bien essayé de le lui dire, mais elle avait passé la majeure partie de la soirée pratiquement collée à Sydney ; la nuit commençait à tomber et nous n'avions échangé que quelques mots.

À croire qu'elle m'évitait.

Et je refusais qu'elle me snobe. Disons que j'avais besoin d'attention, surtout que nos deux tourtereaux étaient maintenant rivés l'un à l'autre dans le petit bain. Syd était entre les jambes de Kyler et j'espérais vraiment qu'ils n'étaient pas en train de faire des cochonneries.

J'étais assis au bord de la piscine, les deux jambes dans l'eau, et je me penchai en avant quand Andrea ressortit de la maison. Les bras croisés sous les seins, elle s'approcha du bassin et me regarda.

Je lui fis « coucou » de la main.

Elle pencha la tête sur le côté. Dans le soleil couchant, ses cheveux brûlaient d'un feu ardent qui me rappelait les couleurs de l'automne qui approchait. Les lèvres pincées, elle se tourna vers Kyler et Syd.

— Andy, l'appelai-je pour l'empêcher de les interrompre.

Sa tête pivota dans ma direction.

— Tanner ?

— Viens par ici.

Je tapotai le bord de la piscine à côté de moi.

À ma grande surprise, après quelques secondes d'hésitation, elle me rejoignit. À en juger par son comportement de l'après-midi, je m'étais attendu à devoir la supplier à genoux. Quand elle s'assit à côté de moi, plongeant ses jolis orteils dans l'eau, j'eus toutes les peines du monde à détourner les yeux de ses jambes galbées.

— Tu m'as manqué.

Elle éclata de rire en croisant les mains.

— N'importe quoi.

— C'est la vérité.

Je basculai en arrière, en appui sur mes mains, tandis qu'elle contemplait l'eau. Elle avait une tache de rousseur juste sous l'oreille gauche. J'avais très envie d'y goûter.

— Je n'ai pas bougé d'ici, dit-elle en remuant les pieds.

Quelle serait sa réaction si je léchais cette petite tache brune ?

— Tu m'as quand même manqué.

— Tu es vraiment relou, répliqua-t-elle, mais elle souriait, ce qui était sûrement bon signe.

Mais pas assez pour que je lui lèche l'oreille. Je risquais un coup de poing dans les parties. Elle me lança un regard en coin, un sourcil relevé.

— Tu as de la chance d'être mignon.

— Tu me trouves mignon ?

Passant une main derrière elle, je tirai doucement sur le cordon noir autour de son cou.

— Quelquefois, répondit-elle en me tapant sur la main.

Je lui tapotai les doigts en souriant.

— C'est parce que le reste du temps tu trouves que je suis une bombe sexuelle.

— C'est ça, répondit-elle en me regardant dans les yeux. Si ça peut te faire plaisir.

J'éclatai d'un rire de gorge.

— Tu sais ce qui me ferait vraiment plaisir ?

— Quoi ?

— Voir ce que tu portes sous ces vêtements. Tu es en maillot de bain sous ce tee-shirt et ce short, et j'aimerais vraiment beaucoup te voir dedans.

Elle secoua la tête et reporta son attention sur la piscine, où elle battait des pieds dans l'eau.

— C'est reparti pour un tour, c'est ça ?

— Je ne vois pas de quoi tu parles.

Oh que si. Collant mon bras au sien, je savourai la chaleur de sa peau et la façon dont elle se mordit la lèvre.

— Alors… il paraît que tu as changé d'orientation ?

Elle hocha la tête et tourna légèrement la tête vers moi.

— Exact.

— Et qu'est-ce que tu veux faire ? lui demandai-je, sincèrement curieux. Vivre de tes rentes ?

À peine cette question eut-elle franchi mes lèvres que je le regrettai. Je me serais giflé. C'était censé être une plaisanterie, mais c'était à peu près aussi drôle qu'un accident sur le périphérique.

Andrea pivota complètement vers moi. Ses yeux bruns s'étaient obscurcis comme un ciel d'orage.

— Contrairement à ce que tu crois, trouduc, je ne passe pas mes journées à me prélasser et à me faire servir.

Je tentai un rétropédalage.

— Andrea...

— Je compte devenir enseignante, et comme tu le sais, les profs ne roulent pas sur l'or. Et quand je ne suis pas en cours, je ne passe pas mon temps à me faire faire des manucures. Je consacre le gros de mon temps libre à travailler en tant que bénévole à l'hôpital. Et pas à la réception ou à la boutique. Tu ne...

Retirant ses pieds de l'eau, elle se releva précipitamment. Trop. Ses pieds glissèrent dans la flaque sur le pont et elle perdit l'équilibre, son genou heurtant le rebord de la piscine. Je voulus la retenir par le bras, mais je ne fus pas assez rapide et elle tomba à l'eau dans une gerbe d'éclaboussures.

— Qu'est-ce que... ?

Kyler lâcha Sydney et se tourna vers nous.

— Tu l'as poussée ? me demanda-t-il, incrédule.

Sans lui répondre, je sautai dans la piscine comme Andrea sortait la tête de l'eau.

— Ça va ?

Reprenant son souffle après le choc thermique, elle battit des pieds, les yeux écarquillés. Un éclat de colère traversa ses traits, suivi par autre chose qui lui empourpra les joues. Une émotion bien différente. Secouant brièvement la tête, elle me tourna le dos et nagea jusqu'à l'échelle. Elle sortit de la piscine, complètement trempée, les cheveux plaqués sur les joues, ses vêtements moulant son corps voluptueux.

Je la suivis, mais elle traversa la terrasse à toute allure, sans même se retourner. Jurant entre mes dents, je rejoignis le bord et me hissai hors de l'eau.

— Qu'est-ce qu'il s'est passé ? me demanda Sydney, déjà prête à la rattraper.

— Elle est tombée.

Je les regardai tous les deux.

— Je m'en occupe.

Sydney fronça les sourcils.

— Mais...

— J'ai dit : je m'en occupe.

Heureusement qu'elle s'arrêta, parce que Kyler aurait sûrement pété un plomb si j'avais dû insister, et ça n'aurait pas été beau à voir.

— Tanner, appela Syd.

Perdant patience, je me retournai vers elle.

— Je...

— Elle travaille comme bénévole dans l'aile psychiatrique de l'hôpital, continua-t-elle, me faisant savoir qu'elle avait entendu une partie de notre conversation. Et aussi au centre d'appels de SOS Suicide à Georgetown quand ils ont besoin d'elle.

Sonné, je clignai les yeux.

— Quoi ?

Kyler dévisageait Sydney comme si un troisième sein venait de lui pousser.

— Sérieux ?

Elle hocha la tête.

— Elle ne le crie pas sur les toits, mais j'ai pensé qu'il fallait que tu le saches.

Pendant quelques secondes, je restai figé comme une statue, le temps de digérer cette information au sujet d'Andrea – la fille que je prenais pour une gosse de riches gâtée pourrie qui ne pensait qu'à faire la fête. Il ne me serait jamais venu à l'idée qu'elle donnait de son temps pour quoi que ce soit d'autre que se mettre la tête à l'envers et acheter des sacs à main.

— Merde. Je ne savais pas, répondis-je, ce qui n'était pas une excuse.

Sydney n'ajouta rien et l'explosion de culpabilité que je ressentis me fit l'effet d'un coup de chevrotine dans l'estomac. Une fois de plus, je découvrais que je ne connaissais presque rien de la véritable Andrea. Je murmurai des remerciements et traversai à mon tour la terrasse.

Une fois dans la maison, je suivis les petites flaques qu'elle avait laissées. Elle était montée à l'étage et je gravis les marches deux à deux. Je me dirigeai tout droit vers sa chambre, bien décidé à reconnaître que je m'étais conduit comme un parfait crétin.

— Andy, je suis...

Lorsque j'ouvris la porte, les mots restèrent bloqués dans ma gorge et un écran noir occulta mon cerveau. Je ne cillai pas. Je crus que je ne cillerais plus jamais et que je ne pourrais jamais me sortir de la tête cette image d'Andrea. Et je ne l'aurais voulu pour rien au monde, parce qu'elle était au milieu de la pièce, seulement vêtue d'une serviette – un morceau de tissu minuscule dévoilant une avalanche de chair pâle, de courbes avenantes et moelleuses, surtout là où la serviette bâillait.

Une vague de désir brut – brûlant et animal – s'abattit sur moi et je ne pus que grogner :

— Nom de Dieu.

Chapitre 7

Andrea

C'était comme si quelqu'un venait de mettre la scène sur pause. Debout, les bras ballants, près de la salle de bains, je dévisageais Tanner. Ni lui ni moi ne fîmes un geste pendant de longues secondes, mais mon cœur battait la chamade et je sentais une vague de chaleur gagner mes joues, mon cou et continuer sous la serviette. Son torse était encore humide de l'eau de la piscine et dégoulinait en minces filets le long de ses abdominaux.

Le regard de Tanner... était intense et brûlant et ne laissait aucun doute. Pour la première fois de ma vie, je sentis mes genoux faiblir. À cet instant, il ne me regardait pas comme une fille qui venait de se ridiculiser devant lui et de tomber dans la piscine. Il ne me regardait pas non plus comme une fille oisive et inutile.

Il me regardait comme une femme dont il avait envie – bestialement envie.

Puis il se mit en mouvement.

Refermant la porte d'un coup de pied, il avança sur moi.

Le « clic » de la porte me tira de ma stupeur.

— C'est quoi, ce délire ? hurlai-je en serrant ma serviette au-dessus de mes seins tout en reculant d'un pas.

J'étais entièrement nue sous la serviette et je ne m'étais jamais trouvée aussi dénudée dans la même pièce que Tanner. C'était trop.

— Qu'est-ce que tu fais ici ? On ne t'a pas appris à frapper ?

Tanner ne semblait pas m'avoir entendue.

— Je suis venu pour une raison précise, mais je ne m'en souviens plus.

— Qu... quoi ? bafouillai-je. Pour continuer à m'insulter ?

Ses yeux remontèrent alors jusqu'aux miens, et son regard se fit moins avide.

— Je suis désolé. Je ne voulais pas t'insulter, mais c'est ce que j'ai fait. C'est pour ça que je suis monté. Pour m'excuser.

L'espace d'une seconde, j'oubliai que j'étais à moitié nue et qu'il venait de faire irruption dans ma chambre. C'était la seconde fois qu'il s'excusait. Il ne l'avait jamais fait auparavant. Et moi non plus. Je clignai lentement les yeux, à court de mots.

Le regard de Tanner redescendit et sa bouche s'entrouvrit. Un grognement rauque s'échappa de sa gorge, qui me fit recroqueviller les orteils sur le plancher et chavirer l'estomac. C'est à ce moment-là que je m'aperçus que la serviette en laissait voir beaucoup.

Sainte mère.

Je ne faisais pas une taille zéro, même pas du trente-huit, et une serviette ordinaire était trop petite pour me couvrir entièrement. Elle s'ouvrait donc juste sous mon sein gauche, exposant le côté de mon ventre, une hanche et le haut de ma cuisse. Il pouvait voir le renflement de mon sein, et Dieu savait quoi d'autre s'il regardait bien. Pas la peine d'essayer de me voiler la face. Au moindre mouvement un peu trop brusque, il aurait une vue plongeante sur toute la marchandise.

Je faillis éclater de rire, parce que je ne voulais *tellement* pas qu'il me voie en maillot de bain quelques heures plus tôt, et que maintenant je déballais tout. Mais j'avais les larmes aux yeux et la gorge brûlante et j'aurais eu l'air un peu dingue.

Tanner relâcha bruyamment son souffle, ce qui me mit les nerfs en pelote.

— Tu es très belle, Andrea.

J'éprouvais un mélange de plaisir et de colère. Il avait déjà dit la même chose un peu plus tôt, mais je l'avais oublié. Enfoui tellement profondément dans mon cerveau que c'était comme l'entendre pour la première fois.

— Ne dis pas des choses que tu ne penses pas. Pas des choses comme ça.

Il fronça les sourcils quand son regard croisa le mien.

— Mais je le pense *vraiment*.

Je déglutis avec difficulté en secouant la tête. Mes doigts se resserrèrent sur la serviette. Je ne savais pas quoi répondre.

— Tu ne devrais pas être ici.

— Je sais.

Il ne faisait pourtant pas mine de s'en aller.

— Tu t'es blessée au genou.

Hein ? Baissant les yeux, je constatai qu'il disait vrai. De petites gouttes de sang perlaient sur mon genou gauche.

— Je... J'ai dû m'écorcher en tombant.

Cela me paraissait impossible, mais j'eus pourtant l'impression de rougir encore plus.

— Laisse-moi regarder, dit-il.

— Ce n'est rien. Juste une égratignure.

Avec ses longues jambes, Tanner réduisit la distance entre nous en deux ou trois pas et se planta soudain devant moi.

— Je suis sûr que ce n'est rien, mais je me sentirais mieux si je pouvais y jeter un coup d'œil. Je n'aurais jamais cru te dire ça, mais tu devrais aller t'habiller et me laisser regarder.

J'avais surtout envie de lui dire de dégager, mais il m'offrait une porte de sortie. Je me dirigeai maladroitement vers le lit, où je ramassai les vêtements que j'avais préparés avant qu'il entre dans ma chambre ; je m'arrêtai à la porte de la salle de bains pour le regarder par-dessus mon épaule. Il n'avait pas bougé, les poings serrés, les bras le long du corps. Quelque chose dans sa posture me mit mal à l'aise.

À vrai dire, tout chez Tanner en cet instant me filait les chocottes. Je me glissai dans la salle de bains, les jambes flageolantes. Je vis mon reflet dans le miroir et constatai que mon visage était à peine moins rouge que mes cheveux. Mon Dieu, quelle soirée ! Après m'être étalée dans la piscine comme une gourdasse et m'être fait surprendre à moitié nue, je n'avais qu'une envie : me rouler en boule dans mon lit, les couvertures sur la tête.

Ou bien descendre la moitié d'une bouteille de tequila. C'était bien le moment ou jamais de me mettre la tête à l'envers.

Alors que je m'habillais, je me rendis compte que je n'avais pas pris de soutien-gorge. Et merde... Il ne manquait plus que ça. Peut-être que j'aurais de la chance et que Tanner disparaîtrait dans un trou noir. À toute allure, j'enfilai le tee-shirt et le short en coton, grimaçant quand je vis mes tétons clairement pointer sous le tissu. Dieu ne m'avait pas à la bonne en ce moment. C'était peut-être même une punition.

Je pris un mouchoir en papier pour essuyer mon genou qui me picotait. Je venais de m'asseoir sur le rebord de la baignoire quand on frappa à la porte.

— Tu es décente ? demanda Tanner.

— Oui.

Immédiatement, je sus que j'aurais dû dire « non », parce que la porte s'ouvrit aussitôt et il entra dans la salle de bains. Toujours torse nu. Toujours mouillé. Dieu que c'était sexy, des abdos dégoulinants d'eau. Je secouai la tête d'un air dégoûté en le fusillant du regard.

— J'aurais pu être en train de faire pipi.

Il s'arrêta devant moi en haussant un sourcil.

— J'ose espérer que tu m'aurais prévenu.

— Et pourquoi devrais-je te prévenir que je suis en train de faire pipi ? répliquai-je. Je ne devrais rien avoir besoin de te dire. Tu ne devrais pas entrer chez les gens plus ou moins sans leur consentement.

— Plus ou moins sans leur consentement ?

Ses lèvres se tordirent et je jure que s'il avait ri à ce moment-là je lui aurais balancé sans hésiter un coup de pied dans les bijoux de famille dans le plus pur style kung-fu. Il me prit des mains les mouchoirs en papier et s'agenouilla devant moi.

— Est-ce que ça va ?

Je ne compris pas tout de suite de quoi il parlait.

— Je t'ai dit que ce n'était rien.

Il inclina la tête tout en s'emparant de mon mollet gauche, ce qui me fit tressaillir. Il s'arrêta, levant les yeux vers moi sous ces cils charbonneux.

— Je t'ai fait mal ?

Sa voix était rauque, épaisse comme du velours.

J'avais la très nette impression qu'il ne parlait pas que de ma jambe. Sans attendre ma réponse, il se concentra de nouveau sur mon genou. Je tâchai de l'imaginer dans la même situation en tant que pompier volontaire. Contrairement à maintenant, il serait vêtu de la tête aux pieds, mais j'étais prête à parier que dans son uniforme il devait en faire s'évanouir plus d'une.

Tanner me tamponna doucement la peau pour essuyer le sang. Au bout de quelques secondes, il dit :

— Je ne pensais pas ce que je t'ai dit tout à l'heure, que tu passais ton temps à te prélasser.

Je regardai fixement le dessus de son crâne. Quand ils étaient mouillés, ses cheveux paraissaient plus foncés et je voyais les gouttelettes accrochées à ses mèches courtes.

— Tu en es sûr ? Parce que moi, je crois que c'est ce que tu penses.

Sa main se figea à quelques centimètres de mon genou, puis il releva la tête. Deux yeux bleu cobalt plongèrent dans les miens.

— Tu sais, tu es parfaitement en droit de me poser cette question.

Il fit basculer le poids de son corps en arrière, sans me quitter des yeux.

— Et tu mérites une réponse sincère. Jusque très récemment, je pensais réellement que tu passais ton temps libre à ne rien faire. Je ne savais pas que tu étais bénévole à l'hôpital ou à SOS Suicide.

Je retins mon souffle.

— Syd a ouvert sa grande bouche ?

Il acquiesça.

Je connaissais une fille taille zéro aux longs cheveux noirs qui allait se faire étrangler. Pourquoi lui avait-elle dit ça ? Elle avait sans doute entendu notre conversation au bord de la piscine pendant qu'elle papouillait Kyler, ce qui prouvait une fois de plus qu'elle était multitâche. Je n'avais pas honte de mes activités de bénévole. Mais je pensais que Tanner s'en fichait complètement.

— Je trouve ça super, dit-il avec un bref sourire. Il n'y a pas beaucoup de gens capables de faire ça.

— Non.

Peu de gens étaient capables de fréquenter des malades ou des désespérés qui avaient besoin d'aide. Je ne savais pas comment j'y arrivais moi-même. Sans doute à cause de… bah, de ce que j'étais.

— Alors quoi ? Tu trouves tout à coup que je suis une fille géniale ?

Il afficha une moue ironique.

— J'ai toujours trouvé que tu étais une fille géniale en dépit des fausses idées que je me faisais sur toi.

Je pinçai les lèvres.

— Je trouve ça difficile à croire.

— Mais c'est pourtant la vérité.

Il se pencha en arrière pour jeter les mouchoirs en papier dont il s'était servi à la poubelle.

— Je t'ai toujours trouvée intelligente. Tu étais en prépa de médecine quand je t'ai rencontrée et tu te débrouillais très bien. Je t'ai toujours trouvée drôle. Toujours le mot qui fait mouche. Et plusieurs fois, je t'ai même trouvée adorable.

Bon sang, ma gorge se serra et je dus détourner les yeux. Mon regard tomba sur notre reflet dans le miroir. C'était vraiment bizarre de le voir à genoux devant moi, la tête levée pour me regarder.

— Et il faut aussi que je te dise que je t'ai toujours trouvée canon, ajouta-t-il. Déjà, tu es une rouquine, ce qui te met d'emblée dans la catégorie des bombes sexuelles.

Je laissai échapper un petit rire désabusé.

— Ce n'est pas ce que pensent la plupart des gens à propos des rouquines.

— On les emmerde.

Sa main remonta dans le creux de mon genou, ce qui perturba ma respiration. Je fus traversée de frissons.

— Tu sais sûrement déjà que tu devrais mettre de l'eau oxygénée sur ce truc-là, mais il n'y a pas mort d'homme.

Des palpitations pulsèrent dans mon ventre tandis qu'il caressait l'arrière de mon genou de la pulpe du pouce.

Les sensations se bousculaient. J'ignorais que cette zone était aussi sensible.

— Oui, je le sais.

Il posa la main au-dessus de mon genou et me contempla de nouveau, un demi-sourire sur son beau visage. Puis il se releva, laissant glisser ses doigts. Au lieu de se redresser complètement, il posa doucement ses deux mains sur mes joues.

— Si on reprenait tout depuis le début ? proposa-t-il d'une voix douce. Je m'appelle Tanner Hammond.

Je le dévisageai avec des yeux de merlan frit. Mais il était sérieux, cela ne faisait aucun doute. Était-il réellement possible de repartir de zéro ? J'en doutais fort. Le passé ne s'effaçait pas d'un claquement de doigts, mais ça ne mangeait pas de pain de faire semblant. Un autre truc pour lequel j'étais très douée.

— Je... Je m'appelle Andrea Walters.

L'espace d'une fraction de seconde, son sourire s'élargit, puis il déposa un baiser sur le bout de mon nez.

— Je suis ravie de faire enfin ta connaissance.

La soirée du mardi se déroula de façon très différente. Pas en mal, mais c'était carrément autre chose. Nous étions tous les quatre assis sur la terrasse, à parler de tout et de rien. Nous avions chacun un verre à la main, mais pas pour se bourrer la gueule et cela me convenait très bien. C'était peut-être le paysage. Ou la compagnie. Quoi qu'il en soit, je n'avais pas l'impression d'avoir besoin d'autre chose pour me sentir détendue et passer une bonne soirée.

Kyler était impatient de commencer son école de vétérinaire, et Syd d'obtenir son diplôme alors que l'année n'avait même pas commencé. Tanner et moi étions un peu à la ramasse, en sursis en attendant le printemps.

Nous ne nous sommes pas disputés une seule fois.

Bon. Ce n'est pas entièrement vrai. On s'est bien chamaillés deux ou trois fois, mais rien à voir avec nos prises de bec habituelles où je finissais par menacer d'endommager son appareil reproducteur. Même après avoir remis les compteurs à zéro, je n'étais pas certaine que nous étions capables de ne pas nous accrocher.

La soirée se prolongea jusque tard dans la nuit et je me suis finalement glissée sous mes couvertures pour m'abandonner aux bras de Morphée sans avoir besoin de petites gélules. Le mercredi matin, Kyler et Syd ont préparé le petit déjeuner avant de partir pour leur première randonnée en montagne.

Je ne les avais pas accompagnés... à cause des ours. Et des coyotes. Et des chevreuils. Et de l'activité physique. Aussi parce que j'étais certaine qu'ils feraient des pauses toutes les deux minutes pour se papouiller et que je ne voulais pas voir ça.

Tanner s'approcha nonchalamment du tabouret de bar sur lequel j'étais assise devant l'îlot de la cuisine. Il se passa une main dans les cheveux et s'adossa au comptoir, face à moi.

— Alors, à quoi est-ce qu'on va s'occuper, aujourd'hui ?

— Pourquoi tu n'es pas parti avec eux ?

Il suffisait de le regarder pour savoir qu'il aimait l'activité physique.

Il haussa une épaule, et le tee-shirt délavé qu'il portait se tendit sur son torse.

— Ils n'ont pas voulu de ma compagnie, du coup te voilà coincée avec moi.

C'était un peu bizarre qu'ils lui aient dit ça, mais, connaissant Syd, elle l'avait sans doute fait exprès après avoir su que je ne venais pas pour qu'il puisse me surveiller. Toutefois, après notre petit tête-à-tête dans la salle de bains la veille au soir, ce n'était finalement pas une mauvaise chose de me retrouver coincée avec Tanner.

— On dirait que tu as raison.

— Eh ouais. Alors, va enfiler ton maillot de bain et on va passer la journée à lézarder au soleil.

J'étais sur le point d'inventer une excuse, mais puisqu'il m'avait vue la veille à moitié nue, ça paraissait débile de ne pas vouloir me montrer en maillot. Mais j'hésitai quand même.

— Allez, Andy.

Il me prit par la main pour me faire descendre du tabouret. Son autre main se posa sur ma hanche.

— Viens me tenir compagnie.

Les yeux plongés dans ses prunelles qui m'évoquaient un ciel d'été avant l'orage, je ne pus qu'acquiescer. Son sourire était contagieux quand il m'attira contre lui. Mon cœur s'accéléra à son contact, ce dont il ne parut pas s'apercevoir, et il referma ses bras autour de moi. Me serrant sur son torse, il me souleva carrément du sol et me fit tanguer dans ses bras.

Je poussai un cri aigu comme un jouet pour chien.

— Tanner !

— Désolé.

Il ne semblait pas l'être le moins du monde.

— Je suis toujours un peu trop enthousiaste.

Il me reposa par terre et me lâcha.

— Dépêche-toi. Je t'attends dehors.

Je m'exécutai aussitôt avant de changer d'avis. Je gravis l'escalier à la vitesse de l'éclair, me mis en bikini, puis enfilai une robe tube en tissu éponge par-dessus. Je ne me regardai même pas dans la glace pour éviter de réfléchir à notre tandem. Kyler et Syd d'un côté, Tanner et moi de l'autre. Bien sûr, nous sortions souvent tous les quatre, mais je n'avais jamais eu l'impression que nous formions un couple.

Un couple ?

Je gloussai toute seule en repoussant mes cheveux en arrière. Au rez-de-chaussée, je fis un arrêt dans la cuisine, et sans même y penser, je me retrouvai devant le frigo, dans l'intention de prendre une bière. Un petit verre m'aiderait à me détendre.

Alors que je m'apprêtais à me servir, je m'immobilisai soudain en retenant mon souffle. Qu'est-ce que je fabriquais, à la fin ?

La main sur la poignée, je serrai les lèvres avec consternation. Est-ce que j'avais vraiment besoin d'alcool pour me détendre ? Non. Certainement pas. Je n'en avais pas besoin. J'en avais *envie*. Ça faisait toute la différence. Je respirai un grand coup, refermai la porte et reculai d'un pas. Quand je me retournai, je poussai un petit cri.

Tanner était là, à côté de la porte vitrée coulissante. Je ne l'avais pas entendu arriver. Depuis combien de temps était-il derrière moi ? Assez pour m'avoir vue.

Il me sourit, sans paraître me juger, mais je n'étais pas dupe. Je me jugeais moi-même.

— Tu es prête ?

Abandonnant le réfrigérateur, je me dirigeai vers lui et lui rendis faiblement son sourire quand il fit coulisser la porte. Je me retrouvai soudain dans la chaleur du soleil éclatant et j'avais l'impression d'être une autre personne. Comme si je venais de me débarrasser d'une enveloppe inconfortable et irritante.

Tanner me dépassa, retirant son tee-shirt tout en marchant. Bonne mère, son caleçon de bain un ou deux tons de bleu plus clairs que ses yeux descendait très bas sur ses hanches de façon presque indécente. Comment était-ce possible qu'il ne glisse pas ? Et quand il se retourna vers moi, je ne vis plus que le « V » que dessinaient les muscles de son bassin. Mon Dieu, je ne pouvais pas détacher les yeux de son corps.

Il me fit un clin d'œil avant de plonger dans la piscine comme un pro. Je plissai les yeux en soupirant. Il était gracieux comme un fauve.

Je m'approchai du bord, à l'autre bout du bassin, là où il y avait des marches, prenant soin de ne pas glisser et de ne pas m'étaler encore une fois comme une idiote. Tanner nagea dans la direction opposée. Alors qu'il me tournait le dos, il me cria :

— Alors, tu te mets à l'eau ?

Je m'attendais à ce qu'il se retourne et j'attendis une seconde, mais je me rendis compte qu'il... me laissait le temps d'enlever ma robe et c'était... délicat de sa part. Carrément attentionné même. Les doigts tremblants, j'agrippai le bas du vêtement, que je fis passer par-dessus ma tête. Je scrutai alors la piscine et repérai Tanner qui nageait sous l'eau. Le cœur battant, je laissai tomber ma robe là où je pourrais facilement la reprendre. Je venais de descendre la première marche, et j'avais de l'eau aux chevilles, quand Tanner refit surface.

Je me figeai.

Il avait pied et son torse jaillit de l'eau. Le soleil accrochait des reflets sur ses épaules dégoulinantes d'eau, mais ce fut son regard qui me coupa carrément le souffle.

C'était comme s'il me touchait et tout mon corps vibra sous cette caresse.

— Andy, murmura-t-il d'une voix rauque. Il faut que je te dise un secret.

Le souffle court, je me sentais bête et résistai au désir de croiser les bras sur mon ventre.

— Un secret intéressant ?

— Très.

Le coin de ses lèvres s'incurva.

— En fait, Kyler m'a proposé de venir avec eux aujourd'hui.

Je haussai les sourcils.

— Ah oui ?

Tanner hocha la tête.

— Mais j'ai décliné son invitation. Je préférais passer la journée avec toi.

Chapitre 8

Tanner

Il aurait pu se mettre à neiger que je n'aurais pas été capable de détourner les yeux d'Andrea. Le bref aperçu que j'avais eu de ses courbes la veille n'avait été qu'un délicieux avant-goût, qui ne m'avait préparé en rien à ce que j'avais maintenant sous les yeux.

Andrea n'était pas juste belle, elle était incroyable – à couper le souffle.

Des rondeurs partout où il le fallait. Moelleuse à souhait. Une poitrine généreuse débordant de son haut de maillot de bain, la taille fine et des hanches délicieusement évasées. Son corps me rappelait celui de ces pin-up d'autrefois qui me fascinaient tant quand j'étais au lycée. C'était une véritable déesse et elle ne le savait même pas. Le désir sexuel pulsa dans mes veines, comme sous les coups d'un marteau-piqueur. Je m'étais figé sur place, tous les muscles bandés, au point de ne plus pouvoir respirer. Chaque centimètre de mon corps était tétanisé par l'excitation et je ne pensais qu'à réduire la distance qui nous séparait pour la prendre dans mes bras et sentir ce corps onctueux contre le mien.

Bordel de merde, j'étais fou de désir.

Ses mains descendirent le long de son buste, jusque dans l'eau qui caressait ses cuisses.

— Qu'est-ce que tu as à me regarder comme ça ?

Sa voix douce me transperça.

— Je ne peux pas faire autrement.

Ses joues s'empourprèrent joliment sous le soleil.

— T'es bizarre, comme mec.

— Oh non, je le serais si j'étais capable de détourner les yeux. Et ce ne serait pas juste bizarre. Ce serait un *sacrilège*.

Sa bouche s'entrouvrit et elle me sourit. Merde, j'avais l'impression d'avoir gagné le gros lot. Elle passa à côté de moi et je serrai les dents au point de m'en faire mal aux mâchoires pour ne pas céder à l'impulsion de la toucher. Merde.

Je la regardai plonger et nager sous l'eau jusqu'à l'autre bout du bassin, sans pouvoir la quitter des yeux. Quand elle refit surface et tourna la tête vers moi, mon cœur s'emballa brutalement dans ma poitrine.

Comme si elle était une sirène œuvrant pour m'attirer dans ses filets, je ne pus m'empêcher de m'avancer vers elle. Je la rejoignis au bord de la piscine, où nous n'avions pas pied, nos bras accrochés au rebord.

Quand le soleil se cacha derrière un nuage, Andrea leva la tête, plissant le front.

— Tu crois qu'il va y avoir de l'orage ? demanda-t-elle.

— Je n'en sais rien, répondis-je sans cesser de la reluquer, ce qui en disait long sur mon état. La météo a annoncé qu'il y en aurait cette semaine. On est en août après tout.

Ses jambes dérivèrent dans l'eau, touchant légèrement les miennes, et ce simple contact, l'effleurement de sa peau contre ma peau me fit l'effet d'une décharge électrique.

— J'espère qu'ils ne se feront pas surprendre par la pluie. Ils ont dit qu'ils repartiraient en randonnée jeudi ou vendredi.

— Et tu n'iras pas avec eux cette fois non plus ?

Elle secoua la tête en riant. Une mèche tomba sur son visage et resta collée sur sa joue.

— Non.

— Moi non plus.

Avançant une main, je ramenai ses cheveux derrière son oreille.

Ses yeux bruns plongèrent dans les miens, comme éclairés par un feu intérieur. Il y avait une multitude de questions dans son regard. Le silence s'étira tandis que nous nous étudiions, et je me serais volontiers coupé la main pour savoir ce qu'elle avait dans la tête en cet instant. J'étais bien trop conscient de ce qu'il y avait dans la mienne. Principalement du désir. J'avais envie de l'embrasser. De savoir si ses yeux s'assombrissaient quand le plaisir montait en elle. De connaître l'expression de son visage quand elle jouissait. De l'entendre crier mon prénom. Puis elle se détourna et baissa le menton, mettant fin à la connexion.

Waouh, il fallait que je reprenne le contrôle de mon cerveau. Et de ma queue. Surtout de ma queue, parce que si elle regardait dans l'eau entre nous, elle verrait tout de suite à quel point j'étais excité et je ne saurais plus où me mettre.

Cherchant désespérément un moyen de me distraire l'esprit de la gaule phénoménale qui tendait mon caleçon, je me raclai la gorge.

— Qu'est-ce qui t'a décidée à te porter volontaire à SOS Suicide ?

Elle inclina la tête sur le côté.

— Je... Je ne sais pas trop. J'imagine...

Elle s'interrompit et poussa un soupir. Plusieurs secondes s'écoulèrent tandis qu'elle cherchait la bonne réponse.

— Ces gens-là, tu sais, ils sont exactement comme toi et moi. Ils sont dans une mauvaise passe de leur vie et la plupart veulent juste parler à quelqu'un – ils ont besoin qu'on les écoute. Qu'on les écoute vraiment. C'est quelque chose que je peux faire.

Mon instinct me disait qu'il y avait plus que ça.

— Ça ne doit pas être facile.

— Pas toujours, non, répondit-elle doucement, plissant les yeux dans le soleil qui venait de réapparaître. Je suis tombée sur quelques appels où je croyais que ça serait juste une conversation normale, mais ils avaient déjà avalé des cachets ou autre chose. Là... c'est dur, reconnut-elle. On ne sait pas vraiment ce qu'il va leur arriver. Si la police arrivera à temps... S'ils sont encore vivants. S'ils vont recommencer et s'ils trouveront quelqu'un au bout du fil pour les écouter. Oui, cet aspect-là est difficile, mais pas les appels en eux-mêmes. La vie de ces gens est bien plus difficile que tout ce à quoi je peux avoir à faire face quand je réponds à leurs appels.

En tant que pompier volontaire, je voyais beaucoup de choses très dures. Accidents de la circulation. Des grands brûlés. Des cadavres flottant dans la rivière. Parfois, c'était la police qui nous appelait ou le Samu qui ne parvenait pas à accéder aux victimes. Souvent des morts par overdose dans ces cas-là.

— Pourquoi tu ne deviens pas psychologue, alors ? repris-je, piqué par la curiosité. On dirait que tu as trouvé ta vocation.

Elle esquissa un petit sourire désabusé.

— Je ne crois pas que j'aurais le cran de supporter ça tous les jours pendant les quarante prochaines années. C'est le truc de Syd. Pas le mien.

Je n'en étais pas si sûr.

— Et toi ? demanda-t-elle. Pourquoi tu veux être policier ? Ça a l'air de te plaire d'être pompier.

Mes lèvres se retroussèrent en un petit sourire en coin.

— C'est ce que j'ai toujours voulu faire.

— À cause de ton père ?

Je tressaillis. Elle savait que mon père était flic ? Sûrement par Kyler.

— Oui, mais pas pour les raisons que tu imagines.

Elle se tourna vers moi, rompant le contact de nos cuisses.

— Qu'est-ce que tu veux dire ?

Je n'avais surtout pas envie de parler de mon paternel, mais je me surpris à tout lui déballer.

— Walter - c'est mon père - était un mauvais mari et un mauvais père, mais c'était avant tout un mauvais flic.

Andrea cligna les paupières, visiblement choquée.

Un petit rire m'échappa et je détournai les yeux, contemplant la forêt qui entourait la piscine.

— Incapable de garder sa bite dans son froc et toujours à tremper dans des affaires louches. Tu vois le genre. Il laissait les gens s'en tirer s'ils faisaient des choses pour lui en retour, des petits arrangements. Sans aller jusqu'à des histoires de drogue, mais tu serais surprise de savoir ce que les gens sont capables de faire pour échapper à une amende. Quand j'étais petit, je ne comprenais pas pourquoi ma mère pleurait tout le temps ni pourquoi mon père ne rentrait pas toujours à la maison après son service. Je ne savais pas que c'était un ripou et je ne l'aurais sans doute jamais su sans sa partenaire. C'est elle qui m'a montré ce que c'était qu'un bon flic, qui m'a appris à respecter l'uniforme et le rôle de la police dans la société. Je ne sais pas comment elle faisait pour supporter mon père - ni ma mère, d'ailleurs - mais c'est grâce à elle que j'ai voulu devenir policier.

Lorsque je m'interrompis pour reprendre mon souffle, j'avais les oreilles en feu.

— Bref, j'imagine que j'ai voulu être flic pour compenser les conneries de mon père.

— Waouh, dit Andrea, en posant une main chauffée par le soleil sur mon épaule. Je ne savais pas tout ça.

Mes yeux tombèrent sur sa main fine, tellement gracieuse et élégante. Une main de chirurgien faite pour tenir un scalpel, en espérant que ce ne serait pas pour dépecer mon cœur.

Mon cœur ?

Mais qu'est-ce qui me prenait, bordel, à penser à mon cœur et ce qu'elle pourrait lui faire ?

Et je n'avais pas débandé.

Sa main glissa jusqu'à mon avant-bras. Quand elle atteignit mon poignet, elle serra doucement.

— Tu sais, ce n'est pas à toi de compenser parce que ton père était un ripou.

— Je sais.

Ma voix était devenue rocailleuse.

Le sourire d'Andrea s'agrandit.

— Mais tu feras un excellent flic. Tu es un mec bien. La plupart du temps, plaisanta-t-elle.

Je n'avais pourtant pas les pensées d'un mec bien en ce moment. C'était même tout le contraire. C'était plus fort que moi. Il fallait que je la touche. C'était un besoin impérieux et je me contrôlais de moins en moins. Alors je passai à l'action.

Andrea

Je vis immédiatement le changement dans ses yeux, qui passèrent du bleu ciel à un cobalt profond, et je me figeai, retenant ma respiration. Une partie de moi avait envie de disparaître sous l'eau, mais c'était une partie minuscule. Tout le reste de moi refusait de bouger.

Mon cœur s'affola quand Tanner se déplaça… mais pas pour se rapprocher de moi. Il s'éloigna du rebord de la piscine. Mais avant que la déception n'atteigne mon cerveau, il s'était placé derrière moi, et avait posé ses mains tout à côté des miennes sur le rebord.

Un petit hoquet m'échappa et je me tendis, le corps contre les carreaux glissants. Qu'est-ce qu'il avait l'intention de faire ? Mon imagination fit apparaître des tas d'images cochonnes tandis que le ciel s'obscurcissait de nouveau.

Son souffle était brûlant sur mon épaule quand il parla.

— Je peux te dire un truc ?

Fermant les yeux, j'acquiesçai.

— Vas-y.

— Je suis content que tu n'aies pas eu envie de partir en randonnée et de t'avoir pour moi tout seul.

Une de ses mains se détacha du rebord de la piscine, plongea sous l'eau et se posa sur ma taille. Je tressaillis à ce contact et mon dos se plaqua contre son corps. Je ne bougeai plus, même quand sa cage thoracique se souleva contre moi.

— Et toi ?

Toutes mes pensées disparurent quand sa main descendit sur ma hanche. Le tissu de mon maillot de bain ne m'empêchait pas de sentir la caresse calleuse de sa paume.

— Andy ?

Mon souffle devint haché.

— Oui… Oui.

— Je suis heureux de l'entendre.

Sa main quitta ma hanche et se posa sur mon estomac, juste au-dessus de mon nombril. Je n'eus même pas le temps de songer à rentrer le ventre. Mon esprit était subjugué par ce contact, et mes bras se mirent à trembler.

— Est-ce que tu veux bien ? demanda-t-il en me plaquant contre lui.

C'est à peine si je pus lui répondre.

— Quoi ?

— Ça.

Il se pencha sur moi, pressant son corps contre mon dos en me maintenant d'une main. Je sentis son érection dans mes reins et une giclée d'adrénaline se diffusa dans mes veines.

— Tu vois l'effet que tu me fais, est-ce que tu veux bien ?

Le désir brouillait mes pensées. Le désir et la confusion. Alors que mon corps se rendait déjà, mon esprit avait encore des difficultés à comprendre pourquoi il me désirait maintenant. Mais cela avait-il vraiment de l'importance ? Le passé ne comptait plus, ici et maintenant. Et depuis quand mon cerveau se déconnectait-il de toute pensée ? Cela ne m'arrivait pas si souvent.

Il m'effleura le flanc, remontant vers mes seins, et je fus secouée de frissons.

— Andy ?

Je détestais d'habitude quand il m'appelait comme ça, mais en cet instant, il aurait pu me donner n'importe quel nom que je m'en serais foutue royalement.

— Je vois l'effet que je te fais, murmurai-je. Et je... je veux bien.

Sa gorge produisit un son rauque et je sentis ses lèvres effleurer mon épaule.

— Dieu merci.

Sa main s'immobilisa juste sous le renflement de mon sein.

— Si tu m'avais repoussé, je crois que j'en aurais pleuré.

Un petit sourire se forma sur mes lèvres.

— Ce n'est pas un peu exagéré ?

— Tu n'as pas idée à quel point j'avais envie de te toucher. Pour tout te dire, je crois que je n'en avais pas *moi-même* réellement conscience, déclara-t-il.

Sur ces mots, il s'empara de mon sein.

Je me cambrai contre lui comme un gémissement m'échappait.

— Mon Dieu…

Ses lèvres se posèrent sur ma peau et je crus que j'allais défaillir. Un maelström de sensations m'envahit, semblable à l'orage de chaleur qui menaçait au-dessus de nos têtes. Sa main se referma sur ma poitrine, qu'il malaxa très doucement.

— J'ai tellement envie de les voir, dit-il en faisant glisser son pouce sur le renflement de mon décolleté au-dessus du maillot de bain. J'imagine que ça devra attendre.

Moi, je ne voulais pas attendre.

Et Tanner exauça mes vœux.

Avec une agilité remarquable, ses doigts plongèrent dans le bonnet de mon soutien-gorge. Un feu ardent explosa en moi alors que mes tétons se tendaient à la limite de la douleur et que tout mon corps se mettait à vibrer. Mes seins n'avaient jamais été aussi sensibles et je me serais carrément damnée pour ses caresses. Mes fesses reculèrent contre lui quand une vague de plaisir déferla de mon mamelon jusqu'à mon bas-ventre.

— Tanner…

— Putain. J'aime t'entendre prononcer mon nom comme ça.

Il colla sa bouche derrière mon oreille et saisit mon téton entre le pouce et l'index.

Je poussai un cri, surprise par l'intensité du plaisir qui se propagea en moi. Mes seins me faisaient mal, lancinants de désir. Sa bouche descendit le long de ma nuque jusqu'au creux de mon épaule, où il plaqua des baisers mouillés tout en poursuivant sa caresse.

Je baissai la tête et ouvris les yeux. Abrutie de volupté, je regardai sa main. Il avait tiré sur mon soutien-gorge et mes seins étaient exposés, hors de l'eau, mais bloqués par le bord de la piscine. Syd et Kyler pouvaient revenir à tout instant, mais je ne voulais pas qu'il s'arrête.

— Je n'ai pas pu attendre. Magnifiques. Ils sont magnifiques, dit-il en m'embrassant la nuque, et je sentis l'instant où il relevait la tête pour regarder par-dessus mon épaule. Mon Dieu. Ils sont vraiment *parfaits*.

J'étais parfois gênée par la taille de ma poitrine. Syd ne comprenait pas pourquoi. Combien de fois m'avait-elle répété qu'elle aurait aimé avoir des seins comme les miens. Mais les gros seins avaient aussi leurs inconvénients. Ils ne tenaient pas tout seuls comme les seins menus. Ils étaient marbrés de veines bleues sur les côtés. Il arrivait que la peau se plisse et prenne des formes bizarres. Mais Tanner les touchait comme s'il les vénérait et la combinaison de la caresse de ses doigts et de l'eau jouant sur mes tétons effaça toutes mes craintes.

Il murmura quelque chose dans ma nuque, puis sa main descendit sur mon ventre. Quand le bout de ses doigts atteignit l'élastique de ma culotte, je retins mon souffle, et le sillon de petits baisers qu'il sema de nouveau sur ma nuque acheva de m'embraser.

Il faisait durer le plaisir.

— Qu'est-ce que tu veux ?

Oh. Mon Dieu. Ce fut la seule pensée qui me vint à l'esprit. Puis je cessai tout à fait de réfléchir quand sa main descendit encore, s'insinuant entre mes cuisses. Ses doigts caressèrent le tissu, me faisant tressaillir contre son bras avec lequel il se maintenait hors de l'eau.

— Qu'est-ce que tu veux, Andrea ? répéta-t-il d'une voix éraillée.

— S'il te plaît, murmurai-je, sans trop savoir ce que je voulais, mais mon corps ondulait, cherchant à apaiser les tourments qu'il m'infligeait.

Il jura encore une fois, puis sa main s'engouffra sous le tissu. En même temps qu'il m'embrassait la mâchoire, ses doigts me caressèrent – exactement là où il fallait. Ses longs doigts se glissèrent dans mon intimité.

— Tu es tellement chaude, dit-il. Brûlante.

Oh, mon Dieu, il était en train de me masturber... ici, dans la piscine, en plein jour. Il le faisait vraiment. Ne lui avais-je pas dit, pas plus tard que la veille, qu'il n'avait aucune chance de me mettre dans son lit ? Bon, nous n'étions pas techniquement dans son lit, mais je ne lui avais pas opposé beaucoup de résistance. J'avais envie de lui, envie de lui depuis si longtemps, et je refusais de penser au vide qui viendrait après.

Je n'avais jamais été aussi excitée de toute ma vie.

Je n'eus pas le loisir de lui parler de tout ça. Son pouce prit possession de mon bourgeon sensible et je criai son nom en tremblant comme une vague de plaisir intense me secouait. Il n'introduisit même pas un doigt à l'intérieur de moi, se contentant de pressions calculées tandis que son majeur effleurait l'entrée de mon sexe.

— Andrea.

Sa voix rauque résonna tout contre mon oreille. J'ondulai du bassin presque furieusement contre sa main en gémissant, si proche de l'orgasme.

— Vas-y. Laisse-toi aller.

Je ne me fis pas prier.

Je jouis. Chaque muscle de mon corps se contracta et le plaisir me saisit avec une telle violence que j'en eus le souffle coupé. Ma tête se mit à tourner, me procurant un sentiment de liberté que l'alcool ne pourrait jamais me donner. Mes bras faiblirent et j'aurais bu la tasse si le corps de Tanner ne m'avait pas retenue contre le rebord de la piscine.

Je laissai retomber ma tête en arrière contre son épaule, haletante, tandis que son pouce ralentissait le rythme. Je ne sais même pas combien de minutes s'écoulèrent avant qu'il retire sa main, mais je sentais toujours son érection contre mes reins, presque brûlante. Il rajusta mon soutien-gorge sans dire un mot, sa main s'attardant sur mon sein de la plus délicieuse façon.

— Tu... dis-je d'une voix hachée en m'humectant les lèvres. Et toi ?

Il recula légèrement pour me faire pivoter et me prendre dans ses bras. Encore sous le choc, je m'agrippai à ses épaules et mes yeux rencontrèrent les siens. Il me rendit mon regard, puis nos jambes se mêlèrent et il se plaqua contre moi. Je sentais son sexe tendu entre mes cuisses, contre le mien. Un son étrange monta des profondeurs de ma gorge, à mi-chemin entre un gémissement et une supplication.

— Moi ?

Il appuya son front contre le mien.

Entre mes cuisses, son bassin ondula de manière experte.

— Je peux...

Un éclair déchira le ciel au-dessus de nous, et je poussai un cri. Tanner me serra plus fort, puis le tonnerre explosa quelques fractions de seconde plus tard si violemment que mes os en tremblèrent.

— Oh, mon Dieu, dis-je, les yeux écarquillés.

Tanner m'avait déjà fait pivoter, me soulevant d'un seul bras, ce qui était très impressionnant.

— Il faut sortir de la piscine avant de se faire électrocuter.

Rien à redire à ça.

En toute hâte, nous détalâmes vers la maison. Je n'eus que le temps de ramasser ma robe avant qu'une pluie torrentielle et glacée s'abatte sur nous, m'arrachant un hurlement de terreur. Tanner éclata de rire et me prit par le bras pour m'entraîner sur la terrasse où nos pieds dérapaient dans les flaques qui se formaient.

Nous ne prononçâmes pas un mot quand nous nous regardâmes dans le souffle de l'air conditionné à l'intérieur, dégoulinants d'eau, mais il n'y avait rien à dire. La vérité gisait, nue, à nos pieds.

Rien ne serait plus pareil.

Chapitre 9

Tanner

Nous nous dévisageâmes alors que l'orage se déchaînait dehors, tonnant si fort que les fenêtres en tremblaient. Les éléments étaient à l'unisson de ce que j'éprouvais, les doigts encore fourmillants de l'avoir caressée. Ses joues étaient rosies, ses yeux encore brillants du plaisir qui l'avait emportée.

Bon sang, je bandais toujours comme un taureau.

J'avais envie de la prendre dans mes bras, mais elle se recula pour enfiler hâtivement sa robe. Une fois rhabillée, elle déglutit avec difficulté en contemplant la pluie par la fenêtre.

— Mon Dieu, dit-elle d'une voix enrouée. Syd et Kyler sont là-dessous.

— Ça ira. Kyler sait ce qu'il faut faire.

Elle me lança un bref regard par-dessus son épaule. Dans ses yeux, le plaisir s'était estompé, remplacé par de l'inquiétude.

— Syd aussi. Elle est tout à fait capable de se mettre à l'abri.

— Je n'ai pas dit le contraire.

Je passai une main dans mes cheveux mouillés, puis ramassai une serviette abandonnée sur le dossier d'un tabouret de bar, avec laquelle je m'essuyai du mieux que je pus avant de la laisser tomber dans la flaque d'eau à mes pieds. La robe d'Andrea avait absorbé l'humidité de son corps et collait à ses courbes d'une façon qui me faisait saliver, mais elle ne semblait plus avoir la tête à ça.

Je la comprenais. Ce qui venait de se passer n'avait pas été calculé. Bon, disons que j'avais décidé de l'embrasser, mais je n'avais pas prévu que cela irait aussi loin, sans compter que je ne l'avais *même pas* embrassée. Quand elle détourna les yeux, je ne savais pas ce qu'elle pensait.

— Je crois que je vais aller faire la sieste, dit-elle, évitant mon regard.

Mon cœur se serra.

— Andrea, ce qui vient d'arriver...

— Ce n'est pas grave. Je veux dire, c'était *dingue*.

Elle rougit tout en contournant le comptoir pour s'éloigner de moi.

— On n'est pas obligés d'en parler.

Je me rembrunis et la suivis dans la cuisine.

— Mais je *veux* qu'on en parle.

Elle gagna le salon, puis l'escalier.

— Les garçons ne veulent jamais parler de *ça*... Je n'attends rien de toi et tu n'as pas besoin de te justifier.

J'en restai bouche bée.

— Quoi ?

Ses joues étaient en feu, comme sa chevelure.

— Je sais que ce qu'on vient de faire ne signifie rien. Je sais que ça ne...

— Pardon ?

Je haussai le ton, gagné par la colère.

— Ça ne signifie rien ?

Son beau visage parut confus quand elle s'arrêta sur la première marche.

— Si ?

« Si ? » Putain de merde. Je la dévisageai, révolté par sa question. Le seul point positif dans tout cela, c'était que je n'avais plus une gaule à damner un saint.

— Bien sûr que non, répondis-je sèchement.

Andrea tressaillit – comme si je l'avais blessée. Elle hocha mécaniquement la tête et me tourna le dos, filant pieds nus dans l'escalier. Je me précipitai à sa suite, en partie parce que j'avais peur qu'elle trébuche et se rompe le cou, mais aussi pour la rattraper.

Mais je m'arrêtai tout net, conscient que j'étais trop énervé pour avoir une conversation normale qui ne finirait pas par des cris. Je fis demi-tour et repartis à grands pas dans la cuisine, jusqu'à la porte vitrée devant laquelle je m'immobilisai, mains sur les hanches.

Qu'est-ce que c'était que ce délire ? Ça ne signifiait rien ? Qu'est-ce qu'elle s'imaginait ? Que j'avais l'habitude de faire jouir les filles pour m'amuser ? Oui, c'était sans doute ce qu'elle pensait.

— Merde, grognai-je sourdement en baissant la tête.

D'après ce qu'elle savait de moi, ce qu'elle avait vu dans les soirées que nous avions passées ensemble, j'étais un séducteur qui sautait sur tout ce qui bouge. Pourquoi penserait-elle qu'elle était différente de toutes les autres filles qui étaient passées avant elle ? Mais ce n'était pas pareil, et elle ne pouvait pas l'ignorer. Je ne ferais pas ce genre de truc avec une amie de Sydney. C'était tellement évident. Dans le cas contraire, j'aurais essayé de lui faire écarter les cuisses dès le premier jour où elle m'avait mis un vent.

J'entendis la porte d'entrée s'ouvrir et je me retournai. C'était Kyler et Syd. On aurait dit qu'ils étaient rentrés à la nage, mais ils arboraient tous les deux un grand sourire joyeux.

— Bon Dieu, lança Kyler en déposant son sac à dos à côté de la baie vitrée. C'est de la folie, cet orage.

Il s'ébroua en riant, faisant voler des gouttes d'eau partout autour de lui.

— Ouais, murmurai-je en me dirigeant vers le réfrigérateur. Il est arrivé d'un seul coup.

Syd s'avança jusqu'à l'évier pour essorer ses cheveux.

— On avait regardé la météo. Ils n'annonçaient rien avant ce soir.

— Nous ne sommes pas allés bien loin, se plaignit Kyler. Dès qu'on a vu les nuages s'amonceler, on est revenus sur nos pas.

Je pris une bouteille d'eau dans le frigo, m'efforçant de m'intéresser à la conversation, mais honnêtement, je m'en foutais.

Sydney se redressa et regarda autour d'elle en fronçant les sourcils.

— Où est Andrea ?

— Elle fait la sieste.

Ma main se crispa sur la bouteille, au point de la faire craquer.

Elle haussa les sourcils.

— Je vais aller voir ce qu'elle fait.

Je portai la bouteille à mes lèvres. Qu'est-ce qu'Andrea allait lui raconter ? Dieu seul le savait. Quand le bruit de ses pas se fut affaibli, Kyler me lança un regard interrogateur depuis la fenêtre.

— Qu'est-ce qu'il s'est passé ?

— L'orage a éclaté, répondis-je.

Il leva les yeux au ciel.

— On a loupé un truc ?

Comme si j'allais lui raconter.

— On est restés à la piscine jusqu'à ce que l'orage éclate.

— Je vois, dit-il d'un air entendu. Et je suppose que c'est ça qui a épuisé Andrea ?

— Faut croire, grommelai-je en vidant la bouteille. Il faut que j'aille me changer.

Je n'entendis pas la réponse de Kyler. Je montai l'escalier sous les roulements du tonnerre. Je faillis me diriger vers la chambre d'Andrea, mais je me souvins juste à temps que Sydney devait y être. Je retirai mon maillot et enfilai un short sec, puis je m'assis au bord de mon lit en poussant un long soupir dépité.

Je me massai les tempes et fermai les yeux. Je me trompais peut-être au sujet d'Andrea. Oui, elle avait envie de moi, ce qu'il s'était passé aujourd'hui en était la preuve, mais ça s'arrêtait peut-être là.

Et merde, est-ce que *moi*, je voulais que ça s'arrête là ? Je connaissais déjà la réponse.

— Merde, marmonnai-je.

C'était le mot qui résumait toute cette situation.

Andrea

L'orage s'atténua brièvement, puis reprit avec une violence redoublée. La pluie tambourinait sur le toit et la piscine était en train de déborder. Le niveau de l'eau avait monté et la pluie s'infiltrait entre les planches de la terrasse de bois. Les éclairs déchiraient le ciel assombri et tout le chalet tremblait.

Debout devant ma fenêtre, je regardais le ciel s'illuminer comme si on tirait un feu d'artifice depuis le sommet de Seneca Rocks. Je soufflai sur la vitre, qui se recouvrit de buée.

« Bien sûr que non. »

Je fermai les yeux très fort dans l'espoir d'expurger ces quatre mots de mon cerveau. Pas une seconde je n'avais envisagé que le soudain intérêt de Tanner pour moi puisse signifier une relation sur le long terme. C'était… un mec, un vrai, et j'étais une marionnette entre ses mains – littéralement. Je n'aurais pas dû éprouver de regrets, mais je ne pouvais pas m'en empêcher.

Comme d'habitude.

Parce que, pour une fois, j'aurais voulu... être davantage qu'un coup d'un jour. J'aurais voulu... *compter*. Ne pas avoir envie de me faufiler en douce dans la cuisine pour prendre un verre. J'aurais aimé ne pas éprouver cette sensation de vide. Posant mon front contre la fraîcheur de la vitre, je soupirai.

La vérité, c'est que je voulais être avec Tanner. J'avais envie de me perdre en lui, d'abandonner ce que j'étais et de ne plus penser à rien d'autre.

Le dîner ne s'était pas trop mal passé, vu que Tanner semblait avoir oublié que j'étais là, puis nous étions tous descendus dans la salle de jeu au sous-sol. Les garçons s'étaient lancés dans une partie effrénée de hockey pneumatique et j'étais remontée dans ma chambre il y avait environ une heure, prétextant que j'étais fatiguée. Je ne m'étais pas retournée pour voir si Tanner m'avait regardée partir, parce que j'étais bien sûre que non.

J'avais cru que mon petit speech dans la cuisine minimisant les conséquences nous aurait rendu les choses plus faciles, mais j'avais la nette impression que ça avait eu l'effet inverse. J'avais menti. C'était très important pour moi. Sa façon de me caresser, de me faire jouir, avait tiré un trait dans mon cerveau sur toutes les autres aventures que j'avais pu avoir avec des garçons avant lui. Il m'avait tout fait oublier. Pour moi, c'était sans prix. Je ne voulais pas passer à côté.

Mais j'avais l'impression d'avoir raté le coche.

Abandonnant la fenêtre, je m'assis au bord de mon lit, les jambes étendues devant moi. C'était tout moi. Il fallait toujours que je fasse tout foirer. Comme ce changement d'orientation. J'aurais pu me diriger vers des études d'infirmière, au moins je n'aurais pas eu l'impression d'avoir foutu en l'air quatre années de ma vie. Et des exemples, j'en avais à foison, mais je ne voulais pas m'aventurer sur cette pente ce soir. Je me relevai pour me diriger vers la coiffeuse où j'avais posé ma trousse de médicaments, fouillant parmi les boîtes de pilules pour trouver celle qui contenait mes somnifères. Je venais d'ouvrir le couvercle quand on frappa doucement à ma porte.

Je supposai que c'était Syd et je laissai retomber le flacon dans mon sac pour aller lui ouvrir. J'écarquillai les yeux.

Ce n'était pas Syd.

Tanner se tenait sur le seuil, les deux mains sur le cadre en bois, tête baissée. Quelques secondes s'écoulèrent puis il releva la tête. Ses yeux avaient la couleur intense du cobalt quand il les planta dans les miens et j'en eus le souffle coupé.

— J'ai menti, dit-il.

— Quoi ?

Ses mains glissèrent sur le bois de la porte quand il se redressa.

— J'ai menti tout à l'heure. Quand on était dans la cuisine. Ce qu'il s'est passé entre nous compte beaucoup pour moi.

Chapitre 10

Tanner

À l'instant où ces mots franchirent mes lèvres, je sus que c'était la vérité et que j'avais bien fait de les prononcer.

Lorsque j'étais monté, je n'avais pas eu l'intention de m'arrêter dans la chambre d'Andrea, mais c'était comme si mon cerveau s'était mis aux abonnés absents et je m'étais retrouvé malgré moi devant sa porte. Je ne pouvais pas aller me coucher en lui laissant penser que je n'en avais rien à foutre.

À présent j'étais là et Andrea me regardait avec de grands yeux écarquillés comme si elle ne m'avait jamais vu. Je ne savais pas trop comment réagir, mais la tension passa et elle fit un pas en arrière, puis un autre.

Je pris ça pour une invitation.

Je pénétrai dans sa chambre sans la quitter des yeux.

— Si tu me dis que ça ne signifie rien pour toi, je prétendrai qu'il ne s'est rien passé. Tu n'as qu'un mot à dire, Andy. On peut faire comme s'il n'y avait rien eu entre nous, mais si ce n'est pas le cas, si cela compte aussi pour toi, il est hors de question que je me conduise comme si de rien n'était.

Sa poitrine se souleva et elle ramena ses cheveux derrière ses oreilles.

— Tanner, je... Ça...

Elle ferma brièvement les yeux.

— Ça compte aussi pour moi, mais...

— Pas de « mais » maintenant, l'interrompis-je – et j'avais l'impression, fou de joie que j'étais, d'avoir gagné à la loterie. D'accord ? On n'est pas obligés...

— De se prendre la tête ? murmura-t-elle si doucement que je faillis ne pas l'entendre.

Ses cils se relevèrent.

— J'aimerais qu'il n'y ait plus rien dans ma tête.

Honnêtement, je ne savais pas de quoi elle parlait, mais c'est alors que ses doigts s'emparèrent du bas de son tee-shirt. Mon cœur cessa de battre quand elle le fit passer par-dessus sa tête. Le tissu resta suspendu un instant au bout de ses doigts avant de glisser sur le sol.

Elle portait un soutien-gorge de dentelle blanche avec un petit nœud entre les seins. L'ayant déjà vue en maillot de bain, je n'aurais pas dû être surpris par sa tenue, mais c'était différent. Plus intime. Plus significatif.

Je refermai la porte derrière moi, haletant comme si je venais de courir un marathon. Je ne pouvais pas détacher mes yeux de ce spectacle. C'était la plus belle chose que j'avais jamais contemplée. Ça me tuait, mais je devais lui dire que ce n'était pas pour ça que j'étais venu.

— Andrea, je ne...

— Chut.

Sa poitrine se souleva de nouveau comme elle prenait une profonde inspiration, tendant la dentelle de son soutien-gorge.

— On n'est pas obligés de parler.

— Je crois que si.

Ma voix était devenue rauque.

Secouant la tête, elle avança lentement sur moi, pleine de détermination. J'étais incapable de faire un geste. Elle s'arrêta lorsque ses pieds touchèrent les miens.

— Je ne me souviens pas de t'avoir embrassé, dit-elle en inclinant la tête pour planter ses yeux dans les miens. Et tu ne m'as pas embrassée tout à l'heure.

— C'est vrai.

Je reconnaissais à peine ma propre voix.

Elle posa les deux mains sur ma poitrine et je sentis qu'elles tremblaient.

— Je veux me souvenir de t'avoir embrassé.

Bon Dieu.

— Et je veux que tu t'en souviennes aussi.

Elle s'approcha encore, plaquant ses seins contre mon torse. Deux taches rouges s'épanouirent sur ses joues.

— Est-ce que tu veux bien m'embrasser ?

Merde. Ce n'était vraiment pas dans cette intention que j'étais venu dans sa chambre. Je voulais juste lui parler. Mettre les choses au clair entre nous. Mais je n'étais pas un saint. En pleine possession de mes moyens, je manquais déjà de volonté, mais à cet instant précis, toute ma retenue céda comme un élastique trop tendu.

Empoignant sa hanche d'une main, j'agrippai sa nuque de l'autre pour faire basculer sa tête en arrière. Je posai ma bouche sur la sienne, et cette fois... nous échangeâmes un *vrai* baiser.

Ses lèvres étaient douces, et, lorsqu'elle les entrouvrit, aucun relent d'alcool n'y persistait. Bon Dieu, c'était cent pour cent Andrea et sa bouche était naturellement sucrée. L'une de ses mains se glissa jusqu'à mon épaule et ses doigts se cramponnèrent au tissu de mon tee-shirt quand ma langue s'insinua entre ses lèvres.

Elle ouvrit la bouche plus grand et je plongeai à l'intérieur. Elle était chaude et accueillante. Sa façon de se plaquer contre moi m'électrifia, et le contact brûlant de sa peau nue sous mes doigts quand ma main remonta le long de sa taille me fit perdre la tête.

Se haussant sur la pointe des pieds, elle positionna son bassin contre le mien et, quand elle se mit à onduler, je grognai dans sa bouche. Un brouillard occulta aussitôt mes pensées. Je voulais seulement la faire jouir encore une fois, l'entendre gémir contre mon oreille et sentir son corps me céder si magnifiquement.

Je la fis reculer et la guidai au bord du lit. Les joues en feu, elle me regardait dans les yeux, haletante. Empoignant mon tee-shirt par le col, je m'en débarrassai hâtivement et le jetai derrière moi.

Son regard descendit sur mon abdomen et je me redressai, la laissant me dévorer des yeux. C'était très agréable – non, carrément *grisant* – de la voir presque prendre son pied rien qu'en me regardant. Rien de tel pour flatter l'ego d'un homme.

Je la rejoignis, mes genoux de chaque côté de ses hanches, et la soulevai à deux mains par la taille pour la déplacer plus haut sur le lit. Je repris possession de ses lèvres, avalant son hoquet surpris, puis m'allongeai sur le flanc à côté d'elle.

D'une main posée sur sa joue, je guidai sa bouche vers moi et approfondis notre baiser jusqu'à ce que nous ne puissions plus respirer ni l'un ni l'autre.

— Oh, Andrea, je ne me lasserai jamais du goût de ta bouche.

— Beau parleur, murmura-t-elle en reposant ses lèvres sur les miennes.

Je la pris par le menton pour la faire reculer.

— Je pense totalement ce que je dis.

Je fis courir mon pouce sur sa lèvre inférieure.

— Et je vais te le prouver.

Elle déglutit.

— Qu'est-ce que tu attends, alors ?

Un coin de ma bouche s'incurva.

— Écoutez-moi ça. Elle me donne des ordres.

— Ce n'est pas avec des mots que tu prouveras quoi que ce soit.

Je laissai échapper un rire de gorge.

— Oh, tu es très impatiente.

Avant qu'elle puisse répondre, je repris sa bouche avec plus de fougue et plus de rudesse, et mon baiser se fit impérieux. Je lui écrasai les lèvres sous les miennes et nos dents s'entrechoquèrent. Je m'en serais inquiété si sa main ne s'était pas refermée sur ma nuque pour m'attirer plus près encore.

Le sang battait dans mes veines, pulsant dans tout mon corps alors que ma main caressait la courbe gracile de sa gorge, avant de se faufiler entre ses seins. Je continuai de descendre jusqu'à la ceinture de son jean, dont je défis le bouton. Je remontai alors pour faire glisser les bretelles de son soutien-gorge le long de ses bras. Enroulant ma langue autour de la sienne, je saisis le vêtement au milieu des bonnets et tirai vers le bas. Elle poussa un râle adorable, que je m'empressai d'étouffer.

J'étais au comble de l'excitation quand je m'arrachai à sa bouche pour la regarder. Putain. Ses seins étaient encore plus beaux au naturel que dans tous mes fantasmes. Lourds et parfaitement galbés autour de leurs pointes dressées. J'en caressai une de la pulpe du pouce et j'eus envie de crier de bonheur quand elle se cambra et qu'un gémissement s'échappa de ses lèvres.

— Tu es magnifique. Tu es tellement belle, soufflai-je en titillant à petits coups son mamelon durci, et mon corps se tendit quand elle gémit à nouveau.

Approchant cette fois ma bouche, je dessinai de petits cercles concentriques autour de son téton avec la pointe de ma langue, prêt à me frapper la poitrine de mes poings quand elle poussa un petit cri et que ses mains se contractèrent sur ma nuque pour me garder contre ses seins.

Je le pris dans ma bouche et l'aspirai avec avidité, le suçant goulûment, me délectant des râles et des gémissements de plaisir que je lui arrachai. J'étais au paradis quand je passai à l'autre sein, soutenant le poids du premier dans le creux de ma paume, mais j'avais d'autres projets pour mes doigts.

Lui prenant le poignet, je guidai sa propre main jusqu'à sa poitrine. Je vis ses pupilles se dilater quand je refermai ses doigts sur son sein.

— Tanner, haleta-t-elle, et ses joues s'empourprèrent.

Je m'humectai les lèvres.

— Regarde-toi.

Je posai ma main sur la sienne, l'obligeant à le malaxer.

— Cette image restera gravée pour toujours dans ma mémoire.

Sa respiration s'accéléra quand je fis jouer ses propres doigts sur son téton.

— Que... Qu'est-ce que tu fais ? demanda-t-elle.

— Je réalise un fantasme.

La pointe durcit encore davantage et je la titillai du bout de la langue.

— Continue de te caresser comme ça. Promets-le.

— Je...

Mon regard pénétra le sien.

— Promets-le-moi.

Tout son corps se mit à trembler.

— Je te le promets.

Je repris possession de sa bouche, avec un grognement satisfait quand je vis qu'elle m'obéissait. Ses caresses étaient maladroites, mais elle continua tandis que ma main descendait sur son ventre soyeux et s'aventurait dans son jean. Je glissai mes doigts entre ses cuisses, sous le tissu de sa petite culotte, et je faillis devenir fou quand je la sentis mouiller.

— Continue de te caresser, lui ordonnai-je juste avant d'introduire un doigt dans son intimité.

— S'il te plaît, n'arrête pas.

Elle retint son souffle.

— D'accord, mais... toi non plus.

— Rien au monde ne m'arrêtera.

C'était la vérité. Rien ne pourrait m'arrêter. Je déplaçai ma main de façon à ce que ma paume lui masse le clitoris et je l'embrassai à pleine bouche tout en la pénétrant avec mes doigts. Elle était si serrée, si glissante, si parfaite, que j'étais prêt à éjaculer dans mon pantalon.

Je crois même que je m'en serais foutu.

Lorsque j'introduisis un doigt supplémentaire, elle accéléra ses caresses sur son sein et je me soulevai pour la regarder faire.

— Bon sang, grognai-je.

Je devais être en train de rêver. Ce n'était pas possible autrement.

J'imprimai à mes doigts un mouvement de va-et-vient et son corps se mit à frémir. Je voulais sentir le goût de son cri quand l'orgasme viendrait. Je l'embrassai plus fougueusement quand son bassin se mit en mouvement, plongeant ma langue entre ses lèvres à l'unisson du rythme de mes doigts. Son corps venait à la rencontre de ma main de plus en plus frénétiquement et ses muscles internes formaient un fourreau plus étroit. Quand le premier spasme la saisit, je me frottai contre sa cuisse. Ses hanches se soulevèrent, formant un arc au-dessus du lit, et tout son corps se mit à trembler. Je glissai une jambe entre les siennes, accompagnant ses ondulations, totalement hypnotisé.

Andrea se cambra violemment et ses muscles se tétanisèrent quand la jouissance déferla, emprisonnant mes doigts. Ses cris d'extase fusèrent sur ma langue, et je sentis vibrer chaque cellule de mon corps. Je ralentis le mouvement de mes doigts tandis qu'elle retombait sur le lit et que sa main quittait son sein, glissant mollement sur le drap à côté de sa cuisse.

Je retirai mes doigts et l'embrassai tout doucement. Merde… tendrement. Ouais, ce baiser-là était très tendre. Un simple effleurement de mes lèvres sur les siennes, alors même que j'étais en ébullition, la queue tellement tendue que c'en était douloureux. Mais quand je me relevai et que je contemplai son visage rougi par le plaisir, je dévorai des yeux ses lèvres entrouvertes et la frange de cils drus qui ombrageait ses joues. En cet instant, je compris que je ne me lasserais jamais d'elle. C'était complètement dingue, mais je savais au plus profond de moi qu'il n'y aurait jamais d'autre fille comme elle.

Une pensée barbare et primitive me traversa l'esprit, mais ce n'était que la vérité. Andrea était *mienne*.

Andrea

Je repris lentement mes esprits, je n'avais plus de forces et ma peau bourdonnait. J'éprouvais au cœur de chacune des cellules de mon corps une paix profonde que tout l'alcool et tous les médicaments du monde ne pourraient jamais m'apporter.

Tanner m'embrassa le coin de la bouche, puis déposa un sillon de petits baisers humides et brûlants tout le long de mon cou, de mon épaule. Si je ne faisais pas attention, j'allais devenir accro.

Battant des cils, je baissai les yeux sur mon corps – sur nous – et ce que je vis acheva de me couper la respiration. Derrière lui, je distinguai le mamelon de l'un de mes seins, le galbe de mon ventre, puis mes yeux suivirent son bras… jusqu'à sa main, qu'il retirait d'entre mes jambes. Je ravalai le nœud qui se formait dans ma gorge. Mon Dieu, cette image de nous resterait gravée pour toujours dans ma mémoire.

Il m'effleura le ventre et la taille du bout des doigts, puis il changea de position et je vis clairement son érection – et il ne bandait pas à moitié. Je l'avais senti tout à l'heure, dans la piscine, et à l'instant, quand il s'était plaqué contre moi. Il était très dur, et c'était la seconde fois qu'il m'avait donné du plaisir sans vraiment chercher à se satisfaire.

Sa présence dans ma chambre, les choses qu'il avait dites, cela m'avait court-circuité le cerveau. Quand il me regardait comme ça, quand il me caressait, je n'avais plus l'impression que le monde entier m'échappait. Je me sentais sûre de moi, à ma place, je me sentais belle. Bien dans ma peau, en possession de mes moyens, et, par-dessus tout, normale.

Mais une partie de moi était consciente que ce n'était qu'un jeu de dupes, un jeu très dangereux. Il avait certes dit que ce qu'il s'était passé entre nous comptait pour lui, mais le penserait-il encore quand il découvrirait ce que j'étais vraiment ? J'étais sûre du contraire. Je savais que tout serait différent quand il creuserait un peu. C'était le chaos dans ma tête, et personne n'avait envie de se trouver mêlé à ce bordel.

Pourtant, je refusais d'y penser quand je posai les mains sur ses épaules et l'obligeai à s'allonger sur le dos.

— Qu'est-ce que tu fais ? demanda-t-il de sa voix rauque tellement sexy.

— Chacun son tour.

Je me redressai et passai une jambe par-dessus les siennes.

Il me prit doucement par les hanches.

— Tu n'es pas obligée.

Posant les yeux sur la bosse clairement visible sous le nylon de son survêtement, je haussai un sourcil.

— Je crois que si.

Je me mordis les lèvres tout en chevauchant ses jambes.

— Sauf si tu ne veux pas.

— Bébé, je veux tout ce que tu voudras, dit-il, les yeux mi-clos. Et tu peux me croire, je suis totalement partant pour ce que tu as l'intention de faire, mais je veux seulement que tu saches que rien ne t'y *oblige*.

Bon Dieu, je sentis une boule se former dans ma gorge et je baissai la tête.

— Je *n'attends* pas ça de toi, précisa-t-il.

Je gardai la tête baissée et déglutis avec difficulté. Après un ou deux verres et quelques mots gentils, tous les autres garçons attendaient ça de moi. Merde, je ne me souvenais même pas de la dernière fois qu'on m'avait fait jouir, surtout aussi facilement que lui.

— J'en ai envie, dis-je d'une petite voix.

Il émit un grognement brut qui me mit en ébullition.

— Alors, je suis à toi.

Si seulement c'était vrai.

Je m'apprêtais à remettre mon soutien-gorge en place, mais il intercepta ma main.

— J'aime te voir comme ça, dit-il, les yeux comme deux lacs de feu bleu. C'est une vision que je n'oublierai jamais.

Je pris une inspiration chevrotante.

— Qui aurait cru que tu dirais tout ce que j'ai envie d'entendre ?

— Étonnant, hein ? gloussa-t-il. D'habitude, c'est tout le contraire.

C'était valable aussi pour moi, mais je n'avais plus de mots. Toute cette histoire finirait mal, mais c'était plus fort que moi. Impossible de m'arrêter tandis que je rampais à reculons sur son corps. Nous ne le pouvions ni l'un ni l'autre. Ce n'était pas le moment d'y penser. J'étais très douée, c'était même ma spécialité, pour repousser les questions qui fâchent à plus tard.

Ses pectoraux étaient à la fois durs et doux sous mes lèvres. Je me délectai de sa peau, légèrement salée, tout en embrassant ses abdos bien dessinés, et je fermai les yeux, poursuivant jusqu'à l'élastique de son pantalon. Son corps était une œuvre d'art – une enveloppe soyeuse sur une structure d'acier. J'aurais pu le caresser à longueur de journée.

Je tirai sur son pantalon et il souleva les fesses.

— Tu as vu comme je suis coopératif ? dit-il.

— Pourquoi ça ne m'étonne pas ? gloussai-je doucement.

Le rire mourut sur mes lèvres quand je le découvris pour la première fois. Le pantalon baissé sur les cuisses, il était exposé dans toute sa virilité, et, mince, pour être *viril* il l'était ! À l'avenant du reste de son corps, il était extrêmement bien membré.

Je fis courir mes doigts sur toute la longueur de son sexe, souriant quand il frissonna.

— Tu aimes ?

— On va dire que c'est un grand oui.

Sans cesser de sourire, j'empoignai la base de son membre, qui tressauta contre ma main. Je savais ce que je devais faire. Je l'avais déjà fait bien des fois, la plupart du temps pour ne pas... Bah, ces autres fois ne comptaient pas, parce qu'aujourd'hui c'était ma décision. Aujourd'hui, j'en avais *envie*.

Je fis lentement coulisser ma main tout en l'observant à travers mes cils. Il avait les yeux presque entièrement fermés, la mâchoire serrée, et son bassin se mit en mouvement. Cela paraissait si naturel que je me penchai sur lui sans y penser. Les pointes de mes seins effleurèrent ses cuisses et je fis tourner ma langue tout autour de son gland.

Tanner poussa un grognement.

— Oui.

Oui. Oui. Le mot résonna dans ma tête comme un écho. J'appliquai mes lèvres autour de son sexe et le pris en bouche aussi loin que possible tout en le caressant de ma langue.

— Bordel. Ta bouche, gronda-t-il. Merde. Je ne vais pas tenir longtemps.

Cela m'aurait fait rire si je n'avais pas été si absorbée par la volonté de lui donner du plaisir. Habituellement, ce genre d'exercice était pour moi une corvée. Avec Tanner, c'était sensuel et prometteur. Un acte partagé. Sexy et beau. Donner et recevoir.

Il enfouit une main dans mes cheveux, mais ne m'appuya pas sur la tête... Ce qui me changeait agréablement. Il ne restait pas immobile, venant à ma rencontre, mais il se retenait, et il avait raison, il ne tint pas longtemps.

— Je vais jouir.

Il voulut se retirer, mais je l'en empêchai. Fermant les yeux, je l'aspirai au contraire plus profondément.

— Andrea, gémit-il, et son bassin se souleva.

Je n'oublierais jamais la sensation de sa jouissance. Son goût musqué et salé, les longues giclées frappant ma gorge, sa façon de me tenir doucement la nuque – ce fut aussi éblouissant que le plaisir qu'il m'avait donné.

Alors que je ralentissais et relevais la tête, je constatai que ses yeux étaient grands ouverts et qu'il m'enveloppait d'un regard indéchiffrable. Je ne bougeai pas quand il posa ses deux mains sur mes joues et je n'osai même plus respirer quand il me hissa contre lui pour m'embrasser. Et son baiser fut délicieux. Profond, fougueux, brûlant.

Quand nous nous séparâmes, il appuya son front contre le mien et poussa un soupir.

— Eh bien, Andy, ce sont, *de loin*, les meilleures vacances dans un chalet *de toute ma vie*.

Un petit sourire étira lentement mes lèvres, puis s'élargit – un vrai grand sourire authentique, et avant que je comprenne ce qui m'arrivait, j'éclatai d'un rire joyeux, et j'avais l'impression de rire vraiment pour la première fois depuis très longtemps.

Chapitre 11

Andrea

Nous sommes restés allongés l'un à côté de l'autre, adossés à des oreillers empilés à la tête du lit. J'avais finalement remis mon soutien-gorge et mon tee-shirt, mais Tanner exhibait toujours son torse nu à se damner et je ne m'en plaignais pas.

À un moment, il était descendu nous chercher des sodas. J'avais l'habitude de les boire sans sucre, mais j'avalai sans rechigner ces bonnes vieilles versions. Il avait aussi apporté un morceau de fromage qu'il avait coupé en dés, et je crois que je suis un peu tombée amoureuse de lui à ce moment-là.

Car le fromage, c'est la clé du bonheur.

Je ne savais pas où étaient Syd et Kyler ni même s'ils se doutaient des cochonneries qui venaient de se passer dans cette chambre, mais je m'efforçai de ne pas trop y penser pour éviter de stresser et de faire des bêtises.

Tanner me raconta certains des appels auxquels il avait répondu à la caserne. Les trucs marrants – comme la fois où un couple s'était retrouvé enfermé sur le balcon de leur appartement... tous les deux nus comme au premier jour. Ou quand un gosse qui venait d'apprendre à l'école comment se comporter en cas d'urgence les avait appelés pour montrer à ses parents qu'il avait tout compris.

Tanner riait beaucoup, et ça me plaisait. J'aimais son rire, que je m'étais appliquée à ne pas remarquer jusque-là, mais qui était communicatif. Je me rendis compte qu'il avait toujours beaucoup ri, et que c'était moi qui jouais les rabat-joie.

— Et comment tes parents ont réagi quand tu leur as annoncé que tu changeais d'orientation ?

J'écarquillai les yeux.

— Oh, mon Dieu, ils ont piqué une crise. Ils pensent que c'est du gâchis et que je fous ma vie en l'air en voulant devenir enseignante.

— Je ne suis pas d'accord, dit-il. Les enseignants sont aussi importants que les médecins.

Je levai une main, frottant mon pouce contre mon majeur et mon index réunis.

— Ils pensent surtout au fric. Un professeur gagne beaucoup moins bien sa vie.

— Et c'est tout ce qui les intéresse ?

Bonne question.

— Pour être honnête, ce n'est pas une question facile. L'argent les intéresse, c'est sûr, mais je ne crois pas que ce soit la seule chose.

Je fronçai les sourcils.

— Je crois qu'ils veulent surtout que j'aie... une bonne vie, tu vois ? Que je n'aie pas besoin de me battre.

— C'est très compréhensible, mais en tant qu'enseignante, tu ne seras pas non plus à la rue.

J'émis un petit rire en repliant une jambe.

— Oui, mais ils voulaient aussi que je fasse de la chirurgie esthétique, comme eux – comme avait commencé Brody. Et à moins de me spécialiser en chirurgie réparatrice, j'aurais passé ma vie à rectifier des nichons et des nez.

— Brody n'a pas changé d'orientation, si ? Il fait toujours médecine, pas vrai ?

Sa réponse me surprit. Il se rappelait ce que faisait mon frère ? Il ne l'avait rencontré qu'une seule fois, et pas longtemps.

— Oui, mais il n'a pas choisi la chirurgie esthétique. Il se destine à la traumatologie. Il aime les émotions fortes.

Il aimait aussi se prendre pour Dieu, et ça lui convenait très bien.

— Mes parents ont accepté son choix, ajoutai-je en agitant mes orteils. À contrecœur, mais lui, au moins, il ne les a pas déçus, et ils ont fini par s'y faire.

Tanner pencha la tête sur le côté.

— Toi non plus, tu ne les déçois pas.

Il avait dit ça comme si c'était une évidence, mais je n'étais pas dupe. Je savais qu'ils étaient déçus. Avec le temps, ils finiraient bien par s'y habituer, d'autant que ce n'était pas la seule chose dans ma vie qu'ils n'approuvaient pas. Mais je n'avais pas envie d'y penser.

C'était... nouveau pour moi de discuter comme ça de choses et d'autres avec Tanner. Cela nous était déjà arrivé, et ce n'était pas rare, de ne pas nous battre comme des chiffonniers, mais là, j'avais carrément l'impression que nous étions *ensemble*, pour de bon. Bien sûr, ce n'était pas le cas, mais...

Je contemplai d'un air pensif la cannette que je tenais contre moi, souriant vaguement, alors que le rire de Tanner s'éteignait.

— Tu ne dis plus rien.

Il me donna un petit coup de genou.

— Ça va ?

Je me secouai et le regardai.

— Ça va. Ça va même très bien. C'est juste... c'est cool, lâchai-je sans conviction. Je veux dire, de discuter comme ça tranquillement avec un...

— Avec un mec ?

J'acquiesçai.

— Ça fait un moment que ça ne m'était pas arrivé.

— Combien de temps ?

Je me raclai la gorge.

— Très, très longtemps. Pas depuis que je sortais avec ce crétin de quaterback au lycée, répondis-je, les joues en feu. Donc tu vois, ça fait un bout de temps.

Tanner ne me répondit pas.

Argh. Je risquai un coup d'œil furtif, m'attendant à lire de la pitié dans ses yeux, mais il... me regardait normalement, l'air même presque attendri.

— Quoi ? murmurai-je.

— Je suis content que tu aies décidé de le faire avec moi, alors, répondit-il au bout d'un moment.

Mon cœur frétilla carrément dans ma poitrine.

— Je dirais que tu t'es imposé.

— C'est pareil, gloussa-t-il en se penchant au-dessus de moi pour poser les restes de fromage et son soda sur ma table de nuit.

— Tu sais, il y a aussi une table de ton côté, lui fis-je remarquer.

Il se laissa retomber sur les coussins avec un haussement d'épaules.

— Je préfère la tienne, dit-il et j'éclatai de rire, car c'était aussi absurde que tout ce qu'il faisait. Mais j'ai du mal à croire que tu n'aies pas de petits copains.

— Ben non.

Je haussai une épaule et un truc complètement stupide sortit de ma bouche.

— Ça m'a plu ce que je t'ai fait.

Un sourire incurva progressivement ses lèvres.

— À moi aussi. On peut même dire que j'ai *adoré* ça. En clair, la prochaine fois que ça te démange, préviens-moi.

N'importe où, quoi qu'on soit en train de faire. Je m'arrangerai pour que ça soit possible.

Je secouai la tête en riant.

— Je m'en souviendrai.

— J'espère bien.

Il se tut le temps de croiser les chevilles.

— En tout cas, sérieusement, ce n'est pas quelque chose que j'attendais de toi. Du coup, c'était encore plus agréable.

Et voilà qu'il recommençait à me dire un truc vraiment très cool. Je détournai les yeux, contemplant de nouveau mon soda.

— C'était la première fois. Je veux dire, chaque fois que j'ai fait ça avant, j'avais plus ou moins l'impression d'y être obligée. Tu vois ce que je veux dire ?

Un ange passa.

— Non, je ne vois pas ce que tu veux dire. Tu m'expliques ?

— C'est ce que les mecs attendent d'une fille, répondis-je en jouant nerveusement avec la languette de ma cannette. Personne ne ramène une fille d'un bar juste pour discuter.

Un autre silence.

— Alors, c'est peut-être mieux de ne pas suivre quelqu'un chez lui quand on a l'impression de lui devoir quelque chose, dit-il sèchement.

Je relevai vivement la tête et nos regards se croisèrent.

— Tu viens de m'insulter ou quoi ?

Il se rembrunit.

— Ce n'est pas une insulte. Tu ne devrais jamais te sentir obligée de faire ça à un garçon. Quoi qu'il arrive. Même s'il t'invite au restaurant ou qu'il te donne un million de dollars.

Je haussai les sourcils.

— Si on m'invite au restaurant ou qu'on me donne un million de dollars ? Super exemples. Je ne sais pas, Tanner.

Je crois que si quelqu'un me donnait un million de dollars, je serais prête à tout.

Il faisait maintenant carrément la gueule.

— Je plaisantais, ajoutai-je à voix basse.

Le regard de Tanner me déstabilisait.

— Est-ce que quelqu'un t'a déjà... forcée, Andrea ?

Sa question me fit sursauter.

— Quoi ? Non ! Ce n'est pas ce que je voulais dire. C'est juste que parfois...

Je m'interrompis tandis que je prenais conscience de ce que j'allais dire. Le soda me pesait sur l'estomac, et j'aurais mieux fait de ne pas m'enfiler tous ces morceaux de fromage. Je revis en esprit toutes ces nuits où j'étais rentrée avec un type qui voulait coucher avec moi alors que je n'en avais pas envie. Je l'avais fait, parce que, sur le moment, je pensais que je n'avais pas le choix. C'était stupide. On a toujours le choix. Celui de dire « non », par exemple.

Et puis, il y avait toutes ces nuits dont je ne me souvenais pas.

Mon Dieu. Je me sentais mal. Je ne voulais pas penser à ça. Tout à coup, j'avais les mains moites. Ce n'était pas comme si j'avais été... Je ne pus même pas aller au bout de ma pensée. Qu'est-ce que ça voulait dire ? Faire des choses parce que je m'y sentais obligée, ou ne pas me souvenir de ce que j'avais fait. Ou alors, je ne *voulais* pas m'en souvenir.

J'avais besoin d'un verre.

D'accord. Ce n'était sans doute pas la meilleure réponse à cette situation.

Tanner fit courir ses doigts le long de mon bras.

— Je suis en train d'imaginer le pire, là.

J'étais incapable de le regarder.

— J'espère que c'est seulement moi qui me fais des idées, ajouta-t-il.

L'inspiration que je pris me brûla les poumons.

— Tu te fais des idées.

Sa main s'immobilisa et il me saisit le poignet.

— Hé, dit-il doucement. Regarde-moi.

Avec une respiration hachée, je relevai la tête et le regardai. Il y eut un silence et je me sentis mise à nue, plus exposée encore que tout à l'heure.

— Je veux juste que tu saches que, si jamais tu as besoin de parler, je suis là. À n'importe quelle heure du jour ou de la nuit. Tu comprends ?

C'est alors que je vis clairement ce qu'il y avait dans ses yeux. Pas d'erreur possible. Ce n'était pas seulement de la compassion. J'aurais pu l'accepter, mais il y avait autre chose au fond de ses iris azur.

De la pitié.

Le regard qu'il portait sur moi était empli de *pitié*. Chaque muscle de mon corps se raidit. Une désagréable chaleur m'envahit. J'éprouvai soudain le besoin de fuir. Je ne pouvais pas le supporter.

Tanner

Je vis précisément le moment où Andrea se referma. À l'instant où j'avais dit qu'elle pouvait me parler de tout, un voile était descendu sur ses yeux. La fille qui riait assise à côté de moi avait disparu. La fille qui m'avait parlé de ses parents n'était plus dans cette pièce. Et la fille qui avait crié son plaisir, s'était abandonnée entre mes mains, n'existait plus.

Merde.

— Andy…

— Je suis naze.

Elle fit pivoter ses jambes au bord du lit et se leva sans me laisser le temps de répondre.

— Je crois qu'il est temps que j'aille dormir.

Elle se dirigea vers la porte, puis parut se rappeler que nous étions dans sa chambre et s'immobilisa, posant sa cannette sur la coiffeuse. Elle me tournait le dos.

Le cœur lourd, je me levai aussi, mais restai où j'étais. J'avais l'intuition que je ne ferais qu'envenimer les choses si je m'approchais d'elle.

— Andrea, je ne voulais pas...

— Tu n'as rien fait du tout.

Lentement, elle se retourna, un sourire factice plaqué sur son beau visage.

— J'ai vraiment un coup de barre. Tu m'as vidée de toute mon énergie.

Son rire était cassant.

— J'ai besoin de dormir si je ne veux pas être une loque demain.

J'ouvris la bouche pour lui répondre, mais la refermai aussitôt en voyant son sourire. Celui qu'arboraient les docteurs pour annoncer de mauvaises nouvelles à leurs patients.

Elle prit des vêtements sur une chaise et les serra sur sa poitrine, puis s'arrêta devant le lit.

— À demain matin ?

J'avais très envie de lui demander quel était le problème, mais ses barrières étaient levées.

Elle s'enfuit dans la salle de bains, dont elle referma la porte sans bruit.

J'envisageai brièvement de me rasseoir et de l'attendre, mais je venais par mégarde de toucher un point sensible et, franchement, j'étais trop à cran pour avoir ce genre de discussion. Je n'étais pas en colère contre elle, mais si elle avait réellement fait des choses avec des types parce qu'elle s'y sentait obligée et pas parce qu'elle en avait envie, il y avait de fortes chances que je fracasse un mur.

Heureusement que je n'avais pas de sœur.

Si je n'étais pas capable de supporter l'idée que des crétins traitent Andrea comme ça, qu'est-ce que j'aurais fait si j'avais eu une frangine ? Putain de merde. J'aurais sans doute fini en prison.

Bouillant de colère et contrarié au plus haut degré, je ramassai nos cannettes vides et les restes de fromage et sortis de sa chambre pour les descendre à la cuisine. Le rez-de-chaussée était éteint et silencieux. Après avoir pris une bouteille d'eau, je remontai donc dans ma chambre.

Merde.

Je me laissai tomber sur mon lit et me passai les mains sur le visage. Les choses étaient très chaotiques entre Andrea et moi, mais j'avais eu l'impression que nous avions fait des progrès. Pas seulement à cause de ce qu'il s'était passé dans sa chambre, mais de tout ce qu'il y avait eu avant, pendant et après ça. Mais maintenant, je ne pouvais m'empêcher de penser que nous avions tout gâché.

Chapitre 12

Andrea

Je haussai les sourcils en voyant Sydney poser un sac à dos qui semblait plus lourd qu'elle sur l'îlot de la cuisine.

— Tu vas trimballer ça pendant ta randonnée ?

— Ouais, me répondit-elle en remontant ses cheveux, qu'elle attacha avec une pince. Ce n'est pas si terrible, et j'aime bien avoir tout ce qu'il faut en cas d'imprévu.

— Genre, une attaque d'ours d'enragé ?

Elle sourit.

— Je ne pense pas qu'on croisera des ours enragés. Et on ne part pas seulement en randonnée. On campera pour la nuit.

J'en restai comme deux ronds de flan.

— Sérieux ?

Elle passa derrière le comptoir pour verser le contenu bouillant de la cafetière dans sa Thermos.

— Eh oui.

Elle se retourna vers moi par-dessus son épaule et éclata de rire.

— Tu devrais voir ta tête. On dirait que je viens de t'annoncer qu'on allait camper sur l'Everest.

Je me hissai sur le tabouret de bar.

— Vous avez décidé ça quand ?

— Hier soir. Après que tu es allée te coucher.

Elle revissa le couvercle de sa Thermos et pivota vers moi.

— Tu sais, après que Tanner est monté, *lui aussi*.

M'efforçant de garder une expression neutre, je pris ma tasse de café.

— D'accord.

— Ouais. Kyler et moi, on s'est dit que ça serait plutôt cool. On campait tout le temps quand on était gamins, ça nous rappellera de bons souvenirs.

Syd se rapprocha de moi et posa sa Thermos sur le comptoir.

— On était même prêts à vous inviter à venir avec nous.

— Ah oui ? répondis-je dans un souffle.

Elle hocha la tête.

— Oui. Kyler est même monté pour demander à Tanner si ça lui disait.

Ma main se crispa sur ma tasse.

— Mais, bizarrement, Tanner n'était pas dans sa chambre.

Syd s'interrompit et sa voix baissa d'un ton.

— Et le plus drôle, c'est qu'il a entendu des bruits qui venaient de la t...

— Arrête-toi là, la coupai-je, les joues en feu. Je sais où tu veux en venir.

Elle étrécit les yeux en grimpant sur le tabouret à côté du mien.

— Tu vas cracher le morceau, et en vitesse, avant que Kyler se ramène.

En temps normal, je lui aurais donné tous les détails croustillants, mais là, j'étais gênée et je me dandinai sur mon siège. Tanner pouvait débarquer d'un instant à l'autre. Je respirai un grand coup et lui débitai à voix basse.

— On n'a pas couché ensemble.

Elle me gratifia d'un regard sévère.

— Tu ne vas pas me mentir à moi, Andrea.

Je levai les yeux au ciel.

— Je ne dis pas qu'on n'a rien fait, mais on n'a pas couché ensemble.

— Qu'est-ce que vous avez fait, alors ?

Un grand sourire s'épanouit sur son visage et elle me tapa sur le bras.

— Raconte. Et vite.

— Des trucs. Et d'autres. Sers-toi de ton imagination.

Elle croisa les bras.

— Je n'ai aucune imagination. Tu me donnes des indices ?

Je jetai un regard inquiet vers la cage d'escalier.

— Des trucs qui impliquent ses mains et ma bouche. Ça te va ?

— Oh, la coquine, gazouilla-t-elle. Et lui aussi. Vous avez fait des trucs cochons ensemble.

— Je rêve, grognai-je en replaçant une mèche derrière mon oreille. Tu peux parler. Je suis au courant des trucs cochons que tu fais avec Kyler.

— Ça, tu peux le dire, gloussa-t-elle. Et les trucs qu'on a faits hier soir, c'était du grand art. J'ai kiffé chaque seconde.

Je la dévisageai en silence.

Elle pencha la tête en arrière en éclatant de rire, et je secouai la mienne.

— Pour être honnête, on a surtout discuté, admis-je au bout d'un moment. C'était vraiment cool.

— J'en suis sûre.

Et elle était sincère.

— Tanner est un mec super, et toi, tu es géniale. Ça ne pouvait être que super cool.

J'avais envie de la détromper. Tanner était génial, et moi, j'étais… Bah, la plupart du temps, je ne savais pas ce que j'étais.

— Ça fait un moment que vous vous tournez autour, tous les deux, continua-t-elle. Il est temps que tu tires un trait sur ce qui s'est passé en première année et qu'il s'aperçoive de ce qu'il a sous les yeux depuis plus longtemps qu'il ne le croit.

Mon cœur parut s'arrêter, puis s'emballa. Je repensais à la façon dont il m'avait regardée la veille.

— J'en sais rien, Syd. J'ai...

Je redoutais d'abaisser mes barrières, de me laisser aller à trop espérer.

Elle me toucha le bras.

— Ne te prends pas la tête, OK ? Et si tu le sens bien, laisse-lui une chance. Profite de ces moments avec lui et tu verras bien ce qui arrive. Kyler et moi avons prévu de rentrer demain soir. Vous aurez deux jours pour vous tout seuls.

Je commençais à comprendre.

— Vous allez camper en montagne à cause de nous...

— On va camper parce qu'on en a envie.

Son petit sourire entendu disait le contraire. Je reconnus des bruits de pas à l'étage, qui se dirigeaient vers l'escalier. Elle descendit du tabouret et se pencha sur moi pour m'embrasser sur la joue.

— Amuse-toi bien.

Je ne répondis pas tandis qu'elle trottinait vers l'escalier. Sans bouger de mon tabouret, j'observai fixement ma tasse de café, le cœur battant. Je commençais à avoir les mains moites, mais je régulai ma respiration en inspirant profondément, avant que l'émotion qui me submergeait ne se répande comme un virus.

Quand je reconnus la voix grave de Kyler, je relevai la tête et fermai les yeux. À bien des égards, j'étais lâche. Et ça ne me plaisait pas. Pas du tout, même, mais c'était carrément flippant cette idée de nous laisser une chance quand je n'étais même pas sûre que Tanner était partant.

Mais il y avait eu la nuit dernière, et puis avant dans la piscine. Il avait dit que ça comptait pour lui, et peut-être… qu'il n'y avait pas dans son regard ce que j'avais cru voir. J'accordais peut-être trop d'importance à ce regard et pas assez à ce qu'il avait dit. Je rouvris les yeux, bien décidée à tenter au moins ma chance.

Oui, j'allais essayer.

Tanner

Je n'étais pas du genre soupçonneux, mais j'avais la nette impression que la soudaine décision de Kyler et Sydney d'aller camper puait le coup fourré. Une fois qu'ils seraient partis, la voie serait totalement libre pour Andrea et moi.

Mais je n'allais pas m'en plaindre.

Quand on serait rentrés dans le Maryland, j'offrirais même une bière à Kyler, ou à Sydney – bref, au brillant cerveau qui avait eu l'idée de ce plan machiavélique.

Ils étaient partis depuis trois heures environ, et j'avais décidé de laisser Andrea respirer. Elle était au rez-de-chaussée, au moins elle ne se cachait pas, et moi non plus. Vautré sur le canapé du salon, je zappais d'une chaîne à l'autre depuis un moment quand elle vint me rejoindre.

Mon pouce s'immobilisa sur la télécommande alors que je levais la tête vers elle. Ses cheveux roux étaient relevés en une sorte de chignon tordu, et son visage dégagé affichait clairement le rouge qui lui monta aux joues.

Les mains croisées devant elle, elle oscillait d'un pied sur l'autre. L'ourlet de sa robe lavande lui arrivait juste au-dessus des genoux. Elle était pieds nus et je remarquai que le vernis sur ses orteils avait changé de couleur. Ils étaient maintenant bleu pâle.

Jamais, de toute ma vie, je n'avais remarqué la couleur du vernis des orteils d'une fille jusqu'à aujourd'hui.

— Je vais aller dehors.

Son regard croisa brièvement le mien avant qu'elle détourne les yeux.

— Je venais voir si tu avais envie... euh... de me tenir compagnie ?

En vérité, j'avais envie de bondir sur mes pieds et de célébrer la victoire, mais je m'efforçai de rester calme. J'éteignis la télé, reposai la zappette et me levai.

— Oui. Je peux faire ça.

Son sourire fugace était très beau. Quand elle pivota sur ses talons pour se diriger vers la porte vitrée, je la suivis, prêt à déclamer des poèmes et autres conneries. Je secouai la tête en me massant la mâchoire tandis que nous avancions sur la terrasse. Elle marcha jusqu'au bord de la piscine, où elle s'assit, les pieds dans l'eau. La pluie de la veille avait fait monter le niveau, et le bassin était plein à ras bord.

Je la rejoignis, retroussai le bas de mon pantalon et l'imitai. L'orage de la veille avait dissipé la chaleur pesante. Il faisait toujours chaud, mais c'était supportable. On pouvait prendre le soleil sans transpirer à grosses gouttes.

Le regard d'Andrea était fixé sur l'eau qui ondulait lentement.

— Alors... quand tu partiras pour l'académie de police, tu seras absent combien de temps ?

Sa question me prit de court. J'étais surpris, et agréablement, qu'elle veuille le savoir, mais je me ressaisis vite.

— Environ six mois.

Ses yeux se posèrent sur moi un instant, exprimant son étonnement.

— Si longtemps ?

Je hochai la tête.

— Mais on aura des phases de repos. On a des permissions au bout d'un petit moment, et les visites sont autorisées certains jours. Ce ne sont pas six mois coupés de tout.

Au début, je ne savais pas trop pourquoi je lui disais tout ça, puis je me rendis compte que je voulais qu'elle sache que je resterais disponible. Pour elle.

— Donc, je serai toujours dans le circuit.

Elle parut digérer l'information.

— Tu es content ?

— Oui, reconnus-je en battant des pieds. J'ai l'impression d'atteindre enfin mon but.

— On n'est pas obligé d'aller à l'université pour entrer à l'académie, n'est-ce pas ?

— Non, mais c'est un avantage. De plus, avec un diplôme en droit criminel et une expérience de terrain dans les forces de l'ordre, j'obtiendrai plus facilement un poste chez les fédéraux.

— C'est ça que tu vises ? Le FBI ?

— Plus tard, oui.

Je lui donnai un petit coup de coude en souriant.

— Je serai déjà canon en uniforme, mais imagine le style dans la tenue des hommes en noir.

Renversant la tête en arrière, elle éclata de rire.

— Je confirme.

— Et tu as bien raison.

Un sourire flottant sur les lèvres, elle remua ses pieds dans l'eau.

— Quand tu arrêteras des filles pour excès de vitesse, elles seront toutes ravies que tu leur mettes un PV.

Je gloussai, trop heureux de ses compliments. Lamentable. J'étais prêt à me rouler sur le dos pour qu'elle me gratte le ventre.

— Mais c'est quand même dangereux. Je veux dire, le boulot.

Elle triturait l'ourlet de sa robe.

— Ça ne te fait pas peur ?

Je réfléchis avant de lui répondre.

— Je serais un crétin ou un frimeur si je te disais que non. Mais c'est plutôt sain d'avoir peur, ça permet de garder les pieds sur terre.

Elle hocha lentement la tête.

— C'est une façon intéressante de voir les choses.

— Et toi ? lui demandai-je. Tu dois aussi flipper comme une malade.

Elle fit la moue.

— Pourquoi ça ?

— Tu travailleras avec des gosses. Il n'y a rien de plus terrifiant.

Andrea gloussa.

— Peut-être, mais je ne les ramènerai pas chez moi.

— Moi non plus. Pas de boulot à la maison, lui assurai-je en la regardant dans les yeux. Ce ne sera pas évident, mais c'est une connerie que je refuse de faire.

Elle soutint mon regard.

— Est-ce que... c'est ce que faisait ton père ?

Je haussai une épaule avec désinvolture.

— Il n'a jamais su séparer les deux, mais il n'y avait pas que là qu'il merdait.

— Tu as encore des contacts avec lui ?

— Pas vraiment. Mais ça ne me dérange pas. Et puis je vois toujours ma mère.

Je me laissai aller en arrière, en appui sur les coudes.

— Et toi ? Tu es proche de tes parents ? Tu n'en parles jamais.

— Oui. On se retrouve un dimanche sur deux pour dîner en famille. Tous les quatre. Ma mère aime cuisiner, et elle met les petits plats dans les grands.

Le vent fit voler une mèche sur sa joue.

— J'adore ces dîners.

Je la buvais des yeux.

— C'est bien.

Je me redressai et avançai une main pour prendre la mèche folle entre mes doigts. Elle se raidit quand je la ramenai derrière son oreille. Ses grands yeux plongèrent dans les miens.

— Ton frère, si ma mémoire est bonne, n'a pas les cheveux roux. Et tes parents ?

— Ma mère est rouquine, répondit-elle en déglutissant. Mon père est châtain aux yeux bleus. Brody tient de lui.

Mes doigts se déplacèrent de leur propre volonté, caressant sa pommette.

— Et toi de ta mère ?

Ses lèvres s'entrouvrirent.

— Oui.

— Alors, elle doit être très belle.

Les pupilles d'Andrea se dilatèrent.

— Tu sais quoi ?

— Quoi ? lui demandai-je en souriant tandis que mes doigts atteignaient le coin de sa bouche.

— Tu es un vrai charmeur quand tu veux.

— Et j'ai envie de l'être.

Je me penchai sur elle et ma bouche prit la place de mes doigts. Je déposai un baiser léger au coin de ses lèvres.

— Avec toi.

Andrea se recula très légèrement, tête baissée, et me regarda par en dessous entre ses cils épais.

— Je ne sais pas... quoi faire avec toi.

Je ne la laissai pas aller bien loin. La prenant par la nuque, je rapprochai son front du mien.

— Oh, si, tu le sais très bien, Andrea. Fais de moi ce que tu voudras.

Elle ferma les yeux.

— Ce que je veux dire, c'est que je ne sais pas *comment* m'y prendre.

Mon cœur se mit à battre la chamade.

— Tu te débrouilles très bien... Le plus souvent.

Le coin de ses lèvres s'incurva.

— Oui, disons la moitié du temps.

Posant l'autre main sur sa joue, je lui caressai la mâchoire du pouce. Avec elle, je ne savais jamais sur quel pied danser. Une seconde, elle était tout sucre tout miel, et la seconde suivante, elle crachait un venin plus puissant que celui d'une vipère cuivrée. Mais je sentais les choses. Depuis toujours. Je savais que je lui plaisais, et mon instinct me disait que cette attirance allait plus loin que l'amitié ou qu'un simple désir. Il fallait que je fasse le premier pas, de façon à lui exprimer clairement ce que je voulais et ce que j'attendais de cette relation.

Je me reculai légèrement et saisis son visage entre mes mains.

— Quand nous quitterons ce chalet à la fin de la semaine, je veux qu'on se voie.

Elle battit des cils.

— On se verra souvent.

Je souris.

— Je sais, mais ce n'est pas ce que je veux dire. Je voudrais qu'on se voie sérieusement, Andrea. Tu comprends ?

Ses yeux cherchèrent les miens, et j'espérais très fort ne pas avoir besoin de lui faire un dessin. Comme à l'école : *Est-ce que tu m'aimes ? Entoure oui ou non.* Mais elle prit une profonde inspiration et répondit :

— Je comprends.

Dieu merci.

— Et quelle est ta réponse ?

— Oui, chuchota-t-elle. Moi aussi, je veux qu'on se voie sérieusement, Tanner.

Chapitre 13

Andrea

— Tu ne suis absolument pas.

Réprimant un sourire, je niai.

— Bien sûr que si.

— Menteuse.

C'était effectivement un mensonge et je ravalai un gloussement en reportant mon attention sur le film que Tanner avait dégoté après le dîner dans le meuble de la télé. Tout ce que je savais, c'est que c'était un film de la série des *Transformers*, mais je n'avais toujours pas vu de Dinobot.

Cette journée avait été l'une des plus… relaxantes que j'avais passées depuis longtemps. Après notre conversation au bord de la piscine, où j'avais cru carrément m'envoler vers le soleil, on était restés là à lézarder pendant plusieurs heures, en parlant de tout et de rien jusqu'à ce que la faim nous fasse bouger. Bien sûr, on n'avait pas pu résister : on s'était asticotés pour le fun, mais sans se disputer ni s'envoyer de vacheries. Presque comme si on était ensemble, ensemble *pour de vrai*. Et cela faisait des années que je n'avais pas éprouvé ce genre de sentiments.

À un moment, environ cinq minutes après que le film avait commencé, Tanner s'était emparé de mes jambes, qu'il avait posées sur ses genoux. Et c'était là que j'avais décroché. Ce n'était pas ma faute.

Cent pour cent la faute de Tanner.

Au début, il avait croisé les bras sans me toucher, et je m'étais calée avec un coussin contre l'accoudoir du canapé. Puis ses mains étaient descendues sur mes chevilles, me faisant tressaillir. Il s'était contenté de me lancer un petit sourire entendu et quelques papillons s'étaient réveillés dans mon ventre. J'avais fait semblant de m'intéresser au film, et lui aussi comme si de rien n'était.

Je me mordis les lèvres quand ses pouces commencèrent à dessiner des cercles lents autour de mes chevilles, et faillis sentir le goût du sang quand l'une de ses mains remonta le long de mon mollet. Ses doigts étaient habiles, allégeant la crispation de mes muscles, mais engendraient une tension d'un tout autre genre dans le reste de mon corps. Lorsqu'il atteignit la zone sensible juste en dessous de mon genou, je ravalai un gémissement embarrassant.

À chaque passage, ses doigts créaient des vagues de chaleur qui remontaient le long de mes jambes, et j'étais en ébullition, m'efforçant vainement de contrôler les réactions de mon corps. Quand il explora le creux de mon genou, j'éprouvai les plus grandes difficultés à rester immobile et à ne pas me tortiller.

Le regard de Tanner restait rivé sur les explosions en série éclairant l'écran de la télé, presque comme s'il n'avait pas conscience de ce qu'il me faisait, mais je doutais fortement de son innocence, autant que de ma capacité à prétendre ne pas en être affectée.

Mais le plus incroyable n'était pas le plaisir qu'il me distillait insidieusement, mais ma simple présence sur ce canapé avec lui. J'essayais, comme je me l'étais promis, sans laisser mes pensées se mettre en travers de ma route ni le doute me tenailler. J'étais simplement là, ici et maintenant, et j'entendais bien y rester. Sans aucune influence extérieure. Sauf, bien sûr, l'influence majeure que Tanner exerçait sur moi.

Sa main trouva le point d'intersection de mes jambes croisées, et mon cœur fit un bond tandis que je la contemplais. Très lentement, je relevai les yeux sur lui. Il ne regardait plus le film. Nos regards se rivèrent l'un à l'autre, et même dans la pénombre du salon, je perçus le feu qui couvait au fond de ses prunelles alanguies.

Plantant les dents dans ma lèvre inférieure, je desserrai les jambes pour offrir l'accès à sa main. Un coin de sa bouche se releva. Sans me quitter des yeux, il poursuivit son ascension, l'extrémité de ses doigts atteignant presque – mais pas tout à fait – le point névralgique entre mes cuisses.

Mon cœur battait comme un tambour quand sa main disparut entièrement sous ma jupe. Je retins mon souffle tandis qu'il reportait son attention sur la télé. J'étais à sa merci, totalement exposée. Mes paupières se fermèrent et ma tête retomba sur les épais coussins. La caresse, légère comme une plume, me rendait complètement dingue, se rapprochant dangereusement de mon épicentre à chaque passage. Il s'arrêtait toujours avant, ce qui était la plus douce des tortures. Un feu ardent se répandit en moi, et ma respiration s'accéléra. Il me caressait, m'explorait, me sollicitait sans jamais me toucher *là*, augmentant mon désir. Ma peau fut bientôt recouverte d'une fine pellicule de sueur. J'avais envie, j'avais *besoin* de ce contact qu'il me refusait.

Je ne savais pas combien de temps s'était écoulé, mais, lorsque j'ouvris les yeux, Tanner me regardait. L'espace d'une seconde, je fus incapable de bouger, ou même de respirer, et puis, sans réfléchir à ce que je faisais, je passai à l'action et il y avait quelque chose de sublime dans cette liberté.

Je basculai sur les genoux et Tanner devait avoir eu la même idée car il me saisit par les hanches pour me hisser sur lui. Nous restâmes ainsi une fraction de seconde, puis nos bouches se soudèrent violemment l'une à l'autre, comme irrésistiblement attirées.

Nous nous dévorâmes mutuellement et quand je me plaquai contre lui je sentis l'effet que je lui faisais. Il avait beau prétendre regarder la télé, il n'était concentré que sur moi. Ses mains descendirent sur mes hanches, se glissèrent sous ma robe. Le contact de ses paumes calleuses sur ma peau était peut-être la sensation la plus érotique que j'aie jamais éprouvée.

— Je me demandais combien de temps il te faudrait, dit-il, ses lèvres contre les miennes. Je commençais à désespérer.

Un petit rire m'échappa, qui se mua en gémissement quand son bassin vint à la rencontre du mien. Je posai les mains sur son visage, le chaume sur ses joues me chatouillant délicieusement les paumes.

— Tu étais en train de me rendre folle.

— Étais ?

Je l'embrassai.

— Tu me rends folle.

— Je préfère ça.

Ses mains trouvèrent mes fesses, qu'il empoigna, et une bouffée de désir me serra le ventre.

Je me plaquai plus étroitement contre lui quand il abandonna ma bouche pour déposer un sillon de baisers brûlants tout le long de mon cou. Ses mains adroites me caressèrent les cuisses, puis saisirent soudain le haut de ma robe. Avant que je puisse reprendre mon souffle, il tira sur le décolleté pour exposer mes seins.

Ma robe possédant un de ces soutiens-gorge intégrés, rien ne me séparait plus de son regard dévorant. Je poussai un petit cri et je renversai la tête en arrière quand sa bouche fondit sur un téton, qu'il fit rouler sous sa langue. J'étais au comble de l'excitation.

J'entendis une détonation à la télévision, prête moi-même à exploser. Ses lèvres se refermèrent autour de mon aréole et il happa goulûment le mamelon, éveillant en moi mille feux ardents. J'ondulai furieusement contre lui en souhaitant qu'il n'y ait plus l'épaisseur d'un tissu entre nous.

L'une de ses mains – j'étais bien incapable de savoir laquelle – se faufila de nouveau sous ma robe, pour mon plus grand plaisir. Il insinua ses doigts dans ma culotte, où ils s'agitèrent quelques instants avant de se retirer. Je n'eus pas le temps d'être déçue, car il m'allongea sur le dos, les mains sur mes genoux.

— Je veux savoir quel goût tu as, dit-il d'une voix éraillée qui me fit frissonner.

Ma bouche se dessécha. Je savais ce qu'il voulait dire. Je ne protestai pas quand il écarta mes genoux. C'était un geste tellement intime, presque *trop*. Ma respiration se bloqua et je luttai contre l'envie de refermer mes jambes.

Ses cils touffus se relevèrent et ses yeux plongèrent dans les miens.

— Tu veux bien ?

Nerveuse et chauffée à blanc, je ne pus que bredouiller un « oui ».

— Merci. J'ai tellement envie de te sentir jouir sur ma langue.

Mon Dieu, ces seuls mots faillirent me faire basculer. Il roula ma robe sur ma taille, remonta ses mains sur mes cuisses, puis écarta ma petite culotte.

Un courant d'air frais m'assaillit et il ouvrit la bouche.

— Si tu savais comme j'ai j'envie d'être en toi.

Moi aussi. Je voulais le sentir partout. Quand il posa sa bouche sur la mienne pour m'embrasser très tendrement, j'eus l'impression que mon cœur se dilatait dans ma poitrine. Un baiser tout simple et magnifique.

Puis sa main se remit en mouvement avec une précision sans faille. Il effleura les replis de mon sexe, me faisant tressaillir, puis une seconde fois tandis qu'il descendait, s'arrêtant sur mes seins, et il plongea enfin la tête entre mes cuisses.

— Mon Dieu, murmurai-je.

Cette seule vision était presque trop. Il m'embrassa l'intérieur de la cuisse.

Mon cœur sembla gonfler encore dans ma poitrine, et je me sentis léviter, mais sa bouche se posa sur moi, me ramenant à la réalité.

— Tanner, hoquetai-je, agrippant ses cheveux.

Cette caresse intime me vrilla tous les nerfs, et il savait ce qu'il faisait. Sa bouche, humide et chaude, ne me laissa aucun répit. Il m'embrassa, me lécha, me fit des choses avec sa langue que je ne savais même pas possibles. À sa façon de m'honorer, je savais qu'il adorait ça. Ce n'était pas une corvée pour lui – loin de là, il semblait au comble de l'extase.

Moi aussi.

Je laissai aller ma tête en arrière et me cambrai contre lui tandis que sa langue me fouillait sans faiblir. Je venais à sa rencontre, gémissant son nom comme une incantation. Des sensations brutes et primales fusaient en moi. Des sons que je ne reconnaissais pas s'échappaient de ma gorge, et je sentis soudain son doigt s'introduire dans la moiteur de ma fente. Tout mon corps se tendit. Il me pénétra plus profondément, plus fort.

J'ouvris les yeux alors qu'un spasme contractait mes muscles intimes et je ne voyais plus que lui.

L'orgasme me prit par surprise, pulsant dans tout mon corps, et je fus balayée par une jouissance intense tandis qu'une lame de feu liquide se déversait dans mes veines. Tanner se retira et m'embrassa l'intérieur de la cuisse avant de se relever, une main sur l'accoudoir du canapé.

Sa respiration était saccadée alors qu'il me contemplait.

— Je n'ai jamais rien entendu de plus beau que la façon dont tu as crié mon nom.

Secouée par les répliques de mon orgasme, j'étais encore tremblante et hors d'haleine.

— Je n'ai jamais rien éprouvé de plus magnifique, avouai-je.

Le bleu de ses prunelles parut soudain plus sombre.

— Alors, c'est une première pour tous les deux.

Mon cœur, une fois de plus, parut se dilater. Ça devenait une habitude avec lui.

— Oui.

Posant une main sur ma cuisse, il la serra doucement. Sous le regard dont il m'enveloppait, j'avais l'impression d'être la plus belle femme du monde, et cette sensation était merveilleuse. Un regard plus fort que tous les mots qu'il aurait pu prononcer.

C'est alors que les mots les plus fous me vinrent à l'esprit. *Je t'aime.* Des mots, terriblement sincères, que j'avais sur le bout de la langue et qui ne demandaient qu'à être prononcés. Mon cœur se mit à battre plus fort. Je *l'aimais* ? Était-ce réellement ce que je ressentais pour lui ? Cette sensation de débordement ? N'était-ce pas seulement du désir ? Non. J'avais déjà éprouvé du désir. Je savais faire la différence. Ce… Cette électricité qui me picotait les doigts et cette flamme dans ma poitrine n'étaient pas seulement sexuelles. C'était l'espoir, l'envie, l'expectation. La tendresse et l'acceptation et un millier d'autres sentiments. Quand cela était-il arrivé ? Je ne le savais pas précisément. Cela remontait-il à cette première année de fac ? Ou le déclic s'était-il produit au cours de ces derniers jours ?

Je t'aime.

Trois petits mots vraiment terrifiants. La force qu'ils symbolisaient était capable de tout changer.

J'étais incapable de les prononcer. Malgré la délicatesse merveilleuse dont il faisait preuve avec moi, il n'éprouvait pas les mêmes sentiments. Impossible. Mon cœur me poussait à les dire, mais mon cerveau m'en empêchait. Mais je pouvais lui montrer.

C'était tout ce qui me restait.

Lui faire comprendre à quel point il comptait pour moi sans le formuler vraiment et faire tout capoter.

Ma main tremblait sous le poids de l'émotion quand je la posai sur sa joue, puis je pris une profonde inspiration.

— Est-ce qu'on peut monter se mettre au lit ?

Tanner se figea au-dessus de moi tandis que la compréhension se lisait sur son beau visage.

Quand il parla, ce fut d'une voix rauque et entrecoupée qui me fit frissonner.

— Bébé, dans un lit, je... Ce sera trop dur de m'arrêter avant de me retrouver entre tes jolies jambes.

Je sentis mes joues s'empourprer.

— Je ne veux pas que tu t'arrêtes.

Un éclat brilla dans ses yeux et le temps parut suspendre son vol.

— Tu en es sûre ?

Je t'aime.

— Oui, soufflai-je. Oui.

Chapitre 14

Tanner

J'étais en peine de mots quand Andrea me prit par la main pour m'entraîner vers l'escalier. J'avais l'impression d'avoir de nouveau quinze ans et d'être sur le point de perdre mon pucelage. Sans dec. Voilà comment je me sentais. Nerveux. Anxieux. Impatient. Un peu des trois à la fois.

Je n'aurais jamais cru éprouver de nouveau ça.

Était-ce vraiment une bonne chose ?

Quand nous arrivâmes sur le palier et qu'Andrea se retourna pour me jeter un regard par-dessus son épaule, avec un sourire intimidé, je sus que la réponse était oui. C'était même carrément génial.

Elle se dirigea vers sa chambre, mais je l'arrêtai. Je la voulais dans *mon* lit. Je poussai la porte de ma propre chambre et la refermai derrière nous. Elle s'immobilisa à quelques pas du lit tandis que je fouillais dans mon sac de voyage jusqu'à ce que j'aie trouvé ce que je cherchais.

— Tu as emporté des préservatifs ? s'étonna-t-elle tandis que j'en jetais une poignée sur la table de nuit.

Je lui souris, un peu gêné.

— J'en ai toujours sur moi. Ça peut toujours servir.

Elle haussa un sourcil.

— Qu'est-ce que je dois en penser ?

— Du bien, répondis-je en la regardant. En tout cas, ce soir. Mais je te jure que je n'avais pas l'intention de m'en servir cette semaine.

— Ah non ?

Le doute traversa son visage alors qu'elle s'avançait vers moi et s'emparait du bas de mon tee-shirt.

— Je me souviens pourtant d'un pari qu'on a fait.

— On n'a pas fait de pari. Tu as refusé.

Je levai les bras pour qu'elle puisse m'enlever mon tee-shirt.

Son regard passa de mes yeux à mon torse, et je vis qu'elle aimait ce qu'elle voyait.

— Je me rappelle surtout t'avoir dit qu'il n'y avait aucune chance que ça arrive.

Elle fit glisser ses mains sur mes abdominaux jusqu'au bouton de mon jean.

— Et pourtant je suis là.

Se penchant en avant, elle m'embrassa les pectoraux tout en flattant mon érection à travers le tissu de mon pantalon. Tout mon corps tressaillit sous ce geste assuré.

— Est-ce que ça fait de moi une fille facile ?

— Je ne trouve pas. C'est ce que tu penses ?

Si c'était le cas, on allait arrêter tout de suite. Je lui saisis le poignet pour écarter sa main.

— Est-ce que c'est ce que tu penses ?

Elle releva le menton, inclinant la tête en arrière.

— Pas avec toi, non, répondit-elle après un instant.

Elle me poussa et je tombai assis sur le bord du lit.

— C'est bizarre.

— Quoi ?

Elle me détailla de la tête aux pieds avec gourmandise.

— Je n'aurais jamais pensé être aussi à l'aise avec toi.

J'avais envie de la prendre dans mes bras et de me perdre dans sa chaleur.

— Je suis content que ce soit le cas.

Andrea recula d'un pas. Elle s'était rhabillée avant de monter, me privant d'une vision de toute beauté, et j'étais maintenant sur des charbons ardents. Debout devant moi, elle prit entre deux doigts les bretelles spaghettis de sa robe. J'allais la regarder se déshabiller et c'était encore plus éblouissant.

Elle fit glisser les bretelles le long de ses bras, puis ramena ses deux mains derrière son dos. Le glissement sensuel d'une fermeture Éclair me mit dans tous mes états. Je tendis les jambes devant moi, en pure perte.

— Tu me tues.

Ses lèvres pulpeuses s'incurvèrent.

— Tu m'as tuée aussi tout à l'heure.

— Ah oui ?

Les mèches folles entourant son visage dansèrent comme elle hochait la tête.

— Tout à l'heure, sur le canapé…

Sa robe s'écarta de son corps et elle retint le tissu d'une main avant qu'il ne dénude ses seins.

— À un moment, j'ai cru que j'allais mourir.

Je me penchai en avant, la dévorant des yeux. Bon Dieu, un zombie avide de chair humaine aurait pu entrer dans la pièce que je ne me serais pas détourné d'elle.

— Je vais prendre ça pour un compliment.

— C'en est un, dit-elle doucement, juste avant de lâcher sa robe, qui glissa sur son corps et s'épanouit à ses pieds dans un froufroutement soyeux.

Bon sang, mon cœur se mit à battre deux fois plus vite. J'avais l'impression de contempler une déesse grecque et je me sentais soudain indigne de poser les yeux sur elle. Une tache rose apparut sur la peau délicate de sa gorge et gagna ses seins plantureux. La vue de ses mamelons durcis me mit l'eau à la bouche et je sentais déjà sous mes doigts les courbes satinées de son buste, la finesse de sa taille et la délicieuse rondeur de ses hanches recouvertes de la soie de sa petite culotte.

— Est-ce que c'est bien un nœud que je vois sur ta culotte ? lui demandai-je.

— Oui. Je suis une jeune fille sage.

Un gloussement rauque m'échappa, mais je me redressai quand elle fit un pas en avant, les yeux rivés sur le petit nœud violet de sa culotte... jusqu'à ce que ses doigts se glissent à l'intérieur sur ses hanches.

Jamais de toute ma vie je n'avais été aussi émoustillé.

Andrea se pencha en avant et je retins mon souffle tandis que ses seins dansaient sous mes yeux et que la dentelle violette glissait le long de ses cuisses pour rejoindre sa robe sur le sol. Elle était maintenant entièrement nue.

— Nom de Dieu, grognai-je en secouant lentement la tête sans la quitter des yeux.

Elle replia un bras sur son ventre, au-dessus de son nombril.

— Est-ce que... Est-ce qu'il y a un problème ?

— Non. Grands dieux, non.

Je me levai sur des jambes étrangement tremblantes.

— Andrea, tu es magnifique.

Le rose sur ses joues s'intensifia et elle baissa les yeux.

— Je me sens belle quand tu... me regardes comme ça.

— Je ne te regarderai jamais autrement, alors il va falloir t'y habituer.

Je m'emplis de la vision qu'elle m'offrait, m'attardant sur certaines zones stratégiques, mais ce furent ses pieds qui me captivèrent. Tournés vers l'intérieur, les orteils recroquevillés. Elle semblait presque effarouchée et mon cœur se serra.

Il fallait que je fasse attention.

Calmer le feu qui me consumait de l'intérieur fut l'un des efforts les plus difficiles que j'aie jamais dû faire. J'étais tellement dur, tellement impatient d'être en elle, que c'en était presque douloureux, mais je ne voulais pas aller trop vite. Je voulais qu'elle se souvienne toujours de ce moment, et effacer de sa mémoire tous les crétins qui étaient passés avant moi.

Quand je m'approchai d'elle, elle releva les yeux et sa bouche s'entrouvrit. Avec délicatesse, je posai le bout de mes doigts sur ses joues et lui inclinai la tête en arrière. Plaquant mes lèvres sur les siennes, je l'embrassai lentement, prenant le temps d'explorer l'intérieur de sa bouche brûlante et son goût délicieux.

Je me rapprochai encore, accueillant la caresse de son corps contre le mien tout en approfondissant mon baiser, qui devint très érotique. Nos langues se mêlèrent et quand elle ouvrit ma braguette, je ne pus retenir un gémissement alors que ses doigts m'avaient à peine effleuré.

Je reculai d'un pas et me débarrassai hâtivement de mon jean et de mon caleçon. Puis je me plantai devant elle, souriant quand je suivis son regard.

— Tu aimes ?

Sa petite langue pointa sur la courbe gonflée de sa lèvre inférieure.

— Oui. Beaucoup.

Un autre rire éraillé s'échappa de ma gorge et je la pris par la main pour la guider sur le lit. Tandis qu'elle s'allongeait, je m'emparai d'un préservatif sur la table de nuit, que je posai à côté d'elle.

Elle haussa un sourcil interrogateur et je lui souris de nouveau tout en empoignant la base de mon sexe.

— Garde ce préservatif à l'œil, je vais en avoir besoin.

Mais ses yeux étaient occupés ailleurs.

— Il n'ira nulle part.

— On ne sait jamais.

Posant un genou sur le lit à côté d'elle, je commençai lentement à me caresser. À en juger par la façon dont sa poitrine se soulevait en petits mouvements saccadés, cela semblait lui plaire.

— Tu aimes ça, on dirait.

— Si j'aime quoi ?

Sa voix était devenue rauque et j'accélérai la cadence.

— Ça. Tu aimes me regarder me caresser.

Bon Dieu, j'adorais la façon dont elle piquait un fard au quart de tour. Je pensais qu'elle allait mentir, mais elle hocha finalement la tête.

— Oui, j'aime ça.

J'avais la mâchoire douloureuse à force de serrer les dents.

— J'enregistre ça pour plus tard. Toujours bon à savoir.

— Plus tard ?

Je lui souris.

— Oh oui. Je n'en ai pas fini avec toi, tu peux me croire.

Andrea parut alors se détendre, libérant une tension dont je n'avais pas été conscient jusqu'ici.

— Bon à savoir aussi.

Tandis que je la regardais, je sentis mon cœur bondir dans ma poitrine. Bon Dieu, cette fille allait causer ma perte de la plus délicieuse des façons.

Je m'obligeai à m'allonger sur le flanc à côté d'elle. Faisant courir une main sur son corps, j'effleurai paresseusement un téton rosé de la pulpe du pouce. J'adorais la toucher. J'adorais les petits soupirs de plaisir très féminins qui lui échappèrent quand je le saisis entre le pouce et l'index. Et la façon dont elle renversa la tête en arrière, poussant ses seins vers moi en une invitation silencieuse. Bordel, *tout* me plaisait chez elle. Mon cœur tambourinait dans ma poitrine comme un marteau quand je me penchai sur elle pour déposer un baiser sur le creux de sa gorge.

— J'aime ça aussi, dit-elle en me caressant le bras. J'aime tout ce que tu fais.

Mes lèvres s'incurvèrent contre sa peau, heureux de son approbation. Je fis rouler le mamelon durci entre mes doigts tandis que mes lèvres glissaient sur sa peau en direction de ses seins sublimes. Elle frissonna très joliment. Je ne me lassais pas de la mordiller et de la lécher, mais je ne durerais pas longtemps si je repartais dans ce petit jeu-là.

Abandonnant le globe lourd de son sein, je relevai la tête pour regarder ma main descendre sur son ventre, puis se frayer un chemin entre ses cuisses. J'insinuai un doigt dans sa fente. Elle était serrée, chaude et glissante. Elle était prête.

Elle s'était déjà emparée du préservatif et je ne pus m'empêcher de rire en le lui retirant des mains afin de déchirer l'emballage. Je l'enfilai, les mains tremblantes, puis me positionnai au-dessus d'elle en m'obligeant à respirer très lentement. En appui sur un bras, je lui écartai les cuisses de mes genoux.

Ses yeux couleur de chocolat au lait plongèrent dans les miens et elle posa une main sur ma joue, les doigts en éventail.

— J'ai envie de toi.

Je fermai brièvement les yeux, secoué par mon propre désir.

— Voilà ce que j'aime entendre.

D'une main, je guidai mon sexe jusqu'à l'entrée du sien, puis je l'empoignai par les hanches pour faire basculer son bassin.

— J'ai envie de faire ça avec toi depuis le premier jour où j'ai posé les yeux sur toi.

Une expression étrange traversa ses traits, si fugace que je crus l'avoir imaginée, et elle sourit.

— Alors, qu'est-ce qu'on attend ?

Les mots magiques.

Je la pénétrai progressivement, grognant de sentir sa féminité m'envelopper centimètre par centimètre. Elle était si étroite et brûlante qu'un frisson me traversa. Je m'immobilisai, le souffle court.

— Ça va ?

Elle fit glisser ses mains tout le long de mes flancs jusqu'à mes hanches.

— Oui, chuchota-t-elle.

Ses pupilles étaient dilatées et elle avait les yeux brillants, et la peur de lui faire mal s'évanouit comme un nuage de fumée. Je m'enfonçai en elle d'une seule poussée, l'emplissant totalement. Elle renversa la tête en arrière avec un petit cri, égrenant mon prénom comme des notes de musique.

Je me mis en mouvement, un rythme d'abord lent et régulier, et elle releva les jambes. Ses pieds glissèrent le long de mes mollets jusqu'à ce que ses cuisses emprisonnent mes hanches, dont elle se servit comme appui pour soulever son bassin à la rencontre de chaque coup de reins. Jamais encore je n'avais ressenti une telle intensité, une telle adéquation. Je ne savais même pas que c'était possible.

Arquant le dos, je la pilonnai avec une ardeur renouvelée et l'empoignai par les cheveux pour l'attirer vers moi. Nos bouches se soudèrent et je l'embrassai fougueusement, ma langue plongeant dans sa bouche à l'unisson de mes coups de boutoir. Mon dos, mon front se couvrirent de sueur. Le lit tremblait sous mes assauts. J'assouvissais la faim que j'avais d'elle avec une frénésie que je ne me connaissais pas.

J'étais en train de perdre toute retenue. Si tant était que j'en avais jamais eu. Je m'enfouissais en elle à un rythme effréné, mes doigts lui labouraient les hanches. Je tentai de faire marche arrière, mentalement et émotionnellement, mais cela me fut impossible. Dans un coin de ma tête, j'avais peur d'être trop brutal, mais je la sentis se contracter autour de moi et me retenir.

— Mon Dieu, hoqueta-t-elle, les pupilles dilatées par le plaisir qui assombrissait son regard. Tanner, je…

— Vas-y, grommelai-je. Bon Dieu, Andrea, jouis pour moi, parce que je vais…

Elle m'obéit. Rejetant la tête en arrière, elle poussa un long cri. Son corps fut secoué d'un spasme et ses doigts s'enfoncèrent dans ma peau. Mes mouvements n'avaient plus aucun rythme, aucune grâce. Je ne voulais que m'ensevelir en elle, la violence du pilonnage auquel je me livrais déplaçant nos corps sur le lit. Ses cils se relevèrent et nos regards se rivèrent l'un à l'autre pendant quelques secondes. Ce que je vis dans ses yeux acheva de m'anéantir et j'explosai. Un orgasme foudroyant fusa à la base de ma colonne vertébrale, oblitérant tout le reste. Presque insoutenable.

J'éjaculai par saccades désordonnées, la tête enfouie contre son cou, ses râles de plaisir couverts par les battements sauvages de mon cœur et mes grognements gutturaux. Bordel. Je jouis en longs jets spasmodiques qui semblaient ne jamais finir. Ma main se crispa sur sa nuque tandis que tout mon corps tremblait.

Je ne sais pas combien de temps dura cet orgasme dantesque avant que le roulis s'apaise, mais je pris progressivement conscience de sa main qui me caressait le dos. Haletant, je relevai la tête.

Elle me regardait, les yeux mi-clos.

— Te revoilà, murmura-t-elle.

Mon souffle saccadé faisait trembler mes lèvres.

— Ça va ?

— Impeccable.

Je pris une autre inspiration hachée.

— Je dois t'écraser.

Elle secoua lentement la tête.

— Ça ne me gêne pas.

Ça ne me gênait pas non plus, mais sérieusement, je n'étais pas un petit gabarit. Prenant appui sur un bras, je la soulageai prudemment de mon poids. J'avais les jambes en coton alors que je la contemplais. Encore une fois, je n'avais pas de mots, alors je me penchai sur elle et l'embrassai tout doucement.

Quand nous nous séparâmes, je n'avais pas du tout envie de quitter le lit, mais j'avais quelque chose à faire.

— Je reviens tout de suite.

Elle acquiesça tandis que je me levais. Je traversai la chambre pieds nus pour jeter le préservatif, puis regagnai le lit, comme je le lui avais promis.

Mais Andrea s'était assise, les genoux ramenés contre la poitrine.

— Je peux m'en aller si tu...

— Quoi ?

Je la dévisageai tout en ouvrant les couvertures.

— T'en aller ?

Elle releva les yeux, puis les détourna aussitôt.

— Je veux dire, on peut discuter si tu veux, mais je peux aussi retourner dans ma chambre.

Je la toisai pendant quelques instants.

— Range tes fesses sous cette couverture.

Elle écarquilla les yeux.

— Pardon ?

— Tu n'iras nulle part, lui dis-je. Je veux que tu restes ici, avec moi. Je veux tes belles fesses sous la couverture. J'ai envie qu'on fasse un câlin.

— Un câlin ?

Elle demeura un moment immobile, puis secoua la tête et se glissa sous les draps à l'autre bout du lit.

Je me hâtai de me recoucher entre les draps frais avant que mes jambes me lâchent et lui encerclai aussitôt la taille avec mon bras pour la ramener contre moi.

— Pour faire un câlin, lui expliquai-je, il faut se blottir l'un contre l'autre.

— J'ai compris, répondit-elle en tortillant ses fesses pour trouver la bonne position. Tanner ?

— Oui ?

Je sentis sa cage thoracique se soulever tandis qu'elle prenait une profonde inspiration.

— Merci.

Je fronçai les sourcils.

— Pour quoi ?

— Pour… tout.

Je relevai la tête pour la regarder, et m'attardai quelques instants sur la frange de cils épais qui ombrait ses joues et sur ses lèvres gonflées légèrement entrouvertes. Ses pommettes étaient joliment rosies et elle semblait étrangement… *apaisée*, alors qu'on venait de baiser comme des bêtes sauvages. Il n'y avait pas vraiment de logique, mais c'était l'image que j'avais sous les yeux. Et c'était un moment précieux.

Je me calai contre elle et lui embrassai l'épaule. J'aurais voulu lui dire tant de choses. Tant d'émotions se bousculaient en moi tandis que je fermais les yeux et posais mon front dans le creux de son cou, mais aucun mot ne pouvait exprimer ce que je ressentais. Je la serrai alors plus fort contre moi et fis un truc que je n'ai pas souvenir d'avoir jamais fait avec quiconque avant elle.

Je me suis endormi en la tenant dans mes bras.

Chapitre 15

Andrea

Pour la première fois de ma vie, je m'éveillai entre les bras d'un homme. Alors que je reprenais très lentement mes esprits, je songeai que c'était la première fois que je passais la nuit avec un garçon. Cela ne m'était jamais arrivé, y compris avec mon petit ami du lycée, naturellement.

C'était… énorme.

Nous n'avions pas bougé. J'étais toujours couchée sur le côté, le corps de Tanner plaqué contre mon dos. Pendant plusieurs minutes, je n'osai pas bouger de crainte de le réveiller. Ça me plaisait d'être blottie entre ses bras. Non. Plus que ça. *J'adorais* cette sensation. Je regardai le mur de l'autre côté du grand lit. J'aurais pu très vite m'y habituer. Et pourquoi pas ? Si ma mémoire ne me jouait pas de tours, il avait dit qu'il n'en avait pas fini avec moi.

La nuit que nous venions de vivre avait été l'une des plus fantastiques de toute ma vie, et, quoi qu'il y ait eu entre nous, il n'était pas question d'en regretter une seule seconde.

Je restai donc immobile, absorbant ce bonheur comme une éponge. Je ne sais pas combien de temps s'était écoulé, mais je sentis soudain son érection contre mes fesses. Je pris une profonde inspiration. Est-ce qu'il dormait encore ? En tous les cas, une partie de son corps s'était réveillée.

Le bras posé sur ma taille se déplaça légèrement et j'ouvris tout à coup les yeux quand sa grande main se referma sur mon sein. Non. Tanner ne dormait plus.

Il m'effleura l'épaule du bout des lèvres.

— Bonjour, dit-il d'une voix éraillée.

— Salut, répondis-je en regardant sa main.

Il fit courir son pouce sur mon mamelon tout en me pétrissant le sein.

— Tu as bien dormi ?

Il déplaça son corps, glissant une jambe entre les miennes.

Mon cœur tressaillit.

— Comme un bébé.

— On se demande pourquoi, répondit-il en m'embrassant dans le cou. Tu sais quoi ?

J'hésitai une seconde, puis je posai une main sur la sienne.

— Tu es prêt à remettre le couvert ?

Son rire de gorge souleva les cheveux sur ma nuque.

— J'ai faim.

— Tiens donc. Ça, c'est bizarre.

Il mordilla la zone sensible derrière mon oreille, puis la main qui tenait mon sein se faufila entre mes cuisses.

— J'ai faim de toi.

— C'est ce que je disais, non ?

Cambrant les reins, je poussai mes fesses en arrière.

Le grognement qui lui échappa attisa mon envie de lui.

— Absolument.

Sa main plongea plus loin entre mes cuisses et une vague de sensations déferla dans mes veines.

— Tu as parfaitement raison.

Sa main se retira et je le sentis bouger derrière moi. Quand je l'entendis déchirer un plastique d'emballage, je voulus me retourner, mais il m'en empêcha. Je m'immobilisai et me mordis les lèvres alors que sa main remontait sur ma taille puis redescendait dans mon dos. Ne pas voir ce qu'il faisait me rendait particulièrement fébrile.

— Tanner, murmurai-je, la voix voilée par le désir.

Il se plaqua de nouveau contre moi et je sentis son membre tendu et brûlant contre mes reins.

— Tu n'attends que ça, on dirait.

Sans me laisser le temps de lui répondre, il se déplaça de nouveau. Il me prit par les hanches, et se positionna à genoux derrière moi. J'étais maintenant à plat ventre, jambes ouvertes, et il était entre mes cuisses, me tenant d'une main. Mon cœur s'accéléra et je me soulevai, en appui sur mes avant-bras. Je tournai la tête pour le regarder par-dessus mon épaule.

Dieu qu'il était beau. Dans son visage aux traits encore ensommeillés, ses yeux bleus, si profonds et vibrants, étaient enflammés d'un désir ardent. Encore une fois, il m'embrassa. Partant de mon épaule, ses lèvres glissèrent dans mon dos, qu'il parsema de baisers brûlants jusqu'au bas de mes reins, s'arrêtant juste à la naissance de mon sillon.

De la main posée sur mes hanches, il me souleva les fesses, son souffle chaud dansant contre ma nuque.

— Je voudrais que tous les matins ressemblent à ça. À ce moment exactement, dit-il, et je le sentis s'immobiliser quelques instants avant de me pénétrer d'un coup de reins puissant.

Je me cambrai en poussant un cri. La sensation de sa présence, plus intense, plus profonde, plus prégnante, étirait chaque terminaison nerveuse à un point délicieux. Mais au-delà de cette sensation, il y avait aussi la proximité de nos corps, intimement soudés l'un à l'autre, son grand corps étroitement lové contre le mien.

— Ça va ? me demanda-t-il d'une voix sourde et rocailleuse.

— Oui, parvins-je à répondre dans un souffle. Mon Dieu, Tanner…

Il déposa un baiser sur ma joue, puis ses lèvres se collèrent à mon oreille.

— Il va falloir que tu t'accroches, parce que je vais tout te donner.

Je frissonnai.

Et il joignit le geste à la parole.

Tanner imprima à ses reins un rythme échevelé, plongeant au plus profond de mon intimité, ne ralentissant que pour se presser contre moi avant de repartir de plus belle. Dans cette position, je ne pouvais rien faire d'autre qu'anticiper ses coups de boutoir, que j'accompagnais avec joie. C'était lui qui menait la danse, et, cramponnée aux draps, j'accueillis un flot de sensations incendiaires.

— Mon Dieu, Tanner, hoquetai-je en poussant mon bassin contre lui. Oui, oui, oui !

Un grondement approbateur vibra dans tout son corps et je fus submergée. Je l'entendais ahaner dans mon dos. Glissant une main par-devant, entre mes cuisses, il se mit à me caresser sans cesser de me pilonner. Le plaisir monta aussitôt, aigu, presque violent.

— Putain, grogna-t-il contre ma nuque.

Je me retrouvai à genoux, les mains repoussant la tête de lit. M'enlaçant la taille d'un bras pour me maintenir en place sous ses coups de boutoir, il posa une main sur la mienne. Hébétée, j'ouvris les yeux dans un brouillard, contemplant nos mains jointes.

Haletante, emportée par cette vision qui me donnait le tournis, je m'abandonnai à ses assauts. Mon esprit se déconnecta dans cette chambre emplie du bruit de nos corps se jetant l'un vers l'autre, de nos gémissements, de nos râles de plaisir. Il n'y avait plus aucun rythme dans cette chorégraphie sauvage. Je sentis la tension monter, spirale de plus en plus irrésistible, et je jouis brutalement. Renversant la tête en arrière sur son épaule, tout mon corps se tétanisa et un tsunami de jouissance exquise déferla dans mon corps. Terrassée par ses coups de reins puissants, je lâchai prise, mais Tanner me retint, me plaquant contre lui tandis qu'il jouissait à son tour en longues saccades.

Plus un muscle de mon corps ne répondait en ces délicieux moments de béatitude. Telle une poupée désarticulée, je me laissai guider, tremblante, sur le lit, incapable de faire un geste quand il le quitta pour aller jeter le préservatif. Je n'avais toujours pas bougé quand il revint et, sans savoir comment, je me retrouvai dans ses bras et il me caressait la joue, encore brûlante. J'étais totalement comblée, assouvie, une sensation toute nouvelle pour moi. Je voulus le lui dire, mais ma langue me parut trop lourde.

Tanner me serra contre lui.

— Je crois… je crois qu'une sieste ne sera pas du luxe.

Un rire las mais joyeux s'échappa de ma gorge.

— Pareil.

— J'ai une idée.

— Ah oui ? demandai-je dans un souffle.

— Oui, répondit-il en déposant un baiser sur mon front. Puisqu'on est en vacances, on peut faire ce qu'on veut, alors on va faire une sieste tout de suite.

Je me blottis contre lui en souriant.

— Meilleure idée de tous les temps.

Plus tard dans la journée, j'étais dans la cuisine, en face de Tanner, une barquette de poulet à la main.

— J'ai raison, tu verras.

Il haussa un sourcil dubitatif tout en s'accoudant au comptoir.

— Je n'ai jamais entendu parler d'un truc pareil.

— Il y a sûrement plein de choses dont tu n'as jamais entendu parler.

— Impossible, répondit-il d'une voix indolente.

Je levai les yeux au ciel.

— Si on fait d'abord bouillir le poulet, il met moins de temps à griller et on est sûrs qu'il est bien cuit.

— Je veux bien te croire, mais ça revient à le faire cuire deux fois.

— Mais non. On ne le cuit pas complètement, tentai-je de lui expliquer pour au moins la centième fois. Laisse-moi faire.

Il agita la main en souriant comme pour me donner la permission. Sans me formaliser, je reposai la barquette sur le comptoir pour allumer le feu sous la casserole remplie d'eau chaude.

— Au moins, la pluie s'est arrêtée.

Quand je me retournai, je vis qu'il était planté devant la porte-fenêtre.

— Kyler et Sydney doivent regretter d'être partis, ajouta-t-il.

— Je parie qu'ils sont pelotonnés l'un contre l'autre sous une tente et qu'ils font des bébés.

Tanner me fit un clin d'œil, et mon cœur trébucha.

— Tu veux dire ce qu'on a fait toute la journée ?

Le feu me monta aux joues.

— Sauf que pour nous, c'est encore de l'entraînement, poursuivit-il avec un sourire entendu. Mais je crois que ça ne me déplairait pas de voir une petite Andrea avec tes cheveux roux.

Parole, j'écarquillai les yeux. Il le pensait vraiment ? Mon estomac se tordit délicieusement et mon cœur se mit à danser, mais je lui tournai le dos pour prendre le poulet.

Il n'était pas sérieux, et je ne tomberais pas dans le panneau. Niet. Pas question de laisser mon cerveau s'emballer.

Plus tôt, pendant que Tanner était sous la douche, j'avais laissé mes pensées vagabonder… Mais ces moments de dialogue intérieur n'étaient jamais une réussite. Et quand j'étais allée me doucher à mon tour, mes pensées avaient pris un tour trop familier, empli de doutes, qui ne m'apportait jamais rien de bon.

Parfois… j'avais cette impression qu'il y avait trop de choses dans ma tête, et c'était l'un de ces moments. Je m'étais laissé gagner par la panique. Tanner ne regretterait-il pas ce que nous avions fait la nuit dernière et ce matin ? Est-ce que c'était important pour lui ? Que se passerait-il si je lui avouais… qu'il y avait de grandes chances pour que je sois amoureuse de lui ? Est-ce qu'il me connaissait vraiment ? C'était la réponse à cette dernière question que je redoutais le plus. Non, Tanner ne me connaissait pas. Du moins, pas le « moi » qui existait dans ma tête quand je me retrouvais seule avec moi-même, le « moi » que j'avais tant de mal à gérer.

Mais ça ne venait pas seulement de Tanner. Ce sentiment de panique que je connaissais si bien n'avait jamais une cause unique. Cela aurait sans doute été plus facile.

— Je vais trop vite ? demanda-t-il, et sa voix était maintenant toute proche – vraiment très proche.

Je frissonnai tout en achevant de retirer le plastique de la barquette, puis j'attrapai la pince.

— Je crois juste… que tu ne le penses pas vraiment.

— Est-ce que tu es dans ma tête ?

Il me prit par les hanches, et je sursautai.

— Est-ce que tu sais ce que je pense ?

Question piège. Je me laissai le temps de saisir une escalope de poulet avec les pinces et de la plonger dans l'eau bouillante avant de lui répondre.

— Je préfère ne pas savoir ce qu'il y a dans ta tête.

— Oh oh.

Il glissa un bras autour de ma taille et se colla contre moi avant de m'embrasser dans le cou.

— Je crois que tu aimerais beaucoup ce qu'il se passe dans ma tête.

En dépit de mes pensées erratiques, je souris en prenant le dernier blanc de poulet.

— Peut-être.

— Sûr et certain, chuchota-t-il en posant ses lèvres sur la zone sensible derrière mon oreille.

— C'est possible.

Tanner me lâcha pour me laisser nettoyer les pinces dans l'évier. Quand je me retournai, il observait les escalopes dans la casserole d'un air dégoûté.

— Beurk... c'est dégueu, ton truc, avec cette mousse blanche qui remonte à la surface.

J'éclatai de rire.

— On dirait un enfant.

— Tu vas me donner une fessée ?

— Seigneur.

Je secouai la tête.

Nous fîmes ensuite griller le poulet et prîmes notre repas en nous chamaillant gentiment. Tanner faisait des réflexions débiles qui me faisaient tantôt glousser, tantôt rougir, voire les deux en même temps. Il n'y eut pas de temps mort et ma tête me ficha la paix, même quand Syd et Kyler revinrent de randonnée.

Mais ce n'était que reculer pour mieux sauter, et le dialogue intérieur fit son retour alors que nous étions tous les quatre au sous-sol.

Il s'était remis à pleuvoir peu de temps après leur arrivée, et les garçons disputaient une fois de plus une partie de hockey pneumatique acharnée. Kyler avait une bière à la main. Tanner aussi. Même Sydney, qui buvait pourtant rarement, avait choisi une bière aux fruits.

Et moi, j'avais envie d'un verre. Très envie.

Au point de me cogner la tête contre les murs, mais je ne voulais pas que Tanner me regarde comme si... En fait, si, je voulais justement que Tanner me regarde. C'était tout le problème. Depuis le retour de nos amis, il ne s'était plus du tout intéressé à moi.

Au début, j'avais décidé que je me faisais des idées. Rien d'étonnant. C'était normal, un truc pour lequel j'étais particulièrement douée. Le retour de Syd et Kyler avait provoqué une certaine agitation. Ils étaient affamés et nous avaient raconté leurs aventures tout en mangeant nos restes. Je m'étais sentie mal à l'aise, ne sachant quelle attitude adopter. Me comporter avec Tanner comme si on était ensemble ou attendre de voir ce qu'il allait faire ? Finalement, je n'avais rien fait. Quand Syd était montée se doucher, Kyler avait monopolisé Tanner. Quand elle était redescendue, ma mère avait choisi ce moment pour me téléphoner, et j'avais dû l'écouter répéter que mon père et elle étaient *tellement* fiers de Brody et qu'ils s'inquiétaient *tellement* pour moi. Après ce coup de fil, j'avais eu méchamment besoin d'un verre, mais j'avais tenu bon.

Tout ça pour dire que Tanner et moi n'avions pas eu beaucoup d'occasions de nous faire les yeux doux ni de parler de notre soudaine passion l'un pour l'autre, mais alors que la soirée s'étirait, l'indifférence qu'il me témoignait depuis le retour de Syd et Kyler perdurait.

Ce qui n'était peut-être pas plus mal. Je ne savais plus quoi penser. Mais j'aurais préféré qu'il ne fasse pas comme si je n'existais pas. Honnêtement, il m'avait à peine adressé la parole. Pas de regards énamourés ni de baisers volés. Quand j'étais remontée chercher un soda, il ne m'avait pas suivie.

Peut-être qu'après tout ce n'était pas dans ma tête, parce qu'habituellement on se parlait... on se disputait... mais il avait maintenant l'air de ne pas vouloir...

Stop !

J'étais complètement larguée. Je ne savais plus ce qu'il fallait penser.

Mais mon cœur battait désagréablement dans ma poitrine et j'avais l'estomac noué en regardant Tanner frimer à la table de hockey et ricaner quand Kyler le vannait.

Bon Dieu, il me fallait un verre.

Mais serais-je capable de m'arrêter au premier ? Sans doute, mais je ne supporterais pas que les autres, et Tanner en particulier, me fassent des réflexions. Quoique, ils n'avaient rien à dire puisqu'ils avaient tous un verre à la main. Ce n'était pas juste. Tout le monde avait le droit de boire, sauf moi ?

Il était pratiquement minuit quand je montai me coucher. Les garçons avaient fini leur partie et les conversations allaient bon train, mais j'avais hâte que cette soirée se termine. Demain serait un autre jour, et j'y verrais sans doute plus clair.

Après avoir pris congé de tout le monde, je me dirigeai vers l'escalier. Tanner me lança alors un regard et mon cœur devint tout mou quand il me sourit :

— Bonne nuit, Andy.

— Bonne nuit, répondis-je comme un perroquet avant de filer comme une voleuse jusqu'au premier étage.

« Bonne nuit, Andy. »

Est-ce que c'était un code qui voulait dire « à tout à l'heure »... ou juste une formule de politesse ? Sûrement un code. Oui, un code. J'aurais peut-être dû, moi aussi, lui envoyer un message pour lui faire savoir que je l'attendrais ? Bah, c'était trop tard. Je consacrai un temps ridiculement long à ma toilette avant de me coucher. Je me brossai les dents et les cheveux. Puis je me lavai le visage et me maquillai – du blush et du mascara. Pour la nuit ? Bref. Je me suis ensuite enduite de cette crème pour le corps à l'odeur de pêche. Trouver une tenue relativement sexy sans avoir l'air d'en faire trop s'avéra plus délicat que prévu, et je finis par enfiler un petit short de nuit que j'adorais et un débardeur.

Je ne verrouillai pas la porte de ma chambre avant de me mettre au lit. Tanner viendrait – après tout ce qu'on avait fait la veille et le matin, il viendrait certainement. Et on en parlerait, parce qu'il fallait qu'on soit sur la même longueur d'onde sur ce que ça signifiait vraiment pour nous. Il avait dit qu'il n'en avait pas fini avec moi et qu'il voulait qu'on se voie quand on serait rentrés dans le Maryland. Mais qu'est-ce qu'il entendait par là ? Coucher ensemble à l'occasion ou s'engager dans une vraie relation ?

Mon cœur se serra quand j'envisageai la première option. Pas la peine de me jouer la comédie : pour moi, c'était hors de question. Pour être franche, j'en avais ma claque de ces mecs que je me tapais seulement quand j'étais bourrée et que je n'avais plus les idées claires. Dans l'obscurité de ma chambre, c'était une chose que je pouvais m'avouer, même si c'était dur. Et si Tanner voulait s'engager dans une relation, je devais lui dire toute la vérité, tout ce qu'il ignorait sur moi. Il devait être informé pour pouvoir prendre sa décision en son âme et conscience.

Je levai les yeux au ciel. Ce n'était quand même pas une élection présidentielle.

Je roulai sur le dos pour regarder mon réveil et mon estomac se glaça quand je me rendis compte qu'une heure s'était écoulée depuis que j'étais montée. Je tournai les yeux vers la porte. Pourquoi est-ce qu'il n'était pas encore là ? Meilleure question : est-ce que je devrais accepter qu'il se glisse en douce dans ma chambre alors qu'il ne m'avait plus calculée depuis que nos amis étaient rentrés ?

Mais si on allait par là, est-ce que moi, j'avais fait mieux ?

Je me mordis les lèvres en contemplant le plafond, incapable de distinguer autre chose que la forme mouvante du ventilateur. En toute honnêteté, je n'avais pas fait beaucoup d'efforts non plus. C'est-à-dire que je ne savais pas quoi faire, ni quel comportement nous devions adopter.

Je refermai les yeux. Ce n'était qu'une question de temps et je n'avais qu'à attendre. Tanner viendrait. Sûr et certain. J'attendis donc.

Les secondes passèrent, puis les minutes, puis les heures. La porte de ma chambre resta fermée et Tanner… n'arriva jamais.

Chapitre 16

Andrea

Deux. Non. Trois. Ou quatre ? Merde. J'inclinai ma bouteille de bière et regardai l'étiquette en fronçant les sourcils. Je ferais mieux de demander à Sydney. Elle le saurait. Elle les comptait toujours.

— Ça fait cinq, dit-elle avec un soupir agacé.

Je redressai la bouteille et dévisageai Sydney, assise sur une chaise face au transat encore mouillé sur lequel je m'étais affalée. Il avait plu presque toute la journée et le soleil n'avait pointé son nez entre deux nuages noirs que quelques heures plus tôt.

— Hein ?

— Tu en es à ta cinquième bière, expliqua-t-elle en relevant son épaisse chevelure – Bon Dieu, que j'aurais aimé avoir les cheveux de Sydney ! – en queue-de-cheval haute. Vu ta tête, tu essaies de te rappeler combien tu en as bu.

Je me décomposai.

— Je fais une tête spéciale ?

Elle acquiesça.

— Oui. Et quand tu fais cette tête, tu me demandes généralement juste après combien tu as bu de bières.

— Haha. C'est en effet la question que j'allais te poser. Bon, OK.

Inclinant de nouveau ma bouteille, je descendis une longue rasade. Immédiatement, j'éprouvai le besoin de roter, mais je lançai un regard vers l'endroit où se tenaient Kyler et Tanner et décidai que ce n'était pas un comportement très féminin.

Tanner.

Aïe.

Je bus une autre gorgée, puis reposai ma tête contre le coussin derrière moi. Je ne pouvais pas le voir sans repenser à tout ce que nous avions fait, dans les moindres détails, et ça me mettait mal à l'aise. Très mal à l'aise, même, parce que chaque fois je me rappelais aussi qu'il ne m'avait pas calculée et qu'il n'était pas venu me rejoindre la veille. Et je devais me rendre à l'évidence : je m'étais fait avoir dans les grandes largeurs. À quoi j'avais pensé ? À rien, et c'était tout le problème.

— Mais si on compte le shot de vodka que tu t'es enfilé entre la première et la deuxième bière, je dirai que ça fait l'équivalent de six ou sept, ajouta Sydney.

Je plissai les yeux pour la regarder.

— Je ne te suis pas.

Elle jeta un coup d'œil aux garçons. Quand l'orage s'était calmé, on avait fini par griller des steaks au barbecue. Des faux-filets bien gras. Comme mes cuisses. Sauf que mes cuisses n'avaient sûrement pas si bon goût.

Bon sang, je commençais à être pompette.

Quand je rouvris les yeux et que je tournai la tête, je croisai le regard de Tanner. Je ravalai un hoquet. Kyler était en train de lui parler, mais il semblait ne pas lui prêter attention. Alors maintenant, il avait décidé de me mater ? Comme si c'était son droit ? Qu'il aille se faire foutre. Je détournai les yeux et vidai cul sec ce qui restait dans ma bouteille.

Je ne voulais pas penser à lui. Je ne voulais pas penser à ces heures merveilleuses que nous avions passées ensemble. Et surtout pas au plaisir que j'avais pris à nos discussions, à cette connexion que je croyais aller au-delà des relations sexuelles. Encore moins au fait qu'il devait me trouver pitoyable : j'étais amoureuse de lui alors qu'il comptait certainement les jours avant notre départ. Heureusement, je ne le lui avais pas avoué. Dieu merci. De toute façon, je ne voulais plus penser à rien.

— Qu'est-ce que vous avez prévu de faire, demain ? demandai-je à Sydney, ponctuant mes mots d'un sourire satisfait parce que je n'avais pas bredouillé.

Syd haussa ses épaules délicates.

— Je ne sais pas trop. Kyler, c'est quoi le programme pour demain ?

— Passer toute la journée au pieu, répondit-il.

J'éclatai de rire – un gros rire gras.

Mais Sydney pinça les lèvres.

— Ouais. Non.

Il fit la moue, et je dus reconnaître qu'il était trognon. Une moue virile. Ha.

— On fera ce que tu voudras, Syd. Je suis à ton service, corrigea-t-il.

Un sourire illumina le visage de Syd.

— Voilà ce que j'aime entendre.

Elle se retourna vers moi en haussant les épaules.

— Je ne sais vraiment pas. On repartira peut-être en randonnée. Oh, ou alors on ira pêcher. On est passés devant un lac qui serait parfait. Tu es la bienvenue si tu veux venir avec nous.

J'éclatai à nouveau de rire, aussi fort que la première fois.

— Non merci.

— Je suppose que Tanner ne viendra pas non plus, alors, commenta Kyler jovialement.

Tanner lui balança un regard noir qui aurait dû le sécher sur place, mais Kyler ricana en jetant sa bouteille dans la poubelle sur la terrasse.

Je sentis les yeux de Sydney braqués sur moi, et la minuscule détente que j'avais puisée dans l'alcool s'évanouit alors que les muscles de ma nuque se crispaient. Elle avait essayé de me tirer les vers du nez à propos de ce que Tanner et moi avions fait en leur absence, mais j'étais restée bouche cousue. Il n'était pas question que je lui en parle tant que j'étais coincée dans ce foutu chalet et que je risquais de péter un plomb.

— Il peut bien faire ce qu'il veut, déclarai-je.

Tanner croisa les bras et ses biceps étirèrent le tissu de son tee-shirt d'une façon presque indécente.

— Merci, Andy, de le rappeler à tout le monde.

— Pas de quoi. Je suis là pour ça, répondis-je en reniflant.

— Pour souligner les évidences ? rétorqua-t-il.

— C'est reparti pour un tour, murmura Sydney à mi-voix.

Un large sourire étira mes lèvres tandis que je plantais mon regard sur le beau visage de Tanner. *Ça,* je pouvais gérer. Tanner qui faisait le malin. Le Tanner qui m'était familier. Pas le Tanner gentil et charmant qui me faisait croire que j'étais différente – que nous étions différents – avant de me rappeler que non, que rien n'avait changé.

— Si je ne le fais pas, qui s'en chargera ?

Il haussa un sourcil narquois.

— Des amateurs ?

Je haussai une épaule.

— Bref. Je vais me chercher une bière. Tu en veux une aussi, tant que je suis debout ? ajoutai-je à l'intention de Kyler.

Il ouvrit la bouche pour répondre, mais je le vis tourner les yeux vers Sydney.

— Non merci.

Il y avait certainement un loup là-dessous, mais ce n'était pas mon problème. Posant les pieds par terre, je me levai de mon transat. Et je tanguai lamentablement.

— Tu es sûre que tu devrais en boire une autre ? me demanda Tanner en s'avançant vers moi.

Je lui lançai un regard mauvais.

— Je t'ai demandé ton avis ?

— Non. Mais je te le donne quand même.

Un ricanement peu séduisant s'échappa de mes lèvres.

— Ça m'aurait étonnée.

— Hum, intervint Kyler.

Un muscle se mit à trembler sur la mâchoire de Tanner, mais je ne lui laissai pas le temps de me répondre et enchaînai dans la foulée :

— Mais de toute façon, ton avis ne m'intéresse pas.

Ses yeux étincelèrent et il éructa un petit rire sec en tournant la tête de côté.

— Ouais, c'est quand même bizarre. Tu ne veux jamais de mon avis parce que tu sais que j'ai raison.

— C'est quoi, le délire, les gens ? souffla Sydney entre ses dents.

— Et tu sais ce qui est bizarre aussi ? continuai-je d'une voix doucereuse en jetant ma bouteille vide à la poubelle.

— Non, mais tu vas me le dire, répliqua-t-il d'un air blasé.

Le regardant dans les yeux, je levai la main droite... le majeur dressé.

— Ça.

— Oh. Waouh, toujours aussi classe à ce que je vois.

Je levai les yeux au ciel avec tant de frénésie qu'on aurait dit que mes globes oculaires allaient disparaître dans mes orbites.

— Allons bon. Tu es choqué par un doigt d'honneur alors que tu n'as que des « putain » et « bordel » à la bouche ?

— Elle n'a pas tort sur ce coup-là, fit remarquer Kyler, ce dont je le remerciai d'un grand sourire.

— Merci, Kyler.

— Ne l'encourage pas, marmonna Tanner.

Choisissant d'en rester là, je lui tournai le dos et me dirigeai vers la maison, dans laquelle j'entrai sans avoir trébuché une seule fois. Tanner pouvait se la mettre où je pense.

Je sentis mes joues s'empourprer. OK. Mauvaise idée, car je pensais à des endroits où il aurait pu *me* la mettre, et où il faisait des merveilles.

Le cliquetis des bouteilles quand j'ouvris la porte du frigo me donna presque envie de me mettre à danser. Je pris une bière et notai mentalement d'aller au ravitaillement le lendemain. J'avais la très nette impression que j'aurais besoin d'un pack de douze pour tenir jusqu'à la fin de nos « vacances ». Peut-être même un pack de quarante. Est-ce que ça existait ? Valait mieux pas.

Merde, c'était carrément un tonneau qu'il m'aurait fallu.

Je décapsulai ma bière et jetai le bouchon sur le comptoir, où je le regardai tournoyer lentement sur le granit en soupirant. Debout derrière le comptoir, la bouteille fraîche à la main, je m'efforçai de comprendre la cause du malaise qui me rendait si fébrile. Ce n'était pas seulement Tanner. Il n'y avait jamais une seule raison. C'était toujours un paquet de foutaises qui me mettaient dans cet état.

Toute la journée j'avais stressé à cause d'une tonne de choses – le coup de fil de ma mère, rentrer chez moi, en être au point mort dans ma vie quand tout le monde allait de l'avant et, bien sûr, ce qu'il se passait avec Tanner. Sans raison apparente, je repensai à ce que je lui avais dit le premier soir avant de lui faire une gâterie. Est-ce qu'on m'avait déjà forcée ? Aucun garçon ne m'avait contrainte. Je les avais toujours suivis volontairement, mais j'avais chaque fois l'impression qu'ils attendaient quelque chose de moi. Pour quelle autre raison me ramèneraient-ils chez eux ? Cette impression, pourtant… ça venait de *moi*. J'avais beau fouiller dans mes souvenirs, ils n'avaient rien fait de spécial. Je m'étais sentie obligée de le faire, pour éviter les rapports sexuels, parce que je ne voyais pas d'autre raison pour laquelle ils seraient avec moi.

Et Tanner ? Pourquoi s'était-il montré si gentil ? Pour la même raison que les autres, et il n'avait pas été déçu. Il n'avait même pas eu besoin de demander. Je le lui avais offert sur un plateau.

J'avais envie de me cogner la tête contre les murs, parce que c'était tellement pitoyable, comme le regard de Tanner quand je lui en avais parlé.

C'était débile.

Tout ça était débile.

Je poussai un autre soupir. Génial. Je venais de passer de « je me fous de tout » au mode « je vais mettre la tête dans le four ». Je grimaçai en formulant cette pensée. Pas cool. Pas cool du tout.

— Andrea.

Je sursautai, renversant de la bière sur ma main.

Quand je me retournai, je découvris Tanner de l'autre côté de l'îlot.

— Bon sang. Qu'est-ce que tu fous ici ? Tu m'espionnes en douce ?

— Bien sûr, répondit-il d'une voix blanche. C'est pour ça que je viens de t'appeler, comme tous les espions qui veulent se planquer.

— C'est ce que font les espions qui n'ont que deux neurones. Tu vois ce que je veux dire ?

À peine ces mots eurent-ils franchi mes lèvres que je me trouvai stupide, et j'eus l'impression que mon cœur s'arrêtait, mais la colère… c'était toujours le plus facile.

Ses épaules se soulevèrent comme il respirait un grand coup.

— Tu m'as évité toute la journée.

— Tu délires.

Il inclina la tête sur le côté et haussa les sourcils.

— Ah non ? Tu es restée cachée dans ta chambre pratiquement toute la journée, et tu n'as pas décollé de Sydney tout le reste du temps.

— Je... des trucs de filles à se raconter, répondis-je. Et j'ai fait la sieste.

— Andrea...

Il avait raison. Je l'avais évité. Visiblement, j'avais raté mon coup.

— Hier soir aussi. Tu m'as à peine adressé la parole.

— Quoi ?!

J'étais tellement abasourdie que j'eus l'impression d'avoir hurlé.

— *Je* t'ai à peine adressé la parole ? C'est toi qui ne m'as carrément pas calculée.

Il me dévisagea.

— Andy, je...

— C'est complètement débile. Toute cette histoire est débile, dis-je en prenant ma bouteille.

Quelques secondes passèrent, puis il me demanda :

— Tu crois vraiment que tu as besoin d'une autre bière ?

Agacée, je portai lentement ladite bouteille à ma bouche pour en boire une longue rasade.

— Est-ce que ça répond à ta question ?

Le bleu de ses yeux s'assombrit.

— Écoute, je ne veux pas jouer les rabat-joie...

— Dans ce cas, c'est raté. Ce n'est que mon avis, mais je te le donne.

Il ouvrit la bouche pour répondre, mais la referma aussitôt. Plusieurs secondes s'écoulèrent.

— Je n'ai pas dit ça pour te faire chier.

J'aurais pu lui énumérer tout ce qu'il faisait pour me faire chier, mais... bordel de merde. Tout ce que j'aurais pu dire aurait seulement trahi ce que je ressentais pour lui, et je passais déjà assez pour une conne sans en rajouter une couche.

— Tu me fais chier comme tu respires, répliquai-je en hochant la tête, très fière de moi. Qu'est-ce que tu dis de ça ?

Secouant la tête, il s'accouda sur le comptoir.

— Tu n'as pas trouvé mieux ?

— Pas que ça à faire.

Et je le plantai là, la tête haute. À vrai dire, je crois que je titubais un peu, mais dans mon esprit, je l'avais planté là comme une reine.

— J'aimerais que tu ne boives pas autant.

Je m'immobilisai. Merde. Mes pieds n'en faisaient qu'à leur tête, et ils s'étaient arrêtés parce qu'il avait dit ça très doucement, sans une once de dérision. Cela sonnait même comme une prière. Tout l'alcool que j'avais ingurgité pesait lourd dans mon estomac. Je ne voyais que son regard de pitié.

— Pourquoi est-ce que tu bois autant ? demanda-t-il.

Pour me détendre. Pour ne pas devenir dingue. Pour oublier. Pour me souvenir. Pour être drôle. Pour qu'on m'aime. Pour me foutre qu'on ne m'aime pas. Pour m'amuser. Pour me foutre de tout. Une sensation de brûlure me parcourut la colonne vertébrale alors que mon esprit me hurlait ces réponses.

Mais je ne dis rien de tout ça.

— Toi aussi, tu bois.

— C'est vrai. Et il m'arrive de me prendre une cuite, mais ce n'est pas systématique.

Lentement, je me retournai pour lui faire face. Il ne me regardait pas. Ses yeux étaient fixés sur le comptoir de l'îlot.

— Je ne me prends pas une cuite chaque fois.

Il secoua de nouveau la tête.

— Andrea, soit tu es complètement bourrée, soit tu n'en es pas loin. Chaque fois.

— Ce n'est pas...

Je m'interrompis, parce que oui, je savais qu'il disait vrai. Je pouvais compter sur les doigts d'une main les fois où je m'étais arrêtée après un verre ou deux. Ça ne m'était peut-être même jamais arrivé.

— Mon père se mettait minable chaque fois qu'il buvait, poursuivit-il. Je n'aurais jamais pensé m'intéresser à une fille qui en fait autant.

Mon cerveau enregistra deux choses en même temps. Il s'intéressait à moi, ce qui ne m'apprenait rien. C'est-à-dire, vu qu'il avait visité ma culotte plus souvent qu'à son tour ces derniers jours, on peut dire que je m'en doutais. Mais il m'avait aussi comparée à son père, un homme qu'il haïssait, comme je le savais depuis peu, ce qui annulait la première partie. Une cruelle douleur envahit chacune de mes cellules et se déchaîna sous ma peau. Ma gorge se serra et j'eus envie de m'enfuir en courant.

Je restai pourtant là.

— Tu es sacrément tordu.

Un petit rire lui échappa de nouveau.

— Je crois que tu as raison.

D'une main tremblante, je levai ma bouteille mais ne bus pas, me contentant de la contempler, blessée, en colère, en proie à mille autres émotions qui se bousculaient en moi.

— Dans ce cas, tu ferais mieux de réfléchir à tes problèmes au lieu de faire une fixette sur ce que je bois.

— T'est-il jamais venu à l'idée que c'est parce que tu comptes pour moi ? dit-il en se détachant du comptoir pour me faire face. Est-ce que ça t'est venu à l'idée ne serait-ce qu'une seule fois ?

— Ah oui ?

J'éclatai d'un rire bref et portai finalement la bouteille à mes lèvres.

— Quand est-ce que je compte pour toi ? Entre deux filles que tu baises ? Ou alors quand tu as cessé de t'intéresser à moi dès que nos amis sont revenus ?

— Je n'ai pas cessé de m'intéresser à toi, répondit-il en plissant les yeux. Je ne voulais pas te mettre mal à l'aise…

— Pourquoi est-ce que nous avons cette conversation, de toute façon ? l'interrompis-je tandis que la colère – cet affreux sentiment qui me faisait voir rouge – plantait ses griffes en moi. C'est complètement débile, et j'apprécierais que tu t'occupes de tes fesses, pour une fois.

— Tu crois que je vais m'occuper de mes fesses après ce qu'il s'est passé entre nous ?

Mon rire, cette fois, ressemblait à un ricanement de mépris.

— Et pourquoi pas ? Ce qu'il s'est passé entre nous n'a rien changé du tout. Et je m'en fous, de toute façon.

Ça me faisait mal rien que de le dire.

— On a passé un bon moment. Rien de plus.

Tanner me dévisagea, les lèvres serrées, et la frustration déformait ses traits.

— Pas étonnant que tu sois toujours célibataire depuis que je te connais, lança-t-il avant de me tourner le dos.

Une main glacée m'étreignit le cœur.

— Quoi ?

— Regarde-toi, répondit-il en se retournant, me désignant d'un geste de la main. Tu es tout le temps bourrée, et quand tu ne l'es pas, tu es pourtant quelqu'un de très agréable. Mais ça ne dure jamais assez longtemps pour compenser tout ce gâchis.

Chapitre 17

Andrea

J'étais incapable de bouger tandis que les mots de Tanner faisaient leur chemin dans mon cerveau, s'infiltraient sous ma peau, jusque dans mes muscles et mes os. Je le dévisageai, immobile, et cette satanée brûlure se réveilla au creux de mon estomac, remonta dans ma poitrine, où elle se répandit.

J'aurais voulu lui renvoyer une réplique cinglante. Faire comme si ses paroles ne m'affectaient pas et que je me fichais de ce qu'il pensait. Lui dire que je me moquais que ma vie soit un gâchis, que je me moquais d'être célibataire, mais ma langue était engluée à mon palais et le visage de Tanner commençait à se brouiller.

Un silence pesant flotta pendant quelques secondes, puis il jura entre ses dents et détourna la tête. Il se passa une main dans les cheveux et un muscle frémit le long de sa mâchoire.

— Andrea, je...

— Non, l'interrompis-je d'une voix tremblante.

Je ne savais pas exactement ce que je refusais, mais je ne voulais surtout pas l'entendre s'excuser. Même si je n'avais plus tous mes esprits, je savais que les paroles qu'il venait de prononcer n'étaient pas de celles que l'on peut retirer. Pourtant, sous la blessure, la vérité me faisait tout aussi mal, sinon plus. Je n'étais pas une victime dans cette histoire. Les mots de Tanner étaient durs, mais ils étaient factuels, et j'en étais consciente, même à moitié bourrée. C'était précisément ce qui les rendait si difficiles à avaler.

— Ce qui est dit est dit, tu ne peux pas l'effacer, murmurai-je dans un souffle.

Il tressaillit.

Je voulus respirer, mais l'air se bloqua dans ma gorge. Je sentis une série de petits frissons descendre tout le long de ma colonne vertébrale.

— Va te faire foutre, Tanner.

Reposant la bouteille sur le comptoir, je lui tournai le dos et me dirigeai vers l'escalier, les mains tremblantes.

Tanner contourna le comptoir à la vitesse de l'éclair pour m'intercepter, les yeux écarquillés.

— Je suis désolé. Je n'aurais pas dû dire ça, pas de cette façon.

J'entendais ce qu'il disait, mais les mots glissèrent sur moi.

— Laisse-moi passer.

— Andrea...

— Laisse-moi passer ! hurlai-je si fort qu'une lame de douleur me transperça la gorge.

Je reculai en titubant alors que le bout de mes doigts commençait à fourmiller.

— J'ai compris, d'accord ? Tu regrettes ce que tu as fait avec moi...

— Attends. Quoi ? Ce n'est pas ce que j'ai dit, Andrea. Je ne regrette pas une seule seconde de ces moments passés avec toi, dit-il en secouant la tête. Si tu ne me crois pas, je vais tout de suite dire aux autres exactement ce qu'il s'est passé entre nous et ce que ça signifie pour moi.

J'éructai un rire rauque étranglé par le nœud qui m'obstruait la gorge. Pendant une fraction de seconde, j'eus l'impression que j'étouffais. Je savais que c'était faux, je respirais en ce moment même, mais j'étais comme paralysée. J'éprouvais une douleur dans le thorax, comme si un étau me comprimait les poumons. Les fourmillements avaient gagné mes bras et ma vision commençait à s'obscurcir. Je sentais le sang pulser dans mes veines au rythme de mon cœur emballé.

Tanner était en train de parler, mais je ne l'entendais plus. Le bourdonnement dans mes oreilles couvrait ses mots. Je voulus le contourner, mais je perdis l'équilibre et percutai le mur. Il tenta de me retenir, mais je ne pensais qu'à lui échapper. À monter dans ma chambre. J'avais besoin de mes médicaments.

Le coulissement de la porte vitrée résonna comme une plainte suraiguë à mes oreilles devenues ultrasensibles, et je sentis un courant d'air.

— Qu'est-ce qui se passe ici ? demanda Kyler, quelque part dans la cuisine.

Sa voix résonna dans ma tête comme un coup de tonnerre et j'eus l'impression qu'il hurlait.

— Il… ne veut pas… me laisser passer, balbutiai-je en prenant appui sur le mur. Il faut… que je monte… dans ma chambre.

La pièce se mit à tourner tandis que je m'arrachais au mur, les jambes flageolantes quand j'atteignis la première marche. Je crus entendre Sydney, mais leurs voix me paraissaient maintenant très lointaines, comme au bout d'un tunnel. Il fallait que je monte dans ma chambre, pour ne plus étouffer. Pour pouvoir respirer.

Une main se posa sur mon bras, mais je continuai d'avancer. Je parvins à gravir l'escalier et à gagner ma chambre par la seule force de ma volonté. Ma trousse…

elle était quelque part dans ma chambre, avec mes médicaments.

— Andrea, qu'est-ce que tu as, bon Dieu ?

Tanner m'avait suivie et j'entendais de nouveau sa voix, claire et sonore.

S'il te plaît. Va-t'en. S'il te plaît. Va-t'en. Avais-je prononcé ces mots à voix haute ? Je crois que oui. Il le fallait. J'avais besoin de silence, qu'on me fiche la paix, pour que *tout ça* s'arrête.

Je me dirigeai vers ma coiffeuse en titubant, mais ma trousse n'y était pas. Où était-elle ? Bon Dieu, il fallait absolument que je la trouve. J'étais fébrile. Est-ce que je l'avais oubliée ? Je l'avais laissée quelque part ? Une vague de panique explosa dans mon ventre comme un coup de chevrotine. J'allais faire une crise. Je la sentais arriver à la base de ma nuque.

— Laisse-moi tranquille, lui criai-je en me retournant, et je vis Tanner dans l'encadrement de la porte, comme dans un brouillard. Laisse-moi tranquille !

Tanner

Je me figeai, les bras le long du corps, et dévisageai Andrea. Que lui arrivait-il ? Le savait-elle elle-même ? Était-elle bourrée à ce point ? Merde. Je voulais l'aider, mais je ne savais pas comment faire.

Je m'avançai d'un pas, et m'arrêtai immédiatement quand elle hurla : « Laisse-moi tranquille ! »

Je m'immobilisai à nouveau. Andrea avait un problème. Son visage était rouge, les yeux hagards, peut-être à cause de l'alcool, mais elle lançait des regards nerveux autour d'elle comme un animal effrayé. Depuis l'endroit où je me trouvais, je voyais que ses pupilles étaient dilatées.

Mon ventre se serra et une pensée insidieuse m'envahit. Était-elle sous l'effet d'une drogue ?

— Qu'est-ce que je peux faire ? lui demandai-je. Dis-moi ce que je peux faire pour t'aider.

Andrea secoua la tête, puis se plia en deux, les bras autour du corps. L'inquiétude balaya toutes mes autres pensées. Je me remis en mouvement, mais une silhouette menue me dépassa et fondit droit sur elle.

Sydney.

Elle se précipita vers Andrea et lui entoura les épaules d'un bras.

— Allez, Andrea, respire à fond. Calme-toi et respire à fond.

Andrea tremblait tellement que Sydney elle-même en était secouée.

— Il me faut...

Soit les jambes d'Andrea avaient cédé sous elle, soit Sydney l'avait guidée, mais elles étaient maintenant toutes les deux assises par terre, blotties l'une contre l'autre.

— Qu'est-ce qui se passe ? demandai-je.

Sydney ne me répondit pas. Elle était concentrée sur Andrea, une de ses petites mains dans le dos de son amie, l'autre au-dessus de ses seins.

— Respire à fond, très lentement. Tu n'as besoin de rien d'autre. Respire...

De toute ma vie, je ne m'étais jamais senti aussi impuissant alors que je restais planté là à les regarder. J'étais formé aux secours, à pénétrer dans des immeubles en flammes, à désincarcérer des blessés dans les accidents de la route. J'avais pratiqué des massages cardiaques, comprimé des plaies artérielles, pourtant, je ne m'étais jamais senti aussi inutile qu'en cet instant.

— Il me faut... hoqueta Andrea entre deux sanglots saccadés, il me faut... mes médicaments...

Ses médicaments ?

— Je ne peux pas te les donner, répondit Sydney en lui caressant le dos.

Les sanglots d'Andrea redoublèrent, et je ne pus m'empêcher de me rapprocher et de m'agenouiller près d'elle.

— Je suis désolée, Andrea, mais je ne peux pas, répéta Sydney, la serrant dans ses bras. Tu as trop bu. Je ne peux pas te donner ces cachets. Ils sont contre-indiqués avec l'alcool.

— Je ne peux plus respirer, hurla Andrea.

— Je vais t'aider à respirer, d'accord ? Fais ce que je te dis. Je vais t'aider à respirer.

Sydney s'interrompit et se tourna vers moi.

— Il faut que tu t'en ailles.

Putain de merde.

— Elle va bien ?

— Ça va aller, répondit-elle doucement. Mais, s'il te plaît, va-t'en. Elle n'ira pas mieux tant que tu seras là.

Je ne comprenais pas pourquoi, mais mon cœur se brisa quand je regardai Andrea. Elle était pratiquement roulée en boule.

— Je vais faire en sorte qu'elle se calme, dit Sydney en me regardant dans les yeux. Mais je t'en prie, va-t'en. Laisse-moi m'occuper d'elle.

C'est moi qui aurais dû m'occuper d'elle. Après tout, c'était à cause de moi qu'Andrea s'était mise dans cet état – ou j'y avais contribué. Je n'aurais jamais imaginé que de simples mots puissent avoir un tel impact, et l'alcool n'y était certainement pas étranger, mais c'était en partie ma faute.

— Elle fait des crises de panique, expliqua Sydney, voyant que je ne bougeais pas. Ce n'est rien d'autre que ça. Une crise de panique.

Des crises de panique ? Je tombais des nues. Andrea n'avait jamais parlé de ça ni laissé entendre qu'elle en souffrait. C'était apparemment une pathologie relativement courante puisque Sydney la connaissait et qu'Andrea avait des médicaments pour la soigner – qu'elle ne pouvait pas prendre parce qu'elle avait bu.

Merde. L'alcool était contre-indiqué avec certains types de médicaments. Je ne savais pas ce qu'elle était censée prendre en cas de crise, mais que se serait-il passé si elle avait avalé ses cachets ? Bon sang de bonsoir, ça aurait pu très mal tourner.

Je finis par hocher la tête et me relever comme un zombie et je ne pris conscience d'être sorti de sa chambre que lorsque je dépassai Kyler, qui attendait sur le palier.

— Je n'étais pas au courant, lui dis-je. Qu'elle faisait des crises de panique.

Sans un mot, il me suivit dans l'escalier. Je ne savais pas où j'allais, mais j'avais besoin de bouger. Je m'arrêtai dans la cuisine et me pris la tête à deux mains.

— Tu étais au courant, toi ? demandai-je à Kyler, qui était toujours derrière moi.

Il ne répondit pas immédiatement.

— Sydney m'en avait parlé.

— Merde.

Je laissai retomber mes bras. Les muscles de ma nuque étaient tendus.

— Et personne n'a cru bon de me prévenir ?

— Pourquoi on l'aurait fait ? C'est assez personnel.

Je me retournai vers lui.

— Sydney te l'a pourtant dit, à toi.

— Je suis son petit ami, mais je n'allais pas le crier sur les toits. Quant à toi – pour autant que je sache – tu n'es qu'un mec qui fricote avec elle à l'occasion.

Je serrai les poings.

— Je ne suis pas un de ces salopards qui n'en ont rien à foutre.

Il haussa un sourcil.

— Ah non ?

— Putain de merde, non.
— Tu es son ami, alors ?
— Je dirais qu'on est plus que ça, répondis-je avant de me détourner.
Avisant la bouteille de bière abandonnée sur le comptoir, je m'en emparai et me dirigeai vers l'évier pour la vider.
— Quoi ? Tu ne me demandes pas de détails ?
— Je ne crois pas que le moment soit bien choisi, répondit-il posément. Toutes choses considérées.
— Merde.
Je jetai la bouteille vide dans la poubelle, puis me cramponnai au bord du comptoir, sur lequel je posai le front.
— Je ne suis qu'un connard. Un putain de sale connard.
Je regrettais mes paroles. La vérité n'est pas toujours bonne à dire et j'avais été trop direct avec elle. Je l'avais blessée. La colère et la frustration étaient très mauvaises conseillères et je ne valais pas mieux que mon père.
Je m'en voulais à mort.
Combien de fois avais-je vu mon père perdre son sang-froid et balancer des horreurs à ma mère ou à moi ? Davantage que je ne pouvais les compter. Parfois, c'était des vérités. Ma mère n'était pas une sainte et je n'avais pas été un ange pendant mon adolescence, mais ce n'était pas une raison pour les lancer à la figure des gens. Ce que j'avais dit à Andrea était vrai, mais j'aurais mieux fait de le garder pour moi.
Enfin, disons, partiellement vrai.
Je ne savais pas pour quelle raison elle n'avait pas de petit ami. La plupart des mecs se seraient foutus de son penchant pour la boisson. Putain, moi-même j'aurais pu fermer les yeux si… si elle n'avait pas autant compté pour moi. Et c'était là toute l'affaire. Elle était importante pour moi. Très importante.
Et je l'avais blessée.
Ce que je lui avais dit était nécessaire, mais je m'y étais pris comme un manche. Les phalanges blanchies à force

de me cramponner au comptoir, je regardai ce qui restait de la mousse de la bière se dissoudre dans l'évier. Des excuses ne suffiraient pas.

— Ce n'est pas si grave.

J'avais oublié que Kyler était là.

— Oh si.

— Elle avait bu et elle... elle avait déjà des problèmes, Tanner.

— Tu parles de ses angoisses ?

Je m'écartai du comptoir, prêt à défendre Andrea sur ce terrain.

— Beaucoup de gens ont des angoisses. Ce n'est pas rare.

Kyler leva les mains en signe d'apaisement.

— Je ne suis pas en train de la critiquer, mais il faut que tu comprennes que ses problèmes ont certainement influencé sa réaction. Ce n'est pas entièrement ta faute.

— Peut-être, marmonnai-je. Mais ce que je sais, c'est que je n'aurais jamais dû lui balancer ce que j'ai dit. Pas comme ça.

Kyler me dévisagea pendant quelques secondes.

— D'accord. Alors, je vais finalement me mêler de ce qui ne me regarde pas au plus mauvais moment.

Je haussai les sourcils.

— C'est évident que tu tiens à elle. Et qu'il s'est passé un truc entre vous quand nous sommes partis camper, dit-il avec un sourire qui me fit presque peur. Et c'est génial.

Je fronçai les sourcils.

— En ce moment, je ne trouve pas ça si génial.

— Mais si. Quand tu te seras excusé de t'être conduit comme un connard et qu'Andrea... bah, quand elle ira mieux.

Il m'étudia, la tête penchée sur le côté.

— Ça ne te dérange pas qu'elle fasse des crises d'angoisse ?

Je m'assombris encore davantage.

— Non. Pourquoi ça me gênerait ?

— Certaines personnes... Je vais être réaliste. Il y a de vrais connards qui ne comprennent pas ce genre de choses. Qui portent des jugements de valeur.

Je croisai les bras sur ma poitrine.

— Je ne fais pas partie de ces connards.

Kyler hocha la tête, puis continua.

— Et son problème avec l'alcool ?

Et c'était la question à mille dollars. Je voulais être capable de dépasser ça, parce qu'il y avait une femme merveilleuse en dessous. Intelligente et drôle. Une fille adorable et magnifique. Et elle avait du tempérament, au lit comme dans la vie, mais l'alcoolisme...

Elle avait un problème, même si elle refusait de le reconnaître.

Je secouai la tête, incapable de répondre à cette question... Ce qui était déjà une réponse en soi. Je pourrais peut-être fermer les yeux temporairement, mais sur le long terme, je serais incapable de l'accepter. Un sentiment de frustration intense m'envahit, comme si on venait de me priver de quelque chose qui m'était cher.

— Qu'est-ce que tu as fait pour la mettre dans cet état ?

Je n'avais pas vraiment envie d'en parler, mais la culpabilité était un poison.

— Tu as raison. Les choses ont évolué entre Andrea et moi quand vous êtes partis – putain, même *avant* ça. C'est devenu très chaud – dans le bon sens du terme. Mais quand vous êtes revenus, elle était très nerveuse et je... je n'ai pas voulu la mettre mal à l'aise. J'attendais de voir comment elle allait se comporter, mais...

Mais elle avait fait comme si de rien n'était, et moi aussi. La nuit précédente, j'avais prévu de me faufiler dans sa chambre, et puis je m'étais ravisé. Nous avions d'abord des choses à nous dire, et ce n'est pas ce que j'aurais fait.

J'avais donc préféré attendre le lendemain pour lui parler. Mais elle avait joué à cache-cache toute la sainte journée. Si j'avais pu retourner en arrière, j'aurais voulu tout changer.

Au bout du compte, je n'expliquai rien de plus à Kyler. J'en avais marre de parler de tout ça et je passai les heures suivantes à rôder comme une âme en peine en attendant le retour de Sydney. Je finis par remonter. La porte de la chambre d'Andrea était entrouverte. Prenant mon courage à deux mains, je la poussai.

Je fus soulagé de voir qu'elles n'étaient plus par terre. Andrea était endormie, en position fœtale, face à la porte. Son visage semblait apaisé, mais ses cheveux étaient mouillés. Ses lèvres pâles étaient entrouvertes.

Sydney était assise sur la couverture de l'autre côté, adossée à la tête de lit et les jambes croisées. Elle leva les yeux de son téléphone quand j'entrai dans la chambre.

— Est-ce qu'elle va bien ? lui demandai-je à mi-voix pour ne pas réveiller Andrea.

Posant son téléphone sur ses genoux, Sydney hocha la tête.

— Elle a son compte.

Sa voix paraissait lasse.

— Un camion pourrait traverser sa chambre sans la réveiller. C'est toujours comme ça après… après ses crises…

Mon cœur se serra.

— Ça… Ça lui arrive souvent ?

Elle m'observa quelques instants avec hésitation.

— Généralement pas quand elle boit, pour ce que j'en sais, mais ça lui est arrivé deux ou trois fois depuis que je la connais.

— D'habitude, elle prend des médicaments ?

Sydney hocha de nouveau la tête.

— Ce n'est pas sa faute. Son cerveau… Disons que c'est comme une alarme détraquée, si tu vois ce que je veux dire. Notre cerveau est conçu pour nous alerter en cas de danger. Il nous envoie des décharges d'adrénaline et ce genre de signaux, mais le cerveau des gens qui font des crises d'angoisse ne fonctionne pas correctement. Comme une alarme qui se déclenche pour rien. Parfois, il y a une raison valable – quelque chose de grave. Mais d'autres fois, c'est un détail qui serait pour nous sans importance qui est à l'origine de la crise.

— Je ne pensais pas que c'était sa faute, murmurai-je. C'est juste que je n'étais pas au courant. Andrea a l'air tellement…

— Tu sais, généralement, les gens qui sourient tout le temps et qui rient fort sont ceux qui… souffrent le plus, dit-elle doucement en regardant son amie, puis elle soupira. Je savais… Je sais qu'elle ne devrait pas boire autant, surtout avec ses problèmes d'angoisse. Je lui en ai parlé plusieurs fois, tu sais. Mais je n'ai jamais pris le taureau par les cornes, et je… j'aurais dû. Je connais le problème. Mais ce n'est jamais facile de voir les choses en face à propos de quelqu'un qu'on aime.

Bon sang, c'était… Tout ça n'était pas facile à entendre. Pendant quelques instants, je restai comme paralysé, les yeux fixés sur Andrea. Ses cheveux roux étaient éparpillés sur l'oreiller comme des flammes. Ses mains repliées sous son menton reposaient contre sa poitrine. Comment avait-elle fait pour se rouler en une boule aussi compacte ? Elle paraissait toute petite et si jeune.

— J'ai merdé, dis-je à haute voix, à personne en particulier.

Au bout d'une seconde, Sydney me répondit.

— Elle aussi. On a tous merdé.

Chapitre 18

Andrea

Je me réveillai le samedi matin aux premières lueurs de l'aube avec un mal de tête carabiné et un goût âcre au fond de la gorge. Rejetant la courtepointe dont je n'avais pas le souvenir de m'être couverte, je m'assis dans mon lit et la pièce se mit à tanguer autour de moi. Je parvins à gagner la salle de bains juste à temps pour ouvrir le robinet de la douche et couvrir les affreux haut-le-cœur qui me submergèrent lorsque je me jetai à genoux devant la cuvette des toilettes.

Une douleur brûlante me parcourait encore les côtes quand j'eus terminé de vomir et je restai sur le sol pendant quelques longues minutes après avoir tiré la chasse. Dans la pièce embuée par la vapeur, des images embrouillées de la soirée de la veille se télescopaient dans mon cerveau, comme une scène bizarre rejouée en boucle composée de flashs brumeux qui n'avaient pas beaucoup de sens.

La veille… complètement bourrée, je m'étais non seulement ridiculisée, mais j'avais aussi fait une crise d'angoisse. Le feu me monta aux joues tandis qu'un vague souvenir de Tanner debout dans ma chambre et de moi qui hurlais, incapable de respirer, me revenait à l'esprit.

Comment pourrais-je encore le regarder en face après ça ?

Je me relevai péniblement et me déshabillai avant de me glisser sous le jet d'eau brûlante. C'était une cabine de luxe – multijet au niveau du corps et une pomme de douche carrée à effet pluie fixée sur le plafond – et je me plaisais à penser que cette eau arrivant de tous les côtés me lavait de tous les résidus d'alcool subsistant dans mes pores.

Je me brossai deux fois les dents et fis un usage intensif du bain de bouche avant d'enfiler une robe longue ultra légère et de descendre au rez-de-chaussée à pas de loup. Il était trop tôt pour que les autres soient levés et malgré mon envie – mon *besoin* – de caféine, je ne voulais pas que l'arôme transforme la maison en publicité pour l'Ami Ricoré. Je me rabattis sur un thé glacé, que j'emportai sur la terrasse.

Fatiguée, la migraine me battant aux tempes, je posai ma tasse sur une table et m'avançai pieds nus au bord de la piscine. Je recroquevillai mes orteils, le regard perdu dans l'eau. Je me sentais... déconnectée de la soirée de la veille. Comme si c'était quelqu'un d'autre que moi qui avait pris une cuite carabinée et pété un câble. Comme un film que j'aurais vu ou une scène dont j'aurais été le témoin. J'éprouvais toujours ce sentiment de distanciation après une crise. Pourtant, c'était bien moi.

Relevant la tête, je fermai les yeux et m'efforçai de me vider l'esprit, mais j'étais seule avec moi-même, assaillie de pensées. Mon corps se tendit, les muscles frémissants, mais je ne savais pas vraiment à quoi je me préparais.

Quand je rouvris les yeux, rien n'avait changé.

Je me dirigeai vers la chaise longue près de laquelle j'avais posé mon thé, et je m'assis, ramenant mes pieds sous ma robe. À cette heure matinale, l'air était encore frais et la moiteur étouffante ne s'était pas encore installée. Le ciel sans nuages était d'un bleu très pur qui... me rappelait les yeux de Tanner.

Tanner

Je poussai un profond soupir. Cette soirée avait été un désastre total. Je n'avais pas eu l'intention de boire autant, mais je n'allais pas me mentir, je savais pourquoi je l'avais fait. Tout ce qu'il s'était passé entre Tanner et moi m'avait rendue nerveuse, surtout après le retour de Syd et Kyler. En plus de mes idées confuses, tout avait changé entre nous. Je ne pouvais plus le considérer comme un simple ami, et j'étais à présent ultra consciente de tout ce que je disais ou faisais devant lui. Avec le recul, je comprenais que je m'étais fait des idées par rapport à son attitude à mon égard. J'avais réagi de manière excessive à la situation et c'était pour me détendre un peu que j'avais commencé à boire. Rien de plus, mais, comme Tanner l'avait dit, je ne m'étais pas arrêtée.

Je ne me contentais jamais d'un verre ou deux.

Fermant les yeux, je m'enfonçai dans le coussin pour siroter mon thé. J'avais envie de hurler à la face du monde que je n'avais pas de problème avec l'alcool. Je n'étais pas une alcoolique. Je savais à quoi ils ressemblaient.

Une image de mon père prit forme dans mon cerveau.

Pendant longtemps, il avait pu cacher la vérité à ses collègues, mais pas à sa famille. Dès qu'il rentrait à la maison, il buvait. Que ce soit mon anniversaire ou celui de Brody. Thanksgiving ou Noël. Tant de moments précieux qu'il avait manqués parce qu'il cuvait sur la terrasse ou dans sa chambre. Dix ans plus tôt, quand ma mère avait menacé de le quitter, il s'était désintoxiqué, s'était inscrit aux réunions des Alcooliques Anonymes et tout le pataquès. Ça n'avait pas été facile et il avait dû prendre un congé sabbatique, mais il s'en était sorti.

Je n'étais pas comme mon père.

Je ne buvais pas tous les jours, mais... Je rouvris les yeux en prenant une longue inspiration saccadée. Je n'étais pas idiote. Les alcooliques ne buvaient pas vingt-quatre heures sur vingt-quatre, mais je n'avais pas ce problème. Jamais de la vie. Pas question de me laisser entraîner sur cette pente après avoir constaté les dégâts que ce vice avait causés dans ma propre famille. J'étais plus forte que ça.

Il m'arrivait parfois de forcer sur la dose. D'accord. Ça, je pouvais l'admettre. Et c'était sans doute pour ça que si peu de gens qui me connaissaient bien me prenaient au sérieux. Et peut-être… Bon Dieu, je n'étais parfois qu'une loque, avec ou sans verre dans le nez.

Souvent.

Tout en sirotant mon thé, je laissai mon regard dériver vers les grands pins qui entouraient le chalet. Qu'est-ce que j'allais faire au sujet de Tanner ? Le seul fait de songer à lui me serra la poitrine. Il pensait que ma vie était *un gâchis*.

Et cela… me faisait mal. Ça me déchirait le cœur parce que c'était la vérité. J'en avais encore fait la preuve hier soir.

Je ravalai les larmes qui me montaient aux yeux et secouai la tête. Je l'avais certainement déçu. Comme j'avais déçu mes parents quand je leur avais annoncé que je renonçais aux études de médecine. Et Sydney, qui m'avait gentiment suggéré de voir un spécialiste quand elle avait appris que je souffrais de crises d'angoisse et à qui j'avais répondu que je n'en avais pas besoin.

Pire que tout, je m'étais déçue moi-même, et je ne pouvais pas revenir en arrière pour changer ce qui était fait.

Les dernières fois que j'avais éprouvé ce sentiment de me laisser dépasser et de perdre le contrôle, j'avais été capable de l'enrayer sans médicaments. Cela faisait plus d'un an que je n'avais pas eu de crise. Si je n'avais pas bu autant, j'aurais pu l'arrêter cette fois encore. Je le savais.

La porte-fenêtre de la cuisine s'ouvrit et je me retournai. Mon cœur remonta dans ma gorge quand je reconnus Tanner. Ses yeux étaient encore ensommeillés. Le chaume qui ombrait ses joues lui donnait un air bourru très sexy. Lui qui était toujours bien rasé. Il ne portait qu'un pantalon de flanelle quand il s'avança au milieu de la terrasse en se frottant paresseusement le plexus.

J'étais sans voix, en partie à cause de la gêne consécutive aux événements de la veille, et parce qu'il était bien trop beau pour cette heure matinale avec son look dépenaillé. Au saut du lit, moi, je ressemblais à un Wookie.

— Salut, dit-il d'une voix éraillée, en laissant retomber son bras. Tu t'es levée tôt.

Je hochai la tête, serrant ma tasse sur ma poitrine.

— Je... J'ai beaucoup dormi cette nuit.

Il acquiesça lentement sans répondre, et le silence qui s'installa devint si lourd que mes joues s'enflammèrent. J'étais sur le point de fuir pour aller me cacher la tête sous une couverture quand Tanner s'éclaircit la voix.

— Ça t'ennuie si je m'assieds avec toi ? demanda-t-il en montrant du menton le repose-pieds de ma chaise longue.

Pinçant les lèvres, je secouai la tête. Sans un mot, je le regardai s'asseoir et replier les genoux qu'il entoura de ses bras. On allait avoir une *discussion* à propos de la veille, mais j'aurais préféré que ça attende un peu parce que je ne savais pas vraiment quoi en penser. J'avais besoin d'une boisson forte pour me donner du courage.

Euh... c'était une très mauvaise idée, tout bien considéré.

Il tourna la tête vers moi et je croisai son regard troublé. Mon estomac se noua quand je le vis carrer les épaules.

— À propos d'hier soir, commença-t-il d'une voix sourde, je veux que tu saches que... j'ignorais que tu étais sujette à des crises d'angoisse.

Et j'aurais préféré que les choses restent en l'état.

— Je regrette d'avoir été incapable de t'aider, mais je veux surtout que tu saches que je ne trouve pas ça... bizarre. Mon opinion de toi n'a pas changé.

Une infime partie de moi seulement croyait ce qu'il disait.

— Je voudrais qu'on en parle. Je voudrais en savoir plus, poursuivit-il. Mais avant toute chose, je voudrais m'excuser. Je n'aurais pas dû te dire ce que j'ai dit, et surtout pas comme ça.

Un ange passa.

— En effet, tu n'aurais pas dû, confirmai-je en baissant les yeux sur ma tasse à moitié pleine. Mais... tu avais raison. Ma vie est un...

— Ta vie n'est pas un gâchis, me coupa-t-il.

Si seulement il savait quel chaos régnait parfois dans ma tête. La crise de la veille n'était que la partie émergée d'un iceberg de la taille du *Titanic*.

— Je suis sérieux, continua-t-il. Je me suis conduit comme un connard. Je n'aurais pas dû te dire ça. Et j'en suis désolé. Sincèrement désolé.

Il marqua une pause.

— Je n'arrête pas de répéter que je suis désolé, ces derniers temps.

— C'est vrai, murmurai-je en posant mon thé sur la petite table ronde à côté de mon transat. Tanner, je... je ne sais pas quoi dire.

Il étira ses longues jambes, agitant ses orteils.

— Je m'inquiète pour toi, reprit-il au bout d'un moment, à ma grande surprise.

Je me souvenais vaguement de l'avoir entendu dire quelque chose comme ça la nuit dernière.

— Je ne voulais pas m'énerver contre toi. C'est juste que tu...

— Je bois, terminai-je pour lui en rougissant. Mais ça ne fait pas de moi une alcoolique.

Tanner ne répondit rien pendant un long moment. Quand il finit par hausser les épaules avec résignation, je sus que ma réponse venait de dresser un mur entre nous.

J'enroulai mes bras autour de ma taille. J'aurais voulu disposer d'autre chose que ma parole pour étayer cette affirmation, mais c'était tout ce que j'avais.

Ce que je dis ensuite me prit moi-même au dépourvu.

— Et si je suis célibataire, c'est parce que je n'ai pas rencontré de garçon qui m'ait donné envie de faire l'effort de bâtir une relation.

Son visage se crispa.

— Andrea…

— Les garçons que je fréquente n'en valent pas la peine, continuai-je sur ma lancée.

Maintenant que les vannes étaient ouvertes, rien ne pouvait m'arrêter.

— Il y a des garçons qui en valent la peine. Comme toi et Kyler. Des garçons qui donnent envie de s'accrocher. Et il y a ceux qui ne sont bons que pour les soirées arrosées et éventuellement un peu d'exercice après. Des plans cul. Rien de plus. Ceux qu'on ramène chez nous en espérant qu'ils ne vont pas dégueuler partout.

J'éclatai d'un rire guttural tandis qu'il me dévisageait.

— Enfin, quand on a envie de les ramener chez nous. Et avec ces types-là, je n'ai jamais eu envie de construire quoi que ce soit. Merde, je crois que je ne regarderais même pas la moitié d'entre eux à jeun.

L'expression de Tanner s'assombrit.

— Bon, que les choses soient claires, je ne parle pas d'une équipe de foot au grand complet. Je n'ai pas couché avec tant de mecs que ça non plus, mais ce n'est pas la question.

Je haussai les épaules.

— Et moi, je suis l'équivalent féminin de ces types-là.

— Quoi ?

Il avait l'air choqué.

— Je ne suis pas une fille qui en vaut la peine, pour bâtir une relation durable. Je suis la meuf qui picole trop, qui fait des conneries, et qui est tantôt rigolote ou pénible à mourir quand elle a trop bu.

J'avais les lèvres qui tremblaient malgré le ton léger de ma voix.

— Ma vie est vraiment un gâchis. J'en suis consciente.

— Non, protesta Tanner en secouant vivement la tête. Ce n'est pas ce que tu es. Tu es une fille avec qui ça vaut la peine d'essayer de construire une relation, Andrea.

Il fit pivoter son torse vers moi, le visage dur.

— Putain. Ce que je t'ai dit hier soir... je suis désolé. Je suis vraiment désolé si ça t'a mis ces idées dans la tête.

Je balayai ses paroles d'un geste comme si rien de tout ça n'avait d'importance, ce qui était exactement le contraire de ce que je ressentais.

— Je sais ce que je suis, Tanner. Je sais ce que pensent les mecs quand ils me voient dans un bar. La même chose que ce que je pense d'eux. Je suis bonne pour certains trucs, mais pas pour le long terme.

— Ne dis pas ça.

Je le regardai dans les yeux et souris faiblement.

— Je ne suis pas en train de m'apitoyer sur mon sort ou d'essayer de te faire culpabiliser. Mais je sais très bien ce que vous avez dans...

Il passa à l'action avec une vitesse fulgurante. Il se leva d'un bond et posa les mains sur mes joues pour me renverser la tête en arrière. Je n'eus qu'une seconde pour reprendre mon souffle, sous le choc. Sa bouche plongea sur la mienne et Tanner m'embrassa.

Chapitre 19

Andrea

Je m'attendais à tout sauf à ça. Totalement abasourdie, j'étais incapable de faire un geste. Tous mes muscles se tétanisèrent et je ne suis même pas sûre que je respirais encore. Une nouvelle fois, Tanner me donnait un baiser.

Et, bon sang de bois, il embrassait divinement bien.

Ses lèvres effleurèrent les miennes, une fois, puis deux, une caresse légère comme un murmure. Au fond de mon esprit, je n'avais pas le souvenir d'avoir jamais reçu un baiser aussi... tendre. Comme si sa bouche quémandait l'autorisation d'aller plus loin. Tous les baisers que j'avais en mémoire étaient brutaux, baveux, souvent désordonnés, alors que celui-ci était doux, chaleureux, et si incroyablement délicat. Comme tous ceux qu'il m'avait déjà donnés, mais c'était pourtant différent.

Il inclina la tête sur le côté et la pression de ses lèvres sur les miennes s'accentua tandis que sa main se refermait sur ma nuque. Mon cerveau se déconnecta et la conversation que nous venions d'avoir se dissipa tel un panache de fumée balayé par le vent, ainsi que tout ce que j'avais ressenti jusque-là. Plus rien n'existait d'autre que ce baiser.

Puis il passa à la vitesse supérieure.

Un grognement s'échappa de sa gorge quand je lui ouvris ma bouche et ce baiser gracieux se fit plus profond et sensuel. Sa langue s'insinua délicieusement contre la mienne et il avait un goût de menthe. Je décidai aussitôt que c'était le meilleur goût au monde.

Mon cœur tambourinait dans ma poitrine et mon pouls s'accéléra tandis qu'il m'empoignait la nuque, ses longs doigts se mêlant à mes cheveux encore humides. Sa bouche s'enhardit et quand je sentis sa langue titiller mon palais, je ne pus retenir un gémissement.

Tanner changea de position, son grand corps mince épousant le mien alors qu'il me guidait sur la chaise longue, son poids poussant mon dos contre l'épais coussin. Mon Dieu. Mes mains volèrent jusque sur ses épaules et les battements de mon cœur devinrent frénétiques. La chaleur brûlante de son torse se diffusait à travers le fin tissu de ma robe. Son autre main descendit sur ma hanche, où ses doigts plongèrent dans ma chair, m'arrachant un hoquet.

Mes propres mains se crispèrent sur ses épaules et j'enfonçai mes ongles courts dans sa peau. Il me mettait les sens en ébullition. Chaque cellule de mon corps mise en déroute par le pur plaisir d'un baiser. Personne ne m'avait jamais embrassée comme ça. Comme un trésor à chérir et à vénérer. Comme s'il se retenait d'aller plus loin, et je devinais qu'il se freinait aux lignes tendues de son corps frémissant et à la crispation de sa main sur ma hanche.

Quand il abandonna ma bouche, un son dépité que je reconnus à peine sortit de ma gorge, auquel Tanner répondit par un gloussement rauque, et quand il posa son front sur le mien, j'ouvris les yeux, totalement hébétée.

Et je dis la première chose qui me vint à l'esprit.

— Pourquoi ?

Tanner rit de nouveau et je sentis son rire résonner à travers mon corps.

— Il n'y a que toi pour demander ça.

Sa main remonta sur ma taille, me faisant frissonner.

— Tu es exceptionnelle et tu ne t'en rends même pas compte.

Je le contemplai sans rien dire. Ses yeux étaient du même bleu profond que le ciel au-dessus de nous.

— Et je me foutrais des coups dans les parties pour t'avoir mis ce genre d'idée dans la tête.

Il s'interrompit.

— Enfin, pas là, tout de suite. Je risquerais des dégâts permanents dans l'état où je suis.

Je clignai lentement les yeux alors que ma main se posait sur son torse. Sous mes doigts, son cœur battait presque aussi vite que le mien.

— Tu ne... commençai-je en déglutissant. Ce n'est pas toi qui m'as mis cette idée dans la tête.

Il inclina la tête sur le côté et quelques secondes s'écoulèrent en silence.

— Tu pensais déjà ça de toi avant ?

La portée de cet aveu me fit l'effet d'une douche glacée. Je le repoussai et le soulagement m'envahit quand il se releva et retourna s'asseoir là où il était juste avant ce baiser torride. J'avais besoin d'espace. Mes pensées, et mes sentiments, tourbillonnaient comme un cyclone d'émotions chaotiques qui chassait la chaleur du baiser.

Je secouai la tête. J'aurais mieux fait de me taire. Tanner devait déjà avoir ajouté l'instabilité émotionnelle à la liste des traits qui me caractérisaient, mais ce n'était pas la peine d'aggraver mon cas. Contre toute attente, il semblait avoir une haute opinion de moi. Mon cœur fit un petit salto, aussitôt contredit par le nœud dans mon estomac. Ça ne durerait pas. Il avait vite changé d'avis la dernière fois. Pourquoi en serait-il autrement aujourd'hui ?

Les lèvres encore fourmillantes de son baiser, j'éprouvai une soudaine douleur dans la poitrine comme un coup de poignard. Une douleur très réelle qui me coupa le souffle et me tordit les tripes. Ce n'était pas Tanner qui me donnait ce sentiment de… *nullité*. Oui, il m'avait balancé des trucs pas très sympas qui l'avaient plus ou moins renforcée, mais cette idée – cet état d'esprit – était déjà là, logée dans mon crâne, et imprégnait chaque pensée de son amertume et de son acidité. Si je voulais être honnête, cette… sensation avait toujours été présente en moi depuis que j'étais toute petite. Et elle n'était imputable à aucune cause particulière autre que *moi*. Je n'avais pas été harcelée. Je n'avais jamais eu le cœur brisé. Quelques blessures d'amour-propre, évidemment, mais rien d'insurmontable. Malgré l'alcoolisme de mon père, j'avais grandi au sein d'une famille aimante sans problème d'argent. J'avais tout ce qui me fallait pour être heureuse, mais ma tête…

Quelque chose clochait dans ma tête.

Et quand quelqu'un comme Tanner s'en rendrait vraiment compte, il ne voudrait plus rien avoir à faire avec moi. Et je devais être très prudente, car malgré cette histoire avec ma coloc en première année, c'était le genre de mecs qui en valaient la peine, et perdre quelqu'un comme lui réduirait certainement mon cœur en miettes.

— Andy, dit-il en posant une main sur mon bras. Parle-moi.

Le souffle court, je le regardai, et j'avais envie de ses baisers. Éperdument. Qu'il me prenne dans ses bras. C'était tout ce que je désirais, mais les choses se passèrent autrement. Au milieu du maelström d'émotions tourbillonnant en moi, je rejetai l'étincelle d'espoir qui venait de naître dans mon cœur et je choisis de m'accrocher à la seule chose tangible que je reconnaissais, à l'unique émotion qui m'avait toujours protégée en toutes circonstances.

La colère.

C'était une erreur. J'en étais très consciente, de même que de la tristesse immense que j'éprouvais, cette insatisfaction chronique qui semblait envahir le plus profond de mon être, plus destructrice que tous les risques que je pouvais prendre, mais il me fut impossible de... m'en détourner.

— Je n'ai pas envie de te parler.

Sous ses yeux agrandis par la surprise, je me levai.

— Et je préfère penser que rien ne s'est passé entre nous.

Tanner eut un mouvement de recul comme si je venais de le gifler, et cela ne m'apporta pas une once de satisfaction. J'étais totalement submergée par cette vague de frustration et d'amertume envers moi-même qui me dévorait de l'intérieur tel un cancer.

Nos regards se croisèrent et l'incrédulité que je lus dans le sien me serra le cœur, ainsi – surtout – que la blessure que je venais de lui infliger. Une bouffée de culpabilité déferla en moi et je lui tournai le dos.

J'avais atteint la porte et saisi le loquet quand sa voix m'arrêta.

— Ne t'en va pas. Je t'en prie.

Tanner

Je me levai d'un bond, prêt à lui courir après si elle ne répondait pas et ouvrait cette porte. Pas question de la laisser partir après ce qu'il venait de se passer. Hors de question.

Mon cœur battait comme un tambour et mon sang bouillonnait encore dans mes veines. À cause d'un simple baiser. Aucun baiser ne m'avait jamais fait autant d'effet, et que je sois maudit si elle piétinait tout ça sans la moindre justification.

Andrea se retourna, ses taches de rousseur ressortant sur son visage pâle. Elle ouvrit la bouche, mais aucun son n'en sortit. Je fis un pas vers elle, puis m'immobilisai quand je la vis serrer les poings. Elle était bien capable de me frapper.

— Je ne sais pas ce qui m'a pris de t'embrasser, avouai-je. Mais je ne le regrette certainement pas, ni rien de tout ce qu'on a fait ensemble, et tu vas me dire que toi, tu veux tirer un trait dessus ?

Je vis sa glotte descendre comme elle déglutissait.

— Je n'ai pas dit ça.

— Ah non ? Tu veux faire comme si ce baiser n'avait pas existé ? Et que tu ne me l'avais pas rendu ?

Ses joues se colorèrent.

— Je ne te l'ai pas rendu.

— Arrête tes conneries, Andrea, tu m'as rendu ce baiser. Tu le sais très bien. Ta langue était aussi active que la mienne. Nous sommes tous les deux assez grands pour reconnaître quand quelque chose nous plaît. Moi, ça m'a beaucoup plu et tu ne peux pas me dire que ce baiser ne t'a procuré aucun plaisir.

Elle détourna les yeux en secouant la tête et croisa les bras.

— Tu… tu ne t'en souviens pas.

— De quoi ?

Je me passai une main sur le crâne, la refermant sur ma nuque.

— Tu parles encore des cours que nous avions en commun en première année ?

Je n'y croyais toujours pas. Je me serais forcément souvenu d'elle.

— Tu vois bien, tu ne te souviens même pas que j'étais là, mais moi, je t'avais remarqué.

Elle débitait tout ça à toute allure, presque trop vite pour que je puisse la suivre.

— J'étais totalement amoureuse de toi, et chaque fois que nous avions cours ensemble j'essayais de trouver le courage de te parler.

Elle laissa échapper un ricanement éraillé.

— Oui. J'étais... presque horrifiée à la seule idée de me couvrir de ridicule et je n'ai jamais trouvé ce courage. Ou peut-être que ma colocataire Clara t'a mis le grappin dessus avant moi.

Voilà que ce prénom surgissait à nouveau. *Clara*. Je laissai retomber mon bras tandis qu'une étrange sensation m'emplissait. Sa colocataire m'avait mis le grappin dessus la première. Mon ventre se noua alors qu'un vieux souvenir fané se frayait un chemin à la surface – moi avec cette fille que j'avais levée un soir pendant un match de l'équipe de foot universitaire...

Et merde.

Les yeux d'Andrea étaient fixés sur la terrasse.

— Un soir, je suis rentrée tard au dortoir. D'habitude, Clara accrochait une chaussette au loquet de la porte quand elle n'était pas seule, mais elle ne l'avait pas fait ce soir-là. J'ai ouvert la porte et j'ai...

— Tu m'as vu avec elle, achevai-je à sa place tandis que l'image prenait forme dans ma mémoire. Merde, Andy. Je me souviens à peine de cette fille.

— Quelle classe, dit-elle avec un reniflement de mépris, et je fis la grimace.

— Non, d'accord, ce n'est pas très cool, mais c'est la vérité. Je me souviens que la porte s'est ouverte, mais quand je me suis retourné...

— Quand tu t'es arrêté de baiser ma coloc assez longtemps pour te retourner, me corrigea-t-elle.

Waouh. D'accord.

— Tu as raison. Merde. Je ne sais pas quoi dire, mais je ne te connaissais pas à l'époque. Je le regrette.

La vérité de cette affirmation me prit de court.

— Je ne te connaissais pas, et c'est sûrement une bonne chose. Je sautais sur tout ce qui bouge à l'époque.

— Ce n'est plus le cas ?

Elle me provoquait. J'en étais bien conscient, mais il me fallut piocher dans toutes mes réserves pour ne pas mordre à l'hameçon. Je me sentais très mal qu'elle ait assisté à cette scène.

— Je sais que ce n'est pas une excuse, mais on ne se connaissait pas. Pas vraiment. Je suis désolé si je t'ai blessée...

— Laisse tomber, m'interrompit-elle sèchement en levant une main qu'elle agita.

Ses cheveux volèrent autour de son visage.

— Ça n'a plus d'importance.

— On dirait pourtant que si, puisque tu me le reproches encore, répliquai-je.

Luttant pour ne pas perdre mon sang-froid, je respirai à fond.

— Je suis désolé, Andrea. Sincèrement. Ce n'est pas cool que tu sois tombée sur ça. Et ce n'est pas cool non plus que je ne me souvienne pas de toi. Surtout si tu avais des sentiments pour moi. Tu craquais réellement pour moi ? lui demandai-je dans l'espoir d'alléger l'atmosphère.

Son visage s'assombrit et elle ne me regardait toujours pas.

— Oui.

Je ressentis une sensation agréable au creux de l'estomac.

— Et ça n'a pas changé.

Ses épaules se soulevèrent dans un soupir et elle paraissait sur le point de dire quelque chose, mais la porte derrière elle s'ouvrit et Kyler passa la tête dehors. Il avait l'air de sortir du lit et nous lança un regard ensommeillé.

— On repart tout à l'heure, annonça-t-il. Mais je vais faire une omelette.

J'allais lui répondre qu'il pouvait se mettre son omelette dans une partie du corps qui ne plairait pas à Syd quand ce qu'il venait de dire atteignit mon cerveau.

— On repart ?

— Oui.

Il fit un pas sur la terrasse et referma la porte derrière lui.

— On en a discuté hier soir avec Syd. On pense qu'il vaut mieux écourter nos vacances et rentrer chez nous.

— Quoi ? s'écria Andrea. Pourquoi ? Il reste encore deux jours.

Kyler passa une main dans ses cheveux ébouriffés.

— Oui, mais nous sommes tous les deux prêts à rentrer à la maison.

Conneries.

C'était aussi l'avis d'Andrea.

— C'est à cause d'hier soir, c'est ça ? demanda-t-elle d'une voix fêlée et je m'avançai vers elle, prêt à la consoler. C'est pour ça que vous voulez partir ?

Kyler laissa retomber son bras et ouvrit la bouche pour répondre, mais Andrea le devança, mains jointes au niveau de la taille.

— Je ne boirai plus et je ne me disputerai plus avec Tanner. S'il te plaît.

Sa supplique me fit l'effet d'un tisonnier chauffé à blanc qu'on m'aurait planté dans le cœur. Elle continua dans la même veine :

— Je promets. Je ne veux pas vous obliger à partir. Je sais que vous aviez très envie de ces vacances tous les deux.

— Ce n'est pas à cause de toi, répondit lentement Kyler, trop doucement. On est seulement prêts à rentrer chez nous.

— Mais vous vouliez aller pêcher. Sydney avait parlé d'aller pêcher. Vous avez encore des choses à faire.

Andrea se tourna vers moi, ses grands yeux m'implorant de faire quelque chose, et je saisis la balle au bond.

— Elle a raison. Rien ne vous oblige à faire ça.

Kyler respira un grand coup en souriant, mais son sourire n'atteignait pas ses yeux.

— Le départ est prévu dans deux heures, déclara-t-il sur un ton sans appel, avant d'ouvrir la porte-fenêtre. Maintenant, je vais faire une omelette. Aux poivrons verts et aux champignons. Miam.

Andrea ne fit pas un geste, contemplant la porte de verre qui venait de se refermer. Quand elle se retourna vers moi, sa lèvre inférieure tremblait.

— J'ai tout gâché.

Chapitre 20

Andrea

L'omelette sentait divinement bon, mais les œufs battus et les légumes prirent un goût de cendres dans ma bouche dès la première bouchée. J'étais incapable d'avaler quoi que ce soit, encore moins de faire semblant. Entre mon aveu à propos de ma première rencontre avec Tanner et l'annonce de Kyler, j'avais envie d'aller me cacher pour pleurer. Je jetai ma nourriture à la poubelle et lavai rapidement mon assiette, puis partis à la recherche de Syd. Je quittai la cuisine sans un regard pour Tanner.

Syd était dans sa chambre en train de faire ses bagages. J'hésitai à la porte, très mal à l'aise. Un sentiment persistant de culpabilité me tordit le ventre quand elle se retourna.

— Merci pour hier soir, dis-je en la regardant plier un tee-shirt. Merci de m'avoir aidée. J'apprécie.

— Pas de quoi. Ça me fait des travaux pratiques, plaisanta-t-elle. Tu te sens mieux ?

Je hochai la tête. La migraine qui me vrillait les tempes était due partiellement à ma crise d'angoisse, mais surtout à la cuite que j'avais prise.

— Syd, on n'est pas obligés de partir.

Elle laissa tomber une poignée de chaussettes dans sa valise avant de me faire face. Son visage était sombre et pincé.

— Si, il faut qu'on s'en aille.

— Mais...

— Nous sommes tous les deux prêts à rentrer chez nous, et la météo a prévu de la pluie dans la soirée et toute la journée de demain. Si nous restons, nous serons confinés à l'intérieur, répondit-elle. Et, honnêtement, personne n'a besoin de ce huis clos.

Je me dandinai maladroitement.

— C'est à cause d'hier soir, c'est ça ? Je te promets...

— Andrea, tu sais que je t'adore. Tu es ma meilleure amie. Je suis sérieuse, soupira-t-elle en s'avançant vers moi, et je me raidis. Mais je crois que ce n'est pas bon pour toi en l'état des choses. Je n'aurais pas dû te pousser dans les bras de Tanner. Ce n'était pas malin de ma part.

Ma bouche se dessécha et mon estomac se serra.

Elle me regarda dans les yeux gravement.

— Je sais que tu ne m'as pas dit qu'il s'était passé quoi que ce soit entre vous, mais je ne suis pas idiote. Il s'est bien passé quelque chose, et ce n'était peut-être pas une bonne idée, pas en ce moment.

— Pas en ce moment ? répétai-je comme dans un rêve.

Sydney respira un grand coup et relâcha lentement son souffle. Elle carra les épaules et je me préparai au coup de grâce.

— Je viens de te dire que je t'adore, et c'est la vérité. Et ça... me démolit de te voir comme hier soir. Tu n'en serais pas arrivée là si tu n'avais pas autant bu. Et tu le sais, au fond de toi tu sais que c'est la vérité.

Je le savais effectivement. Je le savais *tellement*.

— Ce n'est pas d'un mec que tu as besoin en ce moment, poursuivit-elle d'une voix douce. Tu as besoin d'aide.

« Tu as besoin d'aide. »

Ces mots tournaient en boucle dans ma tête. Et elle ne s'était pas arrêtée là. Elle m'avait parlé réunions et thérapie pour aller au fond de *mon problème*. J'étais comme un bloc de glace en quittant sa chambre pour aller préparer ma valise.

« Tu as besoin d'aide. »

C'était si terrible que ça ? J'en étais vraiment là ? J'avais seulement fait un très mauvais choix, la veille. Disons, un mauvais choix de plus dû à d'autres décisions stupides, elles-mêmes enracinées dans mon habitude à jouer les idiotes. Si je pouvais rompre ce cercle vicieux, tout irait bien.

Je venais de fourrer mes sous-vêtements dans ma valise quand je sentis une présence derrière moi. Je n'eus même pas besoin de me retourner pour savoir qui c'était. Je le savais. Le mec dont je n'avais apparemment pas besoin.

— Je n'ai vraiment pas envie de parler, dis-je pour rompre le silence.

— Je crois que c'est bien le problème, répondit-il au bout d'un moment. Tu n'as jamais *envie* de parler, alors que tu en as *besoin*.

Je laissai échapper un rire rauque.

— C'est pas vrai.

J'ajoutai ma trousse de maquillage dans ma valise et me retournai vivement. Il s'était changé et portait à présent un jean et un tee-shirt délavé moulant ses larges épaules.

— Vous vous êtes tous ligués pour me dire quels étaient mes problèmes, aujourd'hui, ou quoi ? Dans ce cas, on peut passer tout de suite au moment où je réponds que vous ne m'apprenez rien ?

Tanner cligna les yeux, pris de court.

— Très bien. Écoute…

— Non. Ce n'est pas « très bien » et je ne veux pas t'écouter, l'interrompis-je d'une voix tremblante. On leur a gâché leurs vacances. Ou *je* leur ai gâché leurs vacances. Peu importe. Ces vacances sont un fiasco. OK ? Et il n'y a rien dont j'ai envie de discuter à cet instant.

Il ouvrit la bouche pour répondre, puis la referma. Un long silence s'installa entre nous, pendant lequel j'aurais voulu revenir en arrière. Recommencer ces foutues vacances, et notre relation. J'avais envie de le rejoindre et de nouer mes bras autour de son cou. Non, je n'avais pas *besoin* de Tanner, j'avais *envie* de lui. Envie de lui dire que j'étais désolée, sauf que je ne savais plus faire le tri entre ce que je regrettais et ce que je ne regrettais *certainement pas*.

Mais je me contentai de le regarder sans faire un geste.

— D'accord. Tu n'as pas envie de parler. Tu n'as pas envie d'essayer de comprendre ce qu'il se passe entre nous, et je respecte ça, finit-il par dire dans un soupir. Je ne vais donc pas insister. Je ne te courrai pas après quand nous aurons quitté cet endroit. J'attendrai que tu viennes à moi quand tu seras prête. Et si tu ne viens pas, ce sera un beau gâchis parce que je me fiche de ce qu'il se passe dans ta tête et je crois qu'on aurait pu avoir une vraie relation.

Ma langue resta collée à mon palais, mes mâchoires serrées. Quoi que pense Tanner de notre relation, tout ça serait jeté aux orties quand il saurait réellement qui je suis.

Il poussa un autre soupir en frottant sa paume sur son torse, au-dessus de son cœur. Sa voix n'exprimait aucune émotion quand il parla, le regard distant et presque froid.

— À plus, alors.

Et il quitta ma chambre sans un regard en arrière. Je fermai les yeux, retenant mon souffle jusqu'à ce que les poumons me brûlent, repassant la scène dans mon esprit jusqu'à être obligée de respirer.

« À plus. » Cela ne sonnait pas comme une promesse. « À plus. » Cela sonnait plutôt comme un adieu. Exactement ce à quoi je m'attendais.

Comme de bien entendu, le trajet du retour ne fut pas un chemin de roses. Pas de regards incendiaires entre Tanner et moi. Pas de petits sourires de Kyler dans le rétroviseur. Sydney était plongée dans sa liseuse, la seule chose qui n'avait pas changé.

Le ciel était couvert et gris, et une bruine se mit à tomber alors que nous approchions du Maryland. Tanner fut le premier à descendre.

Il sortit de la voiture, hésita un instant quand nos regards se croisèrent, puis referma la portière. Je serrai les lèvres, m'ordonnant de ne pas le regarder quand il eut pris son sac dans le coffre, mais ce fut plus fort que moi.

Je l'observai par la fenêtre. Il s'arrêta à ma hauteur, tapota sur ma vitre, puis avança jusqu'à celle de Kyler.

— Je t'envoie un texto plus tard, lui dit-il, et il s'éloigna.

Tanner n'avait pas eu un mot pour moi, ce qui ne m'étonnait pas, mais ça me fit quand même mal au cœur. Quand Kyler s'arrêta devant mon immeuble, Syd me raccompagna jusque chez moi.

Je pénétrai dans l'appartement, soudain extrêmement lasse. Je déposai ma valise à l'intérieur et me tournai vers ma meilleure amie. Nous étions toutes les deux silencieuses, et j'avais envie de lui dire tout ce que je ne lui avais jamais dit.

— Je suis désolée, fut tout ce qui sortit pourtant de ma bouche.

Sydney me sourit tristement avant de répondre :

— Je sais.

Les jours suivants n'eurent rien de réjouissant.

Je restai enfermée chez moi, refusant de répondre aux appels de mes parents. Je savais que tout allait bien, parce que Brody serait venu dans le cas contraire, mais je n'étais pas d'humeur à les affronter. Ils ne me voulaient que du bien, évidemment, mais j'avais toujours l'impression d'être... de ne pas être un sujet de fierté pour eux quand je raccrochais. Et leur déception me suivait comme une plaie qui ne guérissait pas.

J'avais passé le plus gros du dimanche et du lundi à somnoler, à l'abri sous mes draps. À un moment donné, j'avais décidé qu'il me fallait un chien ou un chat. C'était n'importe quoi, mais ça me semblait une bonne idée pour apporter une présence dans mon appartement vide et froid.

Le mardi après-midi, je m'étais aventurée hors de mon lit et j'avais passé la journée à tourner en rond. Tant de choses se bousculaient dans ma tête ; j'avais envie de parler à Syd, mais j'avais peur de la déranger. Elle ne m'avait pas dit qu'elle m'en voulait, mais j'étais certaine qu'elle était fâchée. Ce dont je ne pouvais la blâmer. Je m'en voulais aussi terriblement.

J'avais besoin de changement.

Debout dans mon salon, je buvais au goulot la bière que j'avais gardée au frigo tout en faisant les cent pas. Je me passai une main dans les cheveux. Je n'aimais pas la disposition de ma télévision, ce à quoi je pouvais facilement remédier. Dans l'heure qui suivit, je déplaçai la télé de l'autre côté du salon, tirai le canapé à travers la pièce et réarrangeai ma bibliothèque qui commençait à pencher. Les bras endoloris, j'examinai les murs. Ils avaient peut-être besoin d'un coup de peinture. J'avais déjà changé trois fois de couleur depuis que j'avais emménagé, et je regrettais d'être revenue au beige sable initial.

De quoi occuper ma journée du lendemain.

Il me restait plusieurs semaines avant la reprise des cours, je n'étais pas inscrite sur la liste des bénévoles, j'avais donc du temps devant moi. Tout le temps qu'il me fallait.

« Tu as besoin d'aide. »

J'eus beaucoup de mal à m'endormir cette nuit-là, même avec l'aide de mes pilules et des trois bières que j'avais bues. Je n'avais pas eu l'intention de boire autant, et l'alcool annulait peut-être l'effet des somnifères. Je n'aurais même pas dû les prendre, mais j'avais plus ou moins oublié que j'avais bu quand j'avais gobé la gélule. Ou alors, je m'en foutais, tout simplement.

J'étais allongée dans mon lit, incapable de faire taire les pensées qui tourbillonnaient dans ma tête. Je reprenais sans cesse mon téléphone, mais pour appeler qui ? Syd dormait sûrement et je ne pouvais pas appeler Tanner, même si j'en mourais d'envie. Qu'est-ce que j'aurais bien pu lui raconter ?

Il avait dit qu'une vraie relation était possible entre nous, mais... merde, il méritait mieux que *ça*.

Je jouai à un jeu. Puis je consultai mon Facebook. Et je jouai à un autre jeu. Au bout du compte, vers 4 heures du matin, je finis par m'assoupir sans illusion sur la journée du lendemain, qui serait la même que celle d'aujourd'hui. Une journée pourrie, comme celle de la veille et du jour d'avant.

Je passai presque tout le mercredi à somnoler, mais ce n'était pas un sommeil réparateur. Je ne dormais jamais vraiment, et quand je finis par y parvenir, je rêvai que j'étais prisonnière d'une maison dont je ne trouvais pas la sortie. Dans mon rêve, il y avait quelqu'un avec moi, mais je ne voyais jamais cette personne. Elle semblait toujours m'échapper, et moi, j'étais perdue, incapable de trouver la bonne porte, celle qui me permettrait de me libérer.

La solitude et le silence avaient peu à peu raison de moi.

Vers 6 heures du matin, je bus la dernière bière à la pomme du frigo, sans y trouver la détente escomptée. Il n'y avait rien à la télé et je repoussai l'idée de réaménager ma chambre. Il restait la peinture. Ça, c'était dans mes cordes. J'inviterais peut-être Syd à dormir chez moi et on se ferait une soirée déco. Avec un plateau de fromages et de charcuterie. Je pourrais aussi louer des films avec des mecs canon – Theo James, Jude Law, Tom Hardy ou d'autres acteurs britanniques craquants. Est-ce qu'ils étaient tous britanniques ? Je n'en savais rien. Leur voix me faisait craquer et c'était tout ce qui comptait.

Attrapant mon sac et mes clés, je me dirigeai vers ma Lexus et filai à la quincaillerie. Avant d'entrer dans le magasin, j'envoyai un texto rapide à Syd pour lui faire part de mes plans pour la soirée, et me retrouvai bientôt devant un rayon proposant un choix de couleurs vertigineux.

Et merde.

J'aurais dû y penser avant. J'y passai un temps fou avant de me décider pour un gris anthracite, et plus encore à trouver un vendeur pour préparer mes pots. Deux heures s'étaient écoulées quand je repris ma voiture, puis je m'arrêtai au supermarché en bas de la même rue.

Ce n'est qu'après avoir acheté un appétissant plateau de charcuteries fumées que je me rendis compte que je n'avais pas entendu mon téléphone biper. Assise dans le parking, je le repêchai au fond de mon sac et vis que Syd avait répondu à mon texto.

Pas possible ce soir. Peut-être ce week-end.

Le sentiment de déception qui m'envahit fut si violent que j'eus l'impression d'être surprise par un orage d'été. Je contemplai son texto jusqu'à ce que les mots se brouillent sous mes yeux. Je rangeai le téléphone dans mon sac et restai sans bouger, les yeux braqués sur la voiture vide en face de la mienne.

Qu'est-ce que j'allais bien foutre de mon plateau de charcuterie, nom de Dieu ? J'aurais dû regarder mes messages avant de faire les courses. Je levai les yeux au ciel. Je n'étais vraiment qu'une idiote.

Un accès de colère me traversa comme un éclair. C'était irrationnel. Je n'avais aucune raison d'en vouloir à Syd. On n'avait rien prévu. Et elle n'avait sûrement pas envie de passer une soirée avec moi après ce week-end pourri. Elle...

Je repoussai ces pensées, repris mon téléphone et lui envoyai un rapide « OK ». Mes yeux retombèrent ensuite sur le pick-up vide devant moi. Pas question de retourner chez moi. J'allais devenir folle si je rentrais dans cet appartement silencieux.

Je ne me souviens même pas d'avoir conduit jusqu'à ce bar où on avait l'habitude de se retrouver tous. Comme c'était encore les vacances et qu'on était au milieu de la semaine, l'endroit était bien triste. Je traversai la piste où j'avais si souvent dansé et m'installai sur l'un des tabourets vides au bar.

— Salut, toi, me lança le barman en se rapprochant nonchalamment avec un grand sourire.

Il était plutôt mignon. Plus âgé que moi. Je crois qu'il m'avait reconnue.

— Qu'est-ce que je te sers ?

Tout en pianotant sur mon téléphone, je songeai à prendre une bière, puis je changeai d'avis.

— Tu peux me faire un Long Island ?

— Ça marche, répondit-il en s'essuyant les mains sur son tablier. Tu paies au fur et à mesure ou je te fais une ardoise ?

— Je vais payer, murmurai-je en cherchant mon porte-monnaie.

C'était un peu ridicule de demander une ardoise un mercredi soir.

Les larmes me montèrent aux yeux quand je bus la première gorgée de mon cocktail. Bon Dieu, il était fort, mais je le bus quand même, heureuse de sentir la brûlure de l'alcool dans ma gorge et mon œsophage.

Je vidai mon verre puis commandai une bière tout en regardant autour de moi. Il y avait quelques types autour des tables de billard, et l'un d'eux me parut vaguement familier. Tout en buvant ma bière, je poursuivis mon exploration. À l'autre bout du comptoir, il y avait deux hommes d'âge mûr. Ils semblaient… fatigués.

— Une autre ?

Surprise, je levai les yeux sur le barman.

— Pardon ?

— Une autre bière, précisa-t-il en montrant ma bouteille. Est-ce que tu en veux une autre ? Ton verre est vide.

Je fronçai les sourcils tout en baissant les yeux. Putain de merde, il disait vrai. Je ne m'en étais même pas aperçue.

— Oui, répondis-je. Une dernière.

Ma réponse me parut risible, et quand il m'apporta ma bière, il posa aussi un verre d'eau devant moi.

On était un mercredi soir et j'étais dans un bar. Toute seule. Bah, l'alcool, au moins, me tenait chaud à l'estomac.

Je fis défiler mes contacts sur mon téléphone et m'arrêtai sur le numéro de Tanner. Était-il au boulot ?

Je me mordis les lèvres. Il m'avait dit de l'appeler quand je serais prête à lui parler, mais c'était la grande question. Est-ce que j'étais prête ? Quand il s'agissait de parler…

Le brouhaha du bar parut s'accroître autour de moi tandis que je restais bloquée sur son nom. Parler, ça allait au-delà de lui et moi, pas vrai ? Ça voulait dire me montrer honnête à propos de tout le reste aussi. Parce que, après tout, j'étais au comptoir d'un…

— Bonsoir.

Je sursautai en reconnaissant une voix masculine et levai les yeux de mon téléphone. Un garçon d'à peu près mon âge se tenait à côté de moi. Pas trop mal, songeai-je en le dévisageant. C'était celui qui m'avait paru familier à la table de billard. Je regardai autour de moi. C'était bien à moi qu'il parlait.

— Salut.

Il s'accouda au bar, un grand sourire aux lèvres.

— Ça fait un bail.

Euh...

Tendant le bras, il me donna un petit coup sur l'épaule.

— Ça fait un moment que je ne t'ai pas vue.

Et merde. Je connaissais ce mec ? À tous les coups, plus intimement que je ne le croyais.

Penchant la tête sur le côté, il laissa échapper un petit rire.

— Tu ne te souviens pas de moi, c'est ça ?

Il rit encore et je sentis mes joues s'empourprer.

— Eh ben, waouh.

Je fis la grimace.

— Désolée...

— Bah, c'est pas grave. C'était une soirée bien arrosée. La tequila coulait à flots.

Il me fit un clin d'œil et mon cœur sombra violemment.

— Tu remets ça ce soir ? Je t'offre un verre ?

Oh, mon Dieu.

Tout me revint d'un coup avec la force d'une batte de base-ball en pleine tête. De vagues images comateuses de lui... et de son pick-up qui sentait la friture, et de moi qui...

Je détournai les yeux, soudain prise de nausée. Une vague de gêne me submergea, m'étouffant presque. J'aurais mieux fait de rentrer chez moi, de me gaver de fromage et de charcuterie jusqu'à m'en faire péter la panse et de repeindre mes foutus murs toute seule.

Sauf que les murs... n'étaient pas le problème.

Ce n'était pas de ce genre de changement que j'avais besoin, compris-je tout à coup. Modifier la disposition des meubles de mon salon ne changerait rien à ma vie. Repeindre mon appartement non plus. Et un animal de compagnie ne me rendrait pas plus heureuse. C'est *moi* qui avais besoin de changer.

— Bébé ? roucoula le type en me caressant la joue du dos de la main. Tu es encore avec moi ?

Reculant à ce contact, je repris mon téléphone que je fourrai dans mon sac, puis descendis du tabouret.

— Désolée. Il faut que j'y aille.

Je sortis précipitamment du bar sans me retourner et m'engouffrai dans ma voiture. Le souffle court, je mis le contact.

— Putain. Quelle merde. Ça craint.

Le cœur battant, je quittai le parking et me dirigeai vers l'autoroute, me répétant ces mots en boucle. Putain. Quelle merde. Ça craint. Je me cramponnais au volant pour empêcher mes mains de trembler quand je m'engageai sur la bretelle d'accès. L'autoroute était vide à en pleurer. Alors que je déboîtais pour rejoindre la voie, des phares apparurent soudain dans mon rétroviseur. Mon cœur bondit dans ma poitrine et je braquai le volant.

Tout arriva très vite.

Ma voiture se déporta sur la droite, trop brutalement. Je tentai de corriger la trajectoire, prise de panique, et j'écrasai la pédale de frein. Ma voiture pila net et l'arrière se mit à chasser. Des lumières tournoyaient autour de moi. J'aspirai une goulée d'air…

Ma voiture fut violemment stoppée et soulevée dans les airs. Le métal grinça et céda. Je fus projetée en avant et sur le côté en même temps. Quelque chose de blanc éclata. Il y avait de la poudre partout. Le métal craquait toujours, comme les mâchoires d'un géant. Des lumières explosèrent derrière mes yeux, puis plus rien.

Chapitre 21

Tanner

Je contemplais mon téléphone, sans prêter attention au brouhaha des conversations qui allaient bon train autour de moi. Il y avait un jeu à la télé, et l'un des gars parlait d'une fille qu'il avait rencontrée pendant le week-end.

Je n'avais pas eu de nouvelles d'Andrea depuis que nous étions rentrés, et je devais faire appel à toute ma volonté pour ne pas lui téléphoner. Cela me dérangeait quelque part de devoir déployer une telle résistance, mais j'avais beaucoup réfléchi au cours de ces trois derniers jours, ce qui en disait long sur ce que je ressentais pour elle.

Je tenais beaucoup à elle – vraiment beaucoup.

Les sentiments que j'éprouvais pour elle allaient bien au-delà de ceux que j'avais pu nourrir pour d'autres filles dans ma vie. Même avant ces vacances au chalet, je me réjouissais de la voir, de me disputer avec elle. J'aimais voir ses joues s'enflammer et entendre son rire rauque. À présent, j'avais aussi envie de sentir ses lèvres sur les miennes et d'entendre ses petits râles quand je lui donnais du plaisir. J'avais envie de sa compagnie et d'un avenir avec elle.

Ce genre de sentiments avait un nom. J'en étais parfaitement conscient. Je ne savais pas depuis quand il en était ainsi ni ce qui m'avait poussé à m'en apercevoir, mais ce n'était pas vraiment important. Ça ne changerait pas. J'étais comme ça, c'était dans ma nature. Lorsque j'éprouvais quelque chose ou que j'avais pris une décision, je m'y tenais. Point à la ligne.

Et j'avais décidé de laisser Andrea venir à moi. Même si ça me tuait, je m'y tiendrais. Elle avait un problème et mon petit doigt me disait que ça n'avait rien à voir avec sa crise d'angoisse. Je voulais être là pour elle, mais elle devait m'y autoriser. Je ne pouvais pas la forcer. Les choses ne se passaient jamais bien quand on s'y prenait de cette façon.

Mais ces conneries qu'elle avait dites, qu'elle n'en valait pas la peine ? Ça compliquait les choses. Comment pouvais-je lui prouver qu'elle avait de la valeur à mes yeux si je ne pouvais pas l'approcher ?

— Yo. Hammond ?

Je relevai la tête. Daniels se tenait à quelques mètres de moi, les bras croisés sur sa chemise grise réglementaire.

— Quoi ?

— Je viens voir si tu es encore vivant, déclara-t-il en souriant. Tu mates ce téléphone depuis tout à l'heure comme si c'était la meuf la plus bandante de toute la ville.

Je roulai des yeux tout en rempochant mon téléphone, puis me laissai aller en arrière sur ma chaise et tendis les jambes devant moi.

— C'est toujours plus intéressant que ce que tu racontes.

Daniels éclata de rire.

— T'es dur, mec. Putain, tu me…

La radio crépita dans les haut-parleurs une seconde avant que la voix de l'opérateur de la centrale ne résonne dans la caserne. « AVP véhicule unique avec possible incarcération. Secours en route. Équipe 10 en intervention. Équipe 70 en pré-alerte. » La voix débita le lieu de l'accident sur la voie publique. Je me raidis.

La télé se tut et les conversations s'interrompirent. Notre équipe était en pré-alerte. S'ils envoyaient plusieurs équipes en intervention, c'est que ça ne devait pas être beau à voir. L'équipe 10 allait manifestement s'occuper de la désincarcération. Et on baliserait le site si nécessaire.

— Merde, marmonna Daniels en se laissant tomber sur la chaise à côté de la mienne. Je déteste les accidents avec incarcération.

Dans ce type d'accidents, il était rare que les victimes repartent debout sur leurs deux jambes.

Je hochai la tête tandis qu'un autre gars enfilait sa tenue de feu. J'avais déjà la mienne. Tous ceux qui étaient d'astreinte se rapprochèrent du camion, attendant les instructions. Nous nous tenions prêts à partir en intervention. La caserne était relativement silencieuse pour pouvoir entendre la radio. Quelques minutes s'écoulèrent.

« Incarcération confirmée. L'équipe 10 entame l'extraction, annonça l'opérateur d'une voix sans émotion. Les secours sont arrivés. La victime est inconsciente. Medevac 1 en pré-alerte. Équipe 70 reste en préavis. »

Merde. Je me frottai la mâchoire. Il n'était pas inhabituel de mettre l'hélico en pré-alerte dans des cas similaires, au cas où la victime serait inconsciente et incapable d'évaluer l'étendue de ses blessures.

J'échangeai un regard avec Daniels. Il devait repenser à notre dernière désincarcération. Il y avait un gosse, et cet appel… ouais, ça s'était mal fini. Personne ne s'en était sorti.

« La victime est sortie du véhicule… Urgence absolue. »

— Putain, dis-je en fermant les yeux.

Une urgence absolue signifiait que le cœur battait toujours, juste avant Delta Charlie Delta, ou en d'autres mots, personne DCD.

Une autre voix grésilla dans la radio, puis l'opérateur confirma : « Urgence absolue. Le Samu a stabilisé la victime pour le transport. Medevac 1 libéré. »

— C'est bien, murmura Daniels.

Je hochai de nouveau la tête et attendis. S'ils avaient pu stabiliser suffisamment la victime pour un transport en ambulance, c'était bon signe. Mais ça pouvait également vouloir dire que l'intervention de l'hélico ne servait plus à rien.

Au bout du compte, la pré-alerte fut levée, et la scène d'accident nettoyée par l'autre équipe. Nous fûmes envoyés en intervention pour une alarme incendie dans un immeuble d'habitation, qui s'avéra être une fausse alerte, et puis nous allâmes manger un morceau. De retour à la caserne, un ambulancier d'une autre équipe passa déposer quelque chose à un de nos gars.

Je ne faisais pas vraiment attention, quand j'entendis Daniels lui demander :

— Tu es intervenu dans l'accident sur la voie publique tout à l'heure, non ?

L'ambulancier pencha la tête sur le côté.

— Lequel ? Je n'ai fait que ça toute la soirée, ma parole.

— Celui avec une urgence absolue, précisa Daniels. Comment ça s'est terminé ?

— Oh. Sur la 495 ? Ils ont eu un mal fou avec la césarisation latérale pour la sortir du foutu véhicule, dit l'ambulancier. On l'a emmenée à Holy Cross. Blessures à la tête. Sans doute hémorragie interne. Quand on l'a déposée, ses pupilles étaient toujours aréactives.

Je sortis mon téléphone et fis défiler mes contacts.

— Un truc vraiment bizarre, continua l'ambulancier. Il y avait des pots de peinture et des saucisses fumées dans la voiture. Drôle de mélange.

Daniels grogna.

— Comme tu dis. Quel âge a la victime ?

— Je dirais la petite vingtaine. C'est la police d'État qui s'est occupée de la déclaration. Jolie fille. Visage un peu abîmé par l'airbag. C'est malheureux.

Il roula des épaules d'un air fataliste.

— Elle sentait l'alcool en tout cas.

J'eus l'impression que des doigts glacés me parcouraient la colonne vertébrale. Il n'y a pas d'autre façon de décrire ça. Mon pouce se figea au-dessus de mon téléphone.

— C'était quoi comme véhicule ?

L'ambulancier me lança un regard.

— Une Lexus. Gris foncé ou noire.

Non. C'était impossible.

Les mêmes doigts glacés m'étreignirent les entrailles. Pendant quelques secondes, je fus incapable de bouger, puis je me levai et touchai le numéro d'Andrea. Je m'éloignai du groupe, sans prêter attention à Daniels qui appelait mon nom. Le téléphone d'Andrea sonna dans le vide, puis le répondeur se déclencha. C'était peut-être une coïncidence. Il était tard. Je rappelai. Pas de réponse. J'appelai une troisième fois et laissai un message lui demandant de me contacter.

Mon cœur s'accéléra tandis que je me retournais. Les deux autres me dévisageaient.

— À quoi… à quoi est-ce qu'elle ressemblait ?

— Je ne sais pas, répondit l'ambulancier en fronçant les sourcils. Elle était jolie et…

— De quelle couleur étaient ses cheveux ? hurlai-je.

Daniels se leva d'un bond.

— Hammond, ça va ?

Je fonçai sur l'ambulancier, les doigts serrés autour de mon téléphone.

— De quelle couleur étaient ses cheveux ? répétai-je.

Ses yeux s'écarquillèrent.

— Il faisait sombre, et il y avait du sang, mais je crois bien qu'ils étaient roux.

Le sol parut se dérober sous mes pieds et mon cœur s'arrêta de battre. Je leur dis quelque chose, je ne me souviens pas de quoi, puis je leur tournai le dos et sortis à l'extérieur. J'appelai une femme que je connaissais, qui était d'astreinte à la centrale ce soir.

— Jodi ? C'est Tanner.

Ma voix était éraillée.

— Salut, mon chou, qu'est-ce qu'il y a ? demanda-t-elle.

— Je voudrais que tu me rendes un service, d'accord ? Je sais que c'est beaucoup demander, mais c'est très important. Il y a eu un appel ce soir. Un AVP avec un seul véhicule sur la 495. Victime en urgence absolue, répondis-je. Sais-tu si elle a été identifiée ?

— Je crois que oui.

— Peux-tu me donner son nom ?

Jodi ne répondit pas immédiatement.

— Mon chou, tu sais que je n'ai pas le droit de donner ce genre d'informations.

Je fermai très fort les yeux et m'obligeai à prendre une profonde inspiration tout en arpentant la cour à grandes enjambées devant la porte ouverte. Daniels était sorti aussi, mais je ne lui prêtai aucune attention.

— Je sais. Je déteste te demander ça, mais je crois que c'est quelqu'un que je connais... quelqu'un à qui je tiens beaucoup.

— Merde, marmonna Daniels entre ses dents.

Jodi poussa un soupir.

— Mon Dieu, laisse-moi... je vais voir ce que je peux faire. D'accord ? Tu peux patienter une seconde ?

Cette attente fut la plus longue de ma vie, et je priai Dieu - oui, bordel, je priai. *Faites que ce ne soit pas Andrea. S'il vous plaît.* Je ne pouvais penser à rien d'autre.

— Tu es toujours là, Tanner ? reprit Jodi. Je viens de parler à la police de la route. La famille a été prévenue et je... je crois que je peux te dire son nom. Il s'agit d'Andrea Walters. Elle est...

— Putain. C'est elle.

Je me pliai en deux sous le choc.

— C'est elle.
— Oh non, mon chou, je suis désolée...
Je ne l'écoutais plus. Je ne me souviens pas d'avoir raccroché, mais Daniels était soudain près de moi, une main sur mon épaule. Je me redressai.
— Vas-y, me dit-il avant que je puisse parler. Va-t'en et donne-moi des nouvelles dès que tu peux, d'accord ?
J'étais déjà dans le parking.

Les heures de visite étaient passées depuis longtemps quand je m'engouffrai dans l'hôpital, et il me fallut plusieurs minutes pour trouver une infirmière qui me connaissait, qui me dit où aller, mais me prévint que je ne serais pas autorisé à la voir. En réanimation, elle venait d'être opérée en urgence.
Putain de merde.
Dans l'ascenseur, je tentai de me persuader que ça pouvait être une erreur. C'était certainement une erreur. Ce n'était pas possible. Ça ne pouvait pas être Andrea. Elle n'aurait pas pris le volant après avoir bu. Ça ne pouvait pas être elle.
Les portes coulissèrent et je me retrouvai dans un couloir silencieux. Les infirmières du poste de surveillance ne m'arrêtèrent pas quand je m'engageai sur la droite. Sans doute parce que j'étais en uniforme. Peu importait. Je me précipitai dans le couloir glacial, vérifiant les portes sans vitres. Quand j'arrivai au bout, je pris à gauche.
Je m'immobilisai d'un seul coup comme si j'avais marché dans du ciment en train de prendre.
Au milieu du couloir, un couple d'âge moyen parlait avec un médecin. L'homme aux cheveux châtains était grand, et la chevelure de la femme, plus petite que lui, était d'un roux intense.

Ils étaient pâles et le médecin posa une main sur l'épaule de l'homme. Je n'entendais pas ce qu'ils disaient, mais le médecin parla de nouveau et le visage de la femme se décomposa tandis qu'elle portait une main à sa bouche.

Le couloir parut tournoyer et je trébuchai contre le mur. Mon regard se porta sur la pièce derrière eux, dont la porte s'ouvrit, et une infirmière en sortit. J'aperçus seulement un rideau et une main – pâle et menue. Immobile.

Merde. Je pressai une paume sur mon cœur alors que la porte se refermait. Des bruits de pas résonnèrent dans le couloir et je levai la tête. Je reconnus le jeune homme plus vieux qu'Andrea d'une année seulement qui arrivait en courant : son frère, Brody. Il ne me vit même pas quand il passa à côté moi, ses sandales claquant sur le sol comme le tonnerre.

Je pris appui contre le mur qui était venu violemment à ma rencontre. Elle était dans cette pièce. C'était bien Andrea. La vérité me frappa de plein fouet. Je ne pouvais plus espérer une méprise. C'était elle. Une douleur fulgurante fusa dans ma poitrine comme si on m'avait donné un coup de poing.

Mes jambes cédèrent sous moi et je glissai le long du mur jusqu'au sol. Je serrai mes genoux entre mes bras, le regard dans le vide. C'était elle.

Andrea.

Chapitre 22

Andrea

La première inspiration que je pris me brûla les poumons et j'éprouvai une douleur déchirante dans la poitrine, entre mes côtes. La souffrance était telle que j'ouvris aussitôt les yeux, collés par des humeurs. Je grimaçai sous la lumière crue dispensée par les lampes au-dessus de moi dans le faux plafond. Je voulus lever la main pour m'abriter les yeux, mais mon bras était lourd comme du plomb.

Assieds-toi. Il fallait que je me redresse, mais lorsque j'essayai, j'eus l'impression qu'une lame me transperçait l'abdomen et je soufflai bruyamment. OK. Pas question de bouger.

Une ombre se déplaça près de mon lit ; je battis des paupières et la forme devint plus nette. Papa. Mon père qui se penchait sur moi. Ses yeux étaient ombrés de profonds cernes noirs et sa bouche marquée de lignes dures. Ses cheveux châtains étaient hirsutes, comme s'il y avait passé les doigts de nombreuses fois. Il n'était pas rasé. Depuis quand ne l'avais-je pas vu aussi négligé ? Bon sang, la dernière fois remontait à l'époque… où il buvait encore.

Oh, mon Dieu.

J'avais bu et…

— Tu es réveillée, ma chérie ?

Mon père s'assit au bord du lit et je me rendis compte que sa chemise était froissée. Son pantalon aussi. En réalité, lui-même était dans un sale état.

— Andrea ?

Au prix d'un gros effort, je parvins à décoller ma langue de mon palais.

— Oui.

Il ferma brièvement les yeux et poussa un long et profond soupir.

— Tu dors depuis plus de vingt-quatre heures. Je sais que c'est normal après tes blessures, mais je ne voulais pas quitter cette chambre avant que tu aies ouvert les yeux. Ta mère va s'en vouloir d'être allée chercher de quoi manger juste à ce moment-là. Tu as mal quelque part ?

J'avais mal *partout* – à l'estomac et à la tête, et même à la main droite. Je la regardai. L'énorme cathéter qui y était planté en était certainement la cause.

— Mes blessures ? demandai-je d'une voix râpeuse.

Mon père tendit le bras et prit mon autre main entre les siennes, qui étaient fraîches.

— Tu as reçu un choc à la tête. Commotion cérébrale. Et tu as été secouée, mais le...

Il me serra la main.

— Ta rate s'est rompue. Ils n'ont pas pu la sauver. Tu as subi une ablation et tu as eu besoin d'une transfusion. Il y aura des séquelles. Tu seras sensible aux infections bactériennes et...

Il continua, mais je ne l'entendais plus vraiment. Ma rate s'était rompue et je n'en avais plus. Une transfusion sanguine ? Une commotion cérébrale ? Mon esprit retourna dans la voiture, durant les secondes précédant le choc.

— Est-ce que j'ai renversé quelqu'un ? balbutiai-je sans m'occuper de la douleur qui m'écorchait la gorge. Est-ce que j'ai blessé quelqu'un ?

Mon père se tut et me regarda si longtemps qu'une vague de panique se forma dans ma poitrine.

— Oh, mon Dieu, croassai-je. Est-ce que j'ai percuté quelqu'un ? C'est ce qu'il s'est passé ? Mon Dieu, je ne pourrais pas...

— Tu n'as heurté personne, Andrea.

Je le vis déglutir tandis qu'il me contemplait.

— Tu as percuté la barrière de sécurité sur la 495.

Un infime soulagement allégea ma tension. Je n'avais blessé personne. Tant mieux, mais *j'aurais pu*. Mon Dieu, j'aurais pu *tuer* quelqu'un.

— On t'a fait une prise de sang. Alcoolémie au-dessus de la limite légale, poursuivit-il d'une voix dure et cassante. Tu as pris le volant après avoir bu.

La pression remonta quand ces mots pénétrèrent la confusion de mon esprit et s'y installèrent. Je conduisais en état d'ivresse. L'avais-je déjà fait ? Jamais. J'attendais toujours au moins une heure avant de prendre le volant. Je faisais *toujours* attention.

Mon Dieu.

Mon père lâcha ma main et ses yeux se posèrent sur le store de la fenêtre.

— C'est ma faute.

Ses paroles m'ébranlèrent.

— Papa... ce n'est pas ta faute. C'est... cela vient entièrement de moi. C'est moi qui ai fait ça.

La vérité sortait enfin, et des larmes roulèrent sur mes joues.

— C'est moi qui ai fait ça.

Il secoua la tête.

— Ta mère et moi, même ton frère, nous savions que tu buvais. Mais on voulait se persuader que ce n'était pas si grave. Que tu n'étais pas comme moi. Que tu ne *deviendrais* pas comme moi. Nous avions tort.

Il me regarda de nouveau et ses yeux étaient embués de larmes.

— J'avais tort, mais je ne te laisserai pas devenir comme moi.

Le poids dans ma poitrine était de plus en plus lourd et je commençais à avoir du mal à respirer. En bruit de fond, j'entendais les « bips » du moniteur cardiaque qui s'accéléraient. *Il n'y avait pas que l'alcool*, avais-je envie de lui crier, mais aucun son ne sortit de ma bouche.

— Mais maintenant, nous sommes là, reprit-il avec détermination. Dès que tu seras en état de quitter l'hôpital, tu entreras en désintoxication. Si tu refuses ou que tu protestes...

Sa voix se fêla et mes épaules se mirent à trembler.

— ... je te couperai les vivres.

C'est à peine si je pouvais respirer. Pas parce que ma famille m'obligeait à me soigner. Pas parce que je n'avais pas le choix. Non. À cause de la décision irresponsable que j'avais prise. Pas seulement cette fois, mais pendant des années, et toutes ces mauvaises décisions s'étaient accumulées. J'aurais pu blesser quelqu'un – j'aurais pu tuer quelqu'un. Il ne s'agissait plus seulement de moi. Je... Je ne contrôlais plus rien.

— Tu as compris ? me demanda-t-il.

Je comprenais parfaitement.

Avant de quitter le bar, j'avais déjà compris qu'il fallait que ça change, et j'en étais plus que jamais persuadée. Je ne protesterais pas. Plus maintenant. Je croisai le regard bleu acier de mon père et son visage se brouilla.

— Papa...

Mes larmes coulaient maintenant sans retenue, sans pitié pour mon visage meurtri.

— Il y a quelque chose qui cloche vraiment chez moi.

— Je suis très fière de toi.

Je détournai les yeux de Syd, assise au bord de mon lit. C'était le lendemain du jour de mon réveil à l'hôpital. La douleur était encore très vive.

— Tu n'as pas de raison d'être fière de moi.

— Pourquoi pas ?

Je fixai le plafond des yeux.

— J'ai pris le volant alors que j'avais bu. J'aurais pu…

Éprouvant un profond dégoût de moi-même, je serrai les lèvres en secouant la tête.

— Pour ça, je ne suis pas fière de toi, dit-elle. Mais je suis fière que tu aies décidé de te soigner.

Je fermai les yeux, regrettant de ne pas dormir.

— C'est une idée de mon père.

— Tu aurais pu protester.

— Il a menacé de me couper les vivres si je refusais, l'informai-je.

J'aurais aussi voulu une couverture supplémentaire. Cette pièce était glaciale.

— Tu me connais. J'aime mon petit confort. Et il n'en était pas question.

— Arrête tes conneries, lâcha Syd sèchement, et je la regardai.

Ses joues s'étaient colorées sous l'effet de la colère.

— J'ai parlé à ton père. Tu n'as même pas *essayé* de protester. Pas une seconde. Tu sais que tu as besoin d'aide. Je suis fière de toi que tu aies pris cette décision, alors pourquoi tu réagis comme ça ?

Pourquoi ? Parce que je ne méritais pas sa gentillesse, encore moins sa fierté.

— J'ai pris le volant alors que j'avais bu. J'ai bousillé ma voiture. Je n'ai plus de rate. Je suis nulle. Je vais être jugée et je suis sûre qu'on va me retirer mon permis. Je ne me plains pas. C'est tout ce que je mérite.

Je méritais même la prison, et c'est peut-être là que je finirais.

— Andrea...

Syd poussa un soupir et pencha la tête sur le côté. Une longue mèche de cheveux noirs glissa sur son épaule.

— Tu n'es pas nulle. Tu...

— J'ai besoin d'aide. Je sais.

Le mur que j'avais érigé depuis le départ de mon père commençait à s'effriter.

— Je le sais très bien.

Sa lèvre inférieure tremblait quand elle me tapota la main.

— Quand Tanner a appelé pour nous apprendre la nouvelle, j'ai cru que mon cœur s'était arrêté.

Tanner...

C'était maintenant *mon* cœur qui avait cessé de battre. Le matin même, quand mon frère était passé me voir, il m'avait dit qu'il avait vu Tanner le jour de mon admission. Au début, j'avais cru que c'était lui qui était intervenu sur les lieux de l'accident, mais Brody lui avait parlé. Tanner avait entendu l'appel radio, mais il n'avait su que plus tard qu'il s'agissait de moi. Il avait alors accouru à l'hôpital.

— J'ai cru t'avoir perdue, murmura Syd d'une voix chevrotante.

Je refermai les yeux et de longues secondes s'écoulèrent.

— Kyler voulait venir avec moi, mais j'ai pensé que tu préférerais qu'il n'y ait pas trop de monde.

Elle se tut un instant avant de continuer.

— Tanner veut te voir.

— Je ne veux pas le voir, répondis-je aussitôt.

— Il est tellement...

— Je ne peux pas, dis-je en la regardant enfin. Je t'en prie. Je ne peux pas le voir maintenant. Je ne veux pas le voir tout de suite. Je ne peux pas... Je suis incapable de gérer ça.

C'était déjà assez que Tanner soit venu ici. D'après Brody, il était entré dans ma chambre pendant que je dormais. Le sentiment de gêne et d'impuissance que m'inspirait sa visite était suffisamment dévastateur. Le voir m'achèverait. J'avais déjà beaucoup de mal à tenir le coup. J'avais déçu ma famille, je le savais. Terriblement. Et Syd, même si elle affirmait qu'elle était fière de moi, devait être consternée, elle aussi.

Elle m'offrit un faible sourire.

— D'accord. Je comprends ça. Je sais qu'il comprendra aussi.

Elle avait raison. Tanner était un mec bien. Il ne ferait pas le forcing. Si Syd lui disait que je ne voulais pas le voir, il respecterait ma volonté. Plus que jamais, j'étais consciente de ne pas être... à la hauteur d'un garçon comme lui. Après ce que j'avais fait, je touchais le fond de l'abîme. Je ne valais pas mieux qu'un tas de boue. Et encore, la boue avait une utilité. Alors que moi, à quoi est-ce que je servais ? À bousiller tout ce que je touchais ?

Eh bien, j'avais largement dépassé les attentes.

Le matin où je sortis de l'hôpital, il faisait si chaud que l'asphalte semblait s'évaporer. Une journée d'août ordinaire, sauf que rien ne l'était ce jour-là.

Ma vie redeviendrait-elle un jour normale ?

Seuls mon père et ma mère étaient présents quand je quittai l'établissement dans mon fauteuil roulant. Pas de ballons, pas de visages souriants. Il n'y avait rien à célébrer et je ne rentrerais pas chez moi. Heureusement que je n'avais pas pris d'animal.

Il me fut plus difficile que je l'avais imaginé de monter à l'arrière de la voiture, car mon abdomen était encore douloureux. Ma valise était posée sur la banquette à côté de moi. C'était ma mère qui l'avait préparée. Il n'était même pas prévu qu'on passe à mon appartement.

Nous roulâmes en silence jusqu'au centre de désintoxication, ce qui me convenait très bien. Je n'avais pas envie de faire la conversation ou de prétendre que tout allait bien. Pas plus que mes parents, je pense.

La clinique était située en dehors de la ville, près de Frederick, dans une campagne isolée. Nous prîmes une sortie que je n'avais jamais remarquée sur l'autoroute, et continuâmes encore pendant vingt bonnes minutes avant de bifurquer sur la droite. Nous dépassâmes une grande plaque de granit gravée des mots « Clinique d'alcoologie et d'addictologie du Ruisseau ».

Ma première impression, quand je découvris l'établissement depuis une éminence, fut de penser que mon père s'était trompé d'endroit. Ça ne ressemblait pas du tout à l'image mentale que je m'étais faite d'un centre de désintoxication. Les collines verdoyantes parfaitement entretenues entourant le grand bâtiment rustique, les courts de tennis et la piscine de la taille d'une maison évoquaient davantage un club de loisirs qu'un établissement médical.

Mon père suivit la route jusqu'à une grande marquise, devant laquelle il gara la voiture. J'avais l'impression d'arriver dans un hôtel. Je pris une profonde inspiration et regardai mon père d'un air interrogateur. Son regard croisa le mien dans le rétroviseur. Il hocha la tête, et j'eus soudain envie de pleurer – de me jeter sur la banquette et de ne plus en bouger. Mais ma mère descendit pour m'ouvrir la portière. Je ne pouvais plus reculer.

Je sortis donc de la voiture, contemplant les portes vitrées, les yeux écarquillés. Mon cœur battait très fort. Ma mère me prit par la main, mêlant ses doigts aux miens. Je la suivis en traînant des pieds tandis que mon père nous rejoignait, ma valise à la main.

La fraîcheur d'un grand atrium nous accueillit. Devant nous se trouvait un comptoir, rappelant la réception d'un hôtel. Mon père passa devant pour se présenter à l'accueil.

— Tout ira bien, me chuchota ma mère.

Vraiment ?

Je respirai un grand coup, et une douleur persistante fusa dans ma cage thoracique meurtrie. Un frisson me parcourut et mes genoux se mirent à trembler quand mon père revint vers nous, le regard vissé au mien. À gauche de la réception, une porte s'ouvrit et un homme s'avança. Environ trente-cinq ans, des lunettes carrées de hipster à la monture aussi noire que sa chevelure. Il n'était pas vêtu comme un professionnel, arborant un short kaki et des sandales.

— Andrea Walters ?

Son sourire était accueillant.

Je sursautai et regardai mon père, puis ma mère.

— Oui, répondis-je d'une voix éraillée, avant de me racler la gorge. C'est moi.

— Je m'appelle Dave Proby. Si vous voulez bien me suivre.

Il s'adressa ensuite à mes parents.

— Vous pouvez venir aussi.

Je sentis un fourmillement dans mes doigts engourdis tandis que nous le suivions dans une petite pièce. Une porte en verre dépoli s'ouvrait dans le mur opposé. Une infirmière nous y attendait, un tensiomètre à la main.

— Asseyez-vous, m'invita Dave en m'indiquant une chaise recouverte de tissu vert près du bureau.

Avec nervosité, je lui obéis. Mes parents restèrent debout. L'infirmière s'approcha de moi avec un sourire rassurant.

— Je vais seulement prendre votre tension, mon chou.

Est-ce que c'était la procédure habituelle ? Je n'en savais rien, mais je lui tendis mon bras.

— Prenez-vous des médicaments ? poursuivit-elle.

La bouche sèche, je hochai la tête et ma mère répondit pour moi.

— Je les ai apportés. Elle prend des somnifères et des anxiolytiques.

Ouvrant ma trousse, elle farfouilla à l'intérieur et en sortit trois flacons, qu'elle tendit à l'infirmière. Immobile sur mon siège, j'éprouvais... mille sentiments différents.

— Et voici ceux qu'on lui a prescrits à l'hôpital, ajouta ma mère.

Je me sentis toute petite quand l'infirmière examina les trois flacons. Je fus prise de démangeaisons désagréables lorsqu'elle les aligna sur le bureau, comme de petits soldats. J'avais envie de bondir de ma chaise et de les prendre pour les jeter par la petite fenêtre, y compris les antibiotiques.

Dave demeura silencieux jusqu'à ce que l'infirmière ait noté ma tension sur une feuille qu'elle lui remit. Il prit alors place sur un petit fauteuil au bureau, où il s'empara d'un stylo. Le faisant tourner entre ses doigts, il examinait un dossier.

— Possédez-vous un téléphone portable ?

— Oui.

Sans me regarder, il tendit le bras en agitant les doigts.

— Remettez-le-moi.

Je contemplai sa main sans comprendre pendant quelques instants, et il réitéra son geste.

— Je suis désolé. Les deux premières semaines, aucun contact n'est autorisé avec le monde extérieur – ni Internet ni téléphone.

J'écarquillai les yeux. J'allais devenir dingue.

— Il est... dans mon sac.

Une seconde plus tard, ma mère déposait mon portable dans la main ouverte de Dave. Je la regardai, découvrant des rides autour de ses yeux que je n'avais jamais remarquées avant. Dave le plaça à côté des flacons de médicaments avant de faire pivoter son fauteuil vers moi.

— Est-ce que vous savez pourquoi vous êtes ici, Andrea ? me demanda-t-il finalement.

Un peu débile, comme question.

— Je...

Je fermai brièvement les yeux avant de continuer, les joues brûlantes.

— J'ai un problème avec l'alcool.

Il inclina la tête.

— Est-ce le seul problème que vous avez ?

Lèvres serrées, je fis signe que non.

— Savez-vous pourquoi vous buvez ?

Je me contentai de secouer la tête silencieusement, mais j'avais l'impression de mentir.

Dave me regarda, puis il désigna de la tête les flacons posés sur le bureau d'un air entendu.

— Je pense que vous le savez, Andrea, mais vous n'êtes pas encore prête à le verbaliser. Pas de souci. Mon travail consiste à vous permettre de mettre des mots sur votre problème, mais aussi de le comprendre et de l'accepter.

Il se pencha vers moi, les mains sur les genoux.

— Êtes-vous prête à cela ? Accepter d'être aidée ?

Je pris une inspiration tremblotante et ma voix se brisa quand je répondis.

— Oui.

— Parfait. C'est ce que j'avais besoin d'entendre, dit-il en soutenant mon regard derrière ses lunettes. Vous vous battez depuis longtemps avec courage, mais vous avez perdu cette bataille, Andrea. La bonne nouvelle, c'est que vous n'avez pas perdu la guerre. Et que vous ne serez plus seule à vous battre.

Chapitre 23

Andrea

Comme je m'y étais attendue, les débuts furent difficiles.

La privation de téléphone et d'Internet et l'accès limité à la télévision constituèrent un premier bouleversement. Mince, ma chambre minuscule austèrement meublée d'un lit pour une personne et d'une commode était elle-même un grand changement, mais ce n'était pas les plus grandes mutations dans ma vie.

Il y eut aussi beaucoup de larmes. Comme si on avait ouvert les vannes. Je pleurai au départ de mes parents. Je pleurai en remplissant le questionnaire remis aux patients hospitalisés lorsque j'arrivai à la question : « Avez-vous déjà eu des idées suicidaires ? » Je pleurai quand on me montra ma chambre après la visite de l'établissement et du parc. Je pleurai le premier soir avant de m'endormir, ce qui me prit plusieurs heures, car je n'avais plus mes somnifères. Je pleurai le lendemain matin, parce que c'était le premier et que je me rendais compte que ma vie avait déraillé.

Je me faisais *soigner*.

Et je n'aurais pas dû être de ce côté-ci de la barrière. J'étais censée devenir médecin. Rectification. J'étais censée devenir *enseignante*. Mais j'étais aussi censée être une fille, une sœur, une amie et peut-être... même une petite amie, et maintenant je n'étais plus rien de tout ça.

Une infirmière me servit le petit déjeuner dans ma chambre après avoir pris ma tension et ma température. Les couverts étaient en plastique. L'assiette également. Ils s'attendaient à quoi ? J'avalai une partie des œufs et du bacon, sans en sentir le goût.

Une demi-heure plus tard, Dave vint me chercher.

— Venez avec moi.

Je n'avais pas vraiment le choix. Je m'extirpai donc de mon lit et le suivis dans le large couloir. Nous passâmes devant d'autres portes qui devaient donner sur des chambres comme la mienne. Une fille plus jeune que moi sourit à Dave, mais détourna les yeux quand son regard croisa le mien. Elle disparut ensuite dans l'une des chambres. Elle était d'une maigreur maladive.

— Comment allez-vous ce matin ? me demanda Dave.

Je croisai les bras sur ma poitrine et haussai les épaules.

— Ça va. Je crois.

— Ça va ? C'est votre premier jour de thérapie. Vous resterez ici pendant au moins *un mois*, dit-il en me dévisageant d'un air incrédule. Et vous me dites que ça va ?

Je frissonnai. C'était vrai que dit comme ça...

— J'ai un peu peur.

— C'est tout à fait compréhensible. Vous avez sans doute l'impression que votre vie a déraillé. Vous vous trouvez dans un endroit où vous n'aviez jamais prévu d'aller.

Il s'arrêta devant une porte peinte de couleur sombre. Il pouvait lire dans les pensées, ou quoi ?

— La plupart de nos patients, sinon tous, passent par cette première phase. Venez.

Dave me fit entrer dans un petit bureau meublé d'une bibliothèque débordante de livres. Tout en prenant place sur une chaise, j'en parcourus les titres. Ce ne semblait pas être des ouvrages médicaux. À y regarder de plus près, il y avait beaucoup de romans d'amour. *Étrange…*

— Vous avez remarqué mes livres, dit-il en se laissant tomber dans le fauteuil en face de moi avec un haussement d'épaules nonchalant. J'aime les histoires qui finissent bien.

D'accord.

— Vous pouvez emprunter tous ceux que vous voudrez, ajouta-t-il.

Sans télévision ni Internet, je le prendrais au mot sans tarder.

— Bien. Je vais vous expliquer un peu qui je suis et ce que nous faisons ici.

Il se pencha en avant et prit une balle de base-ball sur son bureau.

— Je suis un psychologue clinicien spécialisé dans le traitement des addictions. Ça fait chic, hein ? La clinique du Ruisseau s'occupe d'un large éventail de pathologies. Il faut de tout pour faire un monde, n'est-ce pas ?

Il lança la balle à la verticale et la rattrapa.

OK. Bizarre, le mec. Mignon. Mais bizarre.

— Certains de nos patients sont dépendants aux drogues et à l'alcool. D'autres souffrent de troubles alimentaires ou de dépression. Nous avons parfois des patients atteints de phobies extrêmes ou d'addictions diverses. Qu'est-ce que cela signifie pour vous ?

Il lança de nouveau sa balle en l'air et la rattrapa.

— Certains sont uniquement dépendants aux drogues. Ou à l'alcool. Dans ces cas-là, nous traitons l'addiction. Dans d'autres cas, nous traitons le problème sous-jacent qui les conduit à ces addictions. Si nous ne le faisions pas, nous ne traiterions que les symptômes, mais pas la cause.

Il lança encore une fois sa balle, puis la reposa sur le côté et plaça devant lui une feuille de papier.

— D'après les réponses que vous avez fournies à notre questionnaire général, vous indiquez que vous ne buvez pas tout le temps. Est-ce la vérité ?

Mes doigts s'enfoncèrent dans la peau de mes bras.

— Oui.

— Êtes-vous en train de mentir, Andrea ?

Je clignai les yeux.

— Non.

— Mais vous avez pris le volant en état d'ivresse. La plupart des buveurs occasionnels ne conduisent pas quand ils ont bu.

— Je... Je bois...

— Ne répondez pas tout de suite à cette question, me coupa-t-il, et je fronçai les sourcils. Répondez d'abord à ceci. Était-ce la première fois que vous preniez le volant sous l'empire de l'alcool ou l'aviez-vous déjà fait auparavant, sans avoir bu autant ?

Je secouai légèrement la tête.

— Je n'ai jamais conduit...

Je m'interrompis pour m'humecter les lèvres tandis que mon regard glissait vers la fenêtre derrière lui.

— Ça m'est peut-être déjà arrivé de conduire après une bière ou deux, mais j'attends normalement au moins une heure.

— Normalement ? Qu'est-ce qui était différent cette fois-ci ?

Mes muscles se crispèrent et je me sentis rougir.

— Il y avait un type dans ce bar, que je n'ai pas reconnu tout de suite, mais qui me connaissait. Je crois que nous avions eu des relations sexuelles, et je voulais m'en aller.

— Cela vous arrive-t-il toujours d'avoir des relations sexuelles quand vous buvez ? demanda-t-il.

Je haussai de nouveau les épaules, le visage toujours en feu.

— Andrea, il est nécessaire que vous répondiez à mes questions. Et que vous me disiez la vérité. Sinon, nous perdons notre temps.

Il me regarda dans les yeux.

— Vous devez vous montrer honnête. Même si c'est douloureux, ou embarrassant. C'est le seul moyen pour que je puisse vous aider. D'une certaine façon, je vais vous mettre à nu, parce qu'il n'y a que comme cela que je pourrais vraiment vous aider.

Eh bien... On allait s'amuser.

— Voulez-vous changer votre vie ?

Je repensai soudain à ces instants juste avant de quitter le bar, où je m'étais rendu compte que ce n'était pas d'un changement extérieur que j'avais besoin, mais d'un changement radical à l'intérieur de moi. J'avais compris cela avant de monter dans ma voiture.

Je relevai les yeux ; j'avais du mal à soutenir son regard.

— Oui. Je veux changer ma vie.

Dave me sourit.

Mais je ne me sentais pas d'humeur souriante.

— J'ai régulièrement des rapports sexuels quand je bois. Parfois, je...

J'avais littéralement les joues en feu.

— Je ne me souviens pas de tout. Je ne me souviens même pas de ce que j'ai fait ou pas.

Maintenant que j'étais lancée, les mots sortaient tout seuls.

— Je ne sais même pas si je le faisais avec eux parce que j'en avais envie ou parce que je pensais que c'était ce qu'ils attendaient de moi. Ou parce que j'avais bu. Cela m'est arrivé très souvent.

— Peu importe que ce soit arrivé deux fois ou deux mille fois, Andrea, dit-il en écartant les bras. On ne vous juge pas, ici.

— C'est...

Il attendit que je continue.

— Quoi ?

Ce n'était pas facile à dire.

— Vous ne me jugez pas ? Ce serait bien... la première fois.

— Il va falloir vous y faire, répondit-il avec un sourire. Est-ce que ce sont les seuls moments où vous avez des relations sexuelles ?

Mon Dieu, cette conversation devenait gênante. Je n'avais pas l'habitude de parler de tout ça, mais je voulais... c'était plus important de changer ma vie, et au diable la gêne.

— Non. Pas toujours, murmurai-je, les yeux rivés sur l'autocollant des Orioles, l'équipe de base-ball de Baltimore, sur le devant de son bureau. Il y a eu un garçon. Il n'aimait pas que je boive comme... autant, et je crois... qu'il m'appréciait vraiment.

Au cours des deux semaines suivantes, Dave devint un vrai magicien pour obtenir de moi que je formule mes pensées et mes peurs et toutes ces conneries qui semblaient se déverser de ma bouche. Je parlai beaucoup et il m'écouta.

Parfois, nous nous promenions dans le parc. D'autres fois, nous restions dans son bureau. Ou il m'emmenait dans le pavillon des arts et je m'asseyais devant une toile blanche. Je ne sais pas trop ce que c'était censé symboliser, mais Dave... Bah, il avait des méthodes étranges mais qui donnaient des résultats.

Je n'étais pas en état de manque d'alcool, ce qui ne parut pas surprendre Dave ni le personnel de la clinique, mais j'avais bel et bien un problème. J'étais une adepte de ce qu'on appelle la « biture expresse », qui était certainement l'une des formes les plus perverses de la consommation excessive d'alcool. Alors que certains... alcooliques boivent quotidiennement, plus ou moins en fonction des circonstances, moi, je buvais jusqu'à être tellement saoule que je ne savais plus qui j'étais. Au point que la quantité d'alcool dans mon sang pouvait être mortelle. Au point de ne plus penser, et ce systématiquement. Je n'avais pas de signal de satiété, qui indique aux gens qu'il faut s'arrêter.

Je ne pouvais pas m'arrêter.

Et ce n'était pas tout.

Je souffrais également d'autres pathologies. Je l'appris deux jours après avoir dit à Dave que j'avais l'habitude de changer mes meubles de place et de repeindre les murs pendant mes périodes d'inactivité. Ce n'était bien sûr pas le seul truc qui l'avait conduit à son diagnostic. Il y avait aussi toutes les conneries que je faisais depuis des années.

Je souffrais de dépression et d'anxiété.

En toute honnêteté, cela ne me surprit pas vraiment. Je crois que je l'avais toujours su au fond de moi. Et le plus beau, c'est qu'on ne saurait pas tout de suite le rôle qu'avait tenu l'alcool dans cette pathologie.

Et il y avait aussi l'activité physique. Bien que je sois encore un peu faible et que je souffre toujours des suites de mon opération, ils tenaient à ce que les patients aient un corps sain. Heureusement pour moi, je n'avais pas besoin de physiothérapie.

Après la troisième semaine, j'eus le droit d'avoir des visites à raison d'une heure deux fois par semaine. Mes parents vinrent d'abord avec mon frère et ce ne fut pas facile. Syd leur succéda, et ce fut encore plus dur.

Elle m'avait dit que Tanner voulait venir aussi. Je n'étais pas sûre d'être prête, mais je ne pouvais pas l'éviter indéfiniment. Il n'avait rien fait de mal. Il s'était même plutôt très bien conduit, aussi acceptai-je de le voir.

Tanner débarqua un jeudi après-midi, la cinquième semaine. Sans maquillage, je me sentais nue alors que je l'attendais dans l'un des salons de visite. Ce truc de ne pas porter de maquillage pouvait sembler idiot, mais c'était pour ne plus nous cacher. Pas même derrière une couche de fond de teint. Pas de faux-semblants.

La pièce n'était pas trop mal. Il y avait un canapé et deux fauteuils, une table dans le fond, et les murs étaient peints d'un joli bleu turquoise, mais je supposais qu'il y avait des caméras. C'était logique. Ceux qui bossaient ici ne pouvaient pas risquer que des visiteurs introduisent des drogues ou autre chose dans l'établissement.

J'attendais depuis cinq minutes quand la porte s'ouvrit. Je levai les yeux et mon ventre se noua quand je l'aperçus. Bon sang, j'avais l'impression de ne pas l'avoir vu depuis une éternité.

Tanner pénétra dans la pièce, puis s'arrêta. La porte se referma derrière lui et il demeura immobile, à me regarder. Ses cheveux châtains avaient été fraîchement coupés, très court sur les côtés, et il s'était rasé. Ses yeux bleu électrique brillaient derrière une frange de cils noirs. Son beau visage était pâle. Pendant un long moment, nous ne fîmes pas un geste ni l'un ni l'autre, puis je finis par me lever, les genoux tremblants.

Il s'avança alors vers moi à grands pas élastiques et me prit dans ses bras. Je laissai échapper un petit soupir de contentement et je fermai les yeux quand il me serra contre lui. Je me laissai imprégner de la chaleur de son corps, respirant l'odeur fraîche et propre de son eau de toilette.

— J'avais peur de ne plus jamais pouvoir faire ça, dit-il d'une voix éraillée en posant son menton sur le haut de mon crâne. La dernière fois que je t'ai vue…

Il recula, ses mains descendant le long de mes bras. En dépit de la situation, un frisson me parcourut l'échine.

— Je t'ai fait mal ? Je n'ai pas réfléchi…

— Non. Je vais bien. Je n'ai plus mal nulle part.

Mon regard remonta jusqu'au sien, puis je baissai les yeux. Je ne savais pas quoi dire.

Lui non plus, apparemment, mais au bout de quelques secondes, il me prit par la main pour me guider vers le canapé, où nous nous assîmes l'un à côté de l'autre. Je pensais qu'il me lâcherait la main, mais il la garda dans la sienne.

— Tu es mille fois plus en forme que la dernière fois.

— J'imagine, répondis-je avec un rire sans joie, les yeux fixés sur nos mains jointes. J'aurais préféré que tu ne me voies pas comme ça.

— J'aurais préféré que ça n'arrive pas.

— Moi aussi.

Il resta silencieux pendant quelques secondes.

— Je ne sais pas par où commencer. Nous avons une petite heure et je ne veux pas gâcher une seule seconde, mais j'ai seulement envie de m'asseoir à côté de toi et de te regarder.

Mon Dieu, pourquoi fallait-il toujours qu'il dise ce que j'avais envie d'entendre ?

— D'abord, je suis heureux que tu aies accepté de me voir. Je savais que tu allais mieux, mais je... j'avais besoin de le constater de mes propres yeux.

— Je sais... que tu as entendu l'appel de police secours et que tu es tout de suite venu à l'hôpital. Je suis désolée de t'avoir imposé tout ça. Mais je n'étais pas prête à... à te voir.

— Tu n'as pas besoin de t'excuser.

Il me serra la main.

— Comment ça se passe ici ?

Je haussai une épaule, puis me rendis compte aussitôt de ce que j'étais en train de faire. Je n'étais pas honnête. Je me cachais, et merde, Tanner ne méritait pas ça.

Respirant un grand coup, je lui retirai ma main. Je ne pouvais pas être sincère avec lui et le toucher en même temps. Je ne sais pas pourquoi, mais c'était ainsi.

— Je parle beaucoup.

— De quoi ?

Je souris faiblement.

— De tout.

— Est-ce que tu... veux me raconter ?

Ce n'était pas facile de parler de tout ça, surtout à quelqu'un comme Tanner qui ne connaissait qu'une seule facette de ma personnalité, mais c'était justement ce à quoi on travaillait avec Dave. À mettre des mots sur ce que j'éprouvais au lieu de tout refouler... et de me tourner vers la bouteille.

Alors, je lui déballai tout.

Je lui racontai ma fuite en avant, mes inquiétudes et les moments de solitude. Je lui confiai mes craintes de décevoir mes parents et de ce qu'allait devenir ma vie. Je lui racontai même la première fois que je m'étais réfugiée dans l'alcool, le sentiment d'insouciance et de liberté que j'avais éprouvé, et la descente qui s'ensuivait fatalement parce que cette impression ne durait jamais longtemps.

Quand j'eus fini, je me sentais vidée. Comme si j'avais mué, mais ce n'était pas la première fois que je verbalisais toutes ces choses que je venais de dire à Tanner. C'était tout ce que Dave était parvenu à extraire de moi, entretien après entretien.

Je poussai un gros soupir.

— Voilà... tu sais tout.

— Oui, dit-il tout doucement, et quand je le regardai entre mes cils, je vis qu'il contemplait fixement le mur. Je sais tout. Je...

J'avais le visage en feu.

— Tu dois regretter de me l'avoir demandé.

— Non. Pas du tout, se dépêcha-t-il de répondre. C'est juste que j'ignorais tout ça. Je veux dire, je te connaissais... je me doutais bien qu'il y avait quelque chose, mais tu te fais aider.

Je changeai de position.

— Quelquefois, je me demande si j'aurais pu changer toute seule. Si je n'étais pas montée dans cette voiture et que je n'avais pas eu cet accident, j'en serais peut-être toujours au même point, avouai-je.

Tanner hocha lentement la tête.

— Tu ne le sauras jamais, mais tu sais quoi ? Ça n'a pas d'importance. Tu es en train de faire le nécessaire pour reprendre ta vie en main, et c'est tout ce qui compte.

Je lui lançai un regard en biais.

— Vraiment ? C'est tout ce qui compte ?

Il fronça les sourcils.

— Oui.

— Je ne sais pas. Je crois que ça va plus loin que ça, Tanner. J'ai pris le volant après avoir bu et j'aurais pu tuer quelqu'un. Ce n'est pas rien.

— C'est vrai.

Il pivota pour me faire face.

— Mais ça n'est pas arrivé. Tu n'as fait de mal qu'à toi-même. Et tu te fais soigner. Tu as pris ton problème à bras-le-corps, et c'est énorme. Syd m'a dit que tu n'avais pas protesté quand ton père t'a annoncé que tu irais te faire soigner. Il faut un grand courage pour affronter ça.

Du courage ? Je n'en étais pas si sûre.

Ses yeux sondèrent les miens.

— Au cas où tu te poserais la question, mon opinion de toi n'a pas changé, et j'attends toujours que tu viennes à moi.

Ma mâchoire faillit heurter le sol.

— Quoi ?

Il eut un petit sourire.

— Andrea, je tiens vraiment beaucoup à toi. Ce que je ressens…

Il posa une main sur sa poitrine, juste au-dessus du cœur.

— Je…

— Ils ont trouvé que j'étais dépressive. Ils pensent que c'est un déséquilibre chimique dans mon cerveau parce qu'il n'y a pas eu d'événement dans ma vie qui aurait pu causer ça, mais ce n'est pas aussi facile à diagnostiquer qu'on le croit. Je souffre aussi d'anxiété, ce qui pourrait être dû à la dépression ou à mon alcoolisme. Ou alors ça n'a rien à voir et c'est encore une autre histoire. Il faudra peut-être plusieurs mois avant qu'ils puissent poser un diagnostic définitif, mais j'ai essayé de me soigner toute seule, l'interrompis-je précipitamment, comme pour m'en débarrasser. Avec l'alcool et tout le reste.

Tanner cligna les yeux.

— D'accord.

Un nœud se forma dans ma gorge.

— Je crois que je l'ai toujours su. Du moins, je savais que quelque chose n'allait pas dans ma tête... que parfois mes pensées n'étaient pas rationnelles. Je m'imaginais toujours le pire scénario, je ne me trouvais jamais assez bien, je pensais que je ne valais rien... Ces moments de solitude, mon Dieu, ils sont terribles. Voilà ce que je suis, alors je t'en prie... ne dis rien que tu pourrais regretter.

Il ne dit rien du tout pendant quelques instants, puis reprit la parole :

— Premièrement, je veux que tu saches que tu es une fille très bien et que tu as de la valeur. D'accord ? Oui, tu as fait un mauvais choix en prenant le volant ce jour-là, mais cela ne te définit pas une fois pour toutes. Tu sais pourquoi ?

J'écarquillai les yeux.

— Parce que tu en as tiré une leçon. Que tu continues d'en tirer. Et tu fais ce qu'il faut pour ne plus jamais recommencer. Deuxièmement : tu es dépressive. Et alors ? Comme combien de millions de gens ? Je n'essaie pas de minimiser. Je sais que c'est une vraie maladie, mais pourquoi cela changerait-il l'opinion que j'ai de toi ? Ce n'est pas la dépression qu'il faut incriminer dans cette histoire. C'est la façon que tu avais de la gérer. La dépression n'est pas le méchant de l'histoire, et toi non plus, parce que tu es capable de voir tes erreurs.

Les larmes me montèrent aux yeux.

— Et troisièmement, continua-t-il, je t'aime, Andrea.

J'en restai bouche bée.

— Répète ça ?

Un rire bref lui échappa.

— Je t'aime. D'accord ? Je ne sais pas exactement quand je m'en suis rendu compte ni depuis quand c'est le cas, mais je suis sûr de mes sentiments. Tu peux me croire. Quand j'ai cru que tu allais mourir, l'horreur et la panique m'ont presque rendu fou. Oui, je suis sûr de ce que j'éprouve pour toi.

J'étais incapable de faire autre chose que le regarder.

— Je n'attends pas de toi que tu prononces les mêmes mots.

Il me prit doucement le visage pour le lever vers lui.

— Je ne veux pas que tu me dises maintenant que tu m'aimes aussi, parce que je veux que tu sois certaine de tes sentiments quand tu prononceras ces mots. Je ne veux lire que du bonheur dans tes yeux quand je les entendrai. Je peux patienter. Et j'attendrai.

En cet instant, alors que je plongeais mon regard au fond du sien, je sus que je l'aimais toujours, mais je ne pouvais pas me débarrasser de l'idée que j'étais loin, très loin, de le mériter.

Je ne méritais pas les fins heureuses que Dave affectionnait tant.

Chapitre 24

Andrea

— Vous croyez vraiment que ça existe, les histoires qui finissent bien ? demandai-je.

Dave haussa un sourcil surpris tout en s'installant derrière son bureau.

— Bien sûr. Si elles n'existaient pas, à quoi bon tout ça ?

Cela faisait maintenant deux semaines que Tanner était venu me rendre visite, deux semaines depuis qu'il m'avait dit qu'il m'aimait et qu'il ne voulait lire que du bonheur dans mes yeux quand je prononcerais ces mots. Deux semaines pendant lesquelles je m'étais battue pour accepter de mériter une histoire qui finisse bien.

— Drôle de question, me fit-il remarquer. Puis-je demander pourquoi vous la posez ?

Je n'avais pas du tout envie de parler de Tanner à un type séduisant, enfin à sa manière. Pourquoi mon psy devait-il être un homme ?

— Tanner a dit...

— Oh, Tanner, l'homme idéal ?

Il sourit quand je lui lançai un regard noir.

— Continuez.

— Il a dit qu'il m'aimait.

Dave prit sa balle de base-ball. Il entretenait apparemment une relation très spéciale avec ce foutu truc.

— Est-ce que c'est une mauvaise chose ? D'après ce que vous m'avez dit, c'est un type bien.

Il lança la balle et la rattrapa.

— Ou ce n'est pas réciproque ?

Mon cœur bondit dans ma poitrine, ce qui voulait tout dire.

— Je... Je l'aime aussi.

— Il embrasse mal ?

Je levai les yeux au ciel.

Il gloussa, puis redevint sérieux tout en serrant la balle dans sa main.

— Vous pensez que vous ne méritez pas ça – une histoire qui finit bien ?

Je repliai mes jambes, serrant mes genoux entre mes bras. Quelques secondes s'écoulèrent pendant lesquelles Dave ne dit rien et je savais par expérience qu'il attendrait le temps qu'il faudrait pour que mes lèvres se dessoudent.

— Je ne sais pas, répondis-je en haussant une épaule. Disons que je suis une ratée et que j'ai sacrément merdé. J'aurais pu tuer quelqu'un et il... il mérite mieux de moi, vous voyez ?

— Ce n'est pas parce que vous êtes déprimée que vous êtes une ratée, Andrea.

Je fronçai les sourcils.

— Ce n'est pas ce que je voulais dire.

Ou si ? J'avais encore du mal à m'habituer à l'idée que je pouvais faire quelque chose de ma vie.

— Nous ne sommes manifestement pas encore allés au fond des choses. Il me reste beaucoup de boulot, dit-il, reposant sa balle sur la table, où elle roula jusqu'à un gros classeur qui l'arrêta. Tant mieux. Je ne risque pas de finir au chômage technique.

— Ha ha.

Je ne pus m'empêcher de sourire un peu.

— Sérieusement. Je veux juste... être normale.

— Vous l'êtes, répondit-il. La dépression ne fait pas de vous quelqu'un d'anormal. Pas plus que l'anxiété. C'est votre façon de gérer ces pathologies, le regard que vous portez sur elles qui peuvent faire de vous quelqu'un d'anormal.

Je me mordillai la lèvre, réfléchissant à ce qu'il venait de dire.

— Laissez-moi vous poser une question. Quand vous répondez aux appels de SOS Suicide, pensez-vous que les gens à qui vous parlez sont des ratés ?

— Mon Dieu.

Je fis la grimace.

— Bien sûr que non.

— Pensez-vous qu'ils sont anormaux ?

— Non. Je pense que... qu'ils ont seulement besoin...

Ils ont seulement besoin d'aide. Je fermai les yeux, libérant lentement mon souffle. Plusieurs secondes s'écoulèrent avant que je ne rouvre les paupières.

— Je pense que c'est pour ça que je me suis engagée. D'une certaine façon, je me sentais comme eux. Une façon de gérer...

— Et c'est une bonne façon tant que vous ne ramenez pas ces problèmes à la maison.

Ce que je ne faisais pas. Je n'en avais pas conscience, en tout cas. Nous avions déjà discuté de cet engagement bénévole. Dave pensait que je ferais mieux de laisser tomber tant que ma propre situation ne serait pas réglée.

— Je vais vous poser une autre question, dit Dave en penchant la tête sur le côté. Pensez-vous que je suis une ordure ?

Drôle de question. Je parcourus la pièce du regard.

— Euh... non ?

Il se recula contre le dossier de son fauteuil, croisant une cheville sur son genou tout en me regardant.

— Lorsque j'avais votre âge, peut-être deux ans de plus, je vous ressemblais beaucoup. Je ne buvais pas tant que ça.

Il sourit.

— C'est du moins ce que je croyais. Je buvais juste pour me détendre le week-end, quand je sortais avec des amis ou quand j'avais eu une journée stressante.

Oui, cela me semblait familier.

— Un soir, j'étais au bar avec quelques amis et il se faisait tard. J'avais pris quelques verres, mais je ne pensais pas avoir trop bu et personne ne m'a arrêté. Personne ne m'a dit : « Boire ou conduire, il faut choisir. » J'ai repris ma voiture pour rentrer chez moi. Je ne suis jamais arrivé. J'ai eu un accident, mais notre ressemblance s'arrête ici.

J'étais incapable de détourner les yeux.

— J'ai complètement bousillé ma voiture, mais je m'en suis sorti sans une égratignure. Évidemment, j'avais bien quelques bleus, mais je suis sorti indemne de cet accident.

Le sourire s'effaça de son visage.

— Mais je n'ai pas percuté la barrière protectrice, Andrea. J'ai percuté une autre voiture.

À cet instant, j'aurais voulu regarder ailleurs, mais cela m'était impossible.

— Il s'appelait Glenn Dixon. Il avait trente-six ans et il rentrait du boulot. Il travaillait de nuit dans les entrepôts de la ville, poursuivit-il tout doucement. Il était marié et il avait deux enfants. Quatre et sept ans.

Il s'interrompit le temps de prendre une profonde inspiration.

— Je ne me suis pas rendu compte que j'avais mordu la ligne avant qu'il soit trop tard. J'ai essayé de corriger ma trajectoire, mais je l'ai percuté de plein fouet. Il est mort sur le coup.

Je pus enfin fermer les yeux.

— Oh, mon Dieu…

— Cet homme a perdu la vie à cause de ce que j'ai fait. Une décision. Un choix. J'ai pris le volant. Et malgré une peine de prison et le fait de consacrer ma vie à empêcher d'autres personnes de faire le même choix, je ne pourrai jamais payer pour ce que j'ai fait.

Je fus envahie d'un sentiment d'horreur – pour la famille de cet homme, et également pour Dave, parce que je ne m'imaginais pas pouvoir vivre avec un tel poids. Mais aussi parce que j'étais passée si près de devenir comme lui.

— Alors, laissez-moi vous reposer ma question, reprit-il. Est-ce que je suis une ordure ?

Je n'ai jamais répondu à la question de Dave. J'avais bien essayé, mais sans pouvoir trouver les mots, et je ne compris que plus tard qu'il n'y avait pas de bonne ou de mauvaise réponse à cette question.

Au début, je ne l'avais plus regardé de la même façon. Je m'en voulais, mais c'était plus fort que moi. Il avait tué quelqu'un. C'était un accident, cela s'était passé une douzaine d'années plus tôt, mais à cause d'une décision qu'il avait prise, quelqu'un avait perdu la vie.

Et son histoire, ce qu'il m'avait confié, avait fait mouche. J'aurais pu devenir comme lui, mais j'y avais échappé. Non pas parce que j'avais agi différemment. La chance avait été de mon côté ce soir-là. J'avais seulement eu de la chance.

Est-ce que je pensais que Dave était une ordure ? Je ne voulais pas lui jeter la pierre, et n'en serais certainement jamais capable, mais quelque chose dans son histoire avait non seulement fait mouche en moi, mais m'avait profondément secouée.

Je n'étais pas Dave. Chance ou pas, je n'étais pas comme lui. Essentiellement, j'étais capable d'oublier tout ça et d'aller de l'avant sans culpabilité. Je pouvais encore vivre une histoire qui finit bien, mais j'allais devoir faire un effort.

Je restai donc à la clinique plus longtemps que prévu. Pas parce que je voulais me cacher, mais parce que je savais, tout au fond de moi, que j'avais encore besoin d'aide. J'avais besoin d'apprendre à reconnaître quand j'étais déprimée et ce que signifiaient ces moments de profonde solitude. J'avais besoin d'apprendre à développer de meilleures stratégies pour gérer ces moments, ce que Dave et les autres ici m'aidaient à faire. Quand je commençais à me sentir agitée, j'appris à prendre un livre, à regarder un film ou à me balader, à appeler un ami ou à aller voir ma famille. J'appris que j'avais besoin d'extérioriser. Je disposais d'un éventail de solutions à portée de main. Je devais seulement m'autoriser à m'en servir.

Vint finalement le moment de partir.

Ma valise était prête et mes parents viendraient bientôt me chercher. J'avais brièvement envisagé de revenir habiter chez eux, mais en cet instant précis, je me sentais capable de vivre seule.

Nous avions décidé que je consulterais un thérapeute une fois par semaine et Dave m'avait inscrite aux réunions locales des Alcooliques Anonymes. Même si mon addiction à l'alcool n'était pas si profonde, cela restait une addiction. Mon thérapeute déciderait si j'avais besoin de médicaments pour mon équilibre ou si je pouvais continuer sans.

Après avoir quitté ma petite chambre, que je voyais pour la dernière fois, je cherchai Dave. Il était dans son bureau, sa fichue balle de base-ball à la main. Je ne prononçai pas un mot, mais posai ma valise et me dirigeai vers lui. Je le pris dans mes bras et le serrai très fort quelques instants, puis je reculai avec un soupir.

— Merci. Pour tout.

Un petit sourire décalé étira ses lèvres.

— Tout ira bien.

— Oui, répondis-je sans hésitation. Et même si ce n'est pas le cas, tout ira bien quand même.

— Bien.

Un hochement de tête et je repris ma valise.

— Au revoir, Dave.

— Soyez fière de vous, me lança-t-il quand je quittai la pièce. Souvenez-vous, Andrea, c'est vous que vous devez rendre fière.

Cette phrase me trotta dans la tête tandis que j'avançais dans le large couloir menant à la réception. « Soyez fière de vous. » C'était le plus important si je voulais redevenir une fille, une sœur, une amie et peut-être même une petite amie un jour. Je pouvais devenir enseignante ou autre chose. L'avenir m'appartenait.

Telle était ma nouvelle vie – ma nouvelle vie normale – et je serais forte. J'allais me servir de ce courage que d'autres avaient vu en moi bien avant que je ne le découvre moi-même.

Tanner

Les muscles de mes jambes me brûlaient et mon cœur battait comme un fou tandis que mes baskets frappaient le tapis de course. La fichue machine tremblait, mais je ne ralentis pas. Il était tôt, beaucoup trop tôt pour être déjà en train de courir, mais une fois que j'étais réveillé, je ne pouvais plus me rendormir.

Quarante-deux jours.

Quarante-deux jours s'étaient écoulés depuis la dernière fois que j'avais vu Andrea à la clinique. Et ces quarante-deux jours me semblaient une éternité.

Je savais qu'elle était sortie. Depuis plus d'une semaine, d'après ce que m'avait dit Sydney, et je n'avais pas eu de ses nouvelles. Cela me faisait mal, mais je m'en tiendrais à ce que je lui avais dit ce jour-là. J'attendrais aussi longtemps qu'il le faudrait qu'elle soit prête à venir vers moi.

Je n'étais pas sa priorité pour l'instant, et c'était bien normal. Je le comprenais et j'y adhérais à cent pour cent. Il fallait d'abord qu'elle s'occupe d'elle, et si je devais attendre quarante-deux jours de plus, je patienterais.

Mais elle me manquait. Merde. Elle me manquait beaucoup.

Je me languissais de son sens de la repartie et de sa générosité. De son rire de gorge et de la couleur de ses yeux bruns qui me rappelait celle d'un vieux whisky. Des petits râles qu'elle poussait et de sa façon de prononcer mon nom.

Je me languissais d'elle, tout simplement.

Et j'avais été sincère. Le regard que je portais sur elle n'avait pas changé. Oui, j'avais eu envie de lui hurler dessus quand j'avais appris qu'elle avait pris le volant après avoir bu – elle aurait pu tuer quelqu'un ou elle-même. Cela m'avait mis en colère, mais sa volonté d'entrer tout de suite en cure et d'assumer la responsabilité de ses actes avait rapidement adouci ces sentiments.

J'étais tout simplement heureux qu'elle ait finalement trouvé une réponse aux problèmes qui l'avaient menée à l'alcool – que nous ayons tous trouvé une réponse. La compréhension de ses problèmes était la chose la plus importante, la seule façon d'aller mieux. Sa dépression ne changeait pas mon regard sur elle. Honnêtement, tous ceux qui pensaient ça pouvaient aller se faire voir.

J'avais surtout envie d'être présent pour elle – de l'aider du mieux que je pouvais et de m'occuper d'elle. Mais ce n'était pas ce qu'il lui fallait. Andrea n'avait pas besoin de moi pour la sauver.

Elle devait se sauver elle-même, et elle y parviendrait.

Un « bip » interrompit la musique tonitruante qui résonnait dans mes oreilles.

Je ralentis l'allure pour sortir mon téléphone de ma poche et en touchai l'écran, révélant un texto.

Je me redressai et manquai tomber de cette fichue machine. J'arrêtai le tapis et contemplai le texte qui s'affichait, insensible aux douleurs dans mes mollets et dans mes poumons tandis que mes lèvres s'étiraient et que je souriais aux anges.

Chapitre 25

Andrea

Un vent léger soufflait sur le campus, soulevant les cheveux qui encadraient mon visage. Une heure s'était écoulée depuis que Syd m'avait déposée et que j'avais envoyé un texto à Tanner. Mon téléphone se trouvait dans mon sac à côté de moi, et je m'étais abstenue de le consulter compulsivement. Je ne savais pas s'il viendrait. Pas mal de temps s'était écoulé depuis qu'il m'avait rendu visite à la clinique, et que j'étais sortie. Il était peut-être passé à autre chose. Je ne m'attendais pas réellement à ce qu'il soit encore là pour moi. La vie des gens pouvait changer à tout moment. Il en allait ainsi. Il avait dit qu'il m'aimait, mais l'amour avait beau être un sentiment puissant… il n'était pas immuable.

Ce serait vraiment nul si la situation avait changé. Je devais bien admettre que je m'étais souvent raccrochée à cette idée d'un avenir commun à la clinique, à la promesse d'une vie meilleure, et ce rêve m'avait aidée dans les moments les plus difficiles, mais s'il n'y avait finalement pas de nous, je m'en tirerais quand même. Je serais malheureuse. Je pleurerais. J'aurais envie d'un verre, mais je résisterais.

Et aujourd'hui, j'étais prête à affronter l'avenir avec ou sans lui.

Portant la main à mon poignet, je jouai avec mon dernier accessoire. Un bracelet MédicAlerte ultra chic pour signaler à mon entourage que j'avais subi une ablation de la rate. Ça ne voulait pas dire que je pouvais m'effondrer à tout moment parce que je n'avais plus de rate, mais j'étais plus sensible aux maladies infectieuses. Heureusement, je n'avais pas besoin de prendre des antibiotiques tous les jours, mais l'une des premières choses que j'avais dû faire en sortant de la clinique avait été de me faire vacciner contre toutes sortes de maladies.

Ce n'était qu'un autre des changements de ma vie.

Durant ma désintoxication, on ne m'avait pas donné de médicaments pour le déséquilibre chimique de mon cerveau. À cause de ma tendance aux addictions, ils avaient préféré tenter une approche plus... globale, essentiellement fondée sur la parole, le développement de stratégies d'adaptation, ce genre de choses. Mais au bout de quelques semaines, il s'était avéré que c'était insuffisant. J'étais donc allée chercher une ordonnance à ma sortie. Ça me faisait tout drôle de penser que je devrais peut-être prendre ces médicaments à vie, mais cela valait mille fois mieux que de vivre sans.

Je regardais un oiseau sautiller dans l'herbe en agitant ses ailes. Il s'arrêta et jeta un regard dans ma direction avant de s'envoler jusqu'à un arbre voisin, dont le feuillage frémit. J'avais vu les arbres changer de couleur au cours de mon séjour à la clinique. Ils avaient revêtu leurs teintes automnales, et les dernières feuilles qui restaient sur les branches tombaient paresseusement dans l'herbe, emportées par le vent. Une ombre s'interposa soudain entre le soleil et moi.

Je retins mon souffle et levai les yeux.

Tanner se tenait là, à l'autre bout du banc, les mains enfoncées dans les poches de son jean brut. Il portait une casquette de base-ball bleu marine rabattue sur les yeux. Pendant quelques instants, nous ne fîmes pas un geste et ne prononçâmes pas un mot ni l'un ni l'autre, puis un coin de ses lèvres se releva.

— Salut, dit-il.

Mon cœur battait la chamade tandis que l'espoir m'embrasait la poitrine.

— Tu es venu.

— Évidemment.

Il s'assit à côté de moi sur le banc, si près que sa cuisse touchait la mienne. Ses yeux étaient braqués sur mon visage. Il me regarda si longtemps que je sentis mes joues s'enflammer.

— Quoi ? chuchotai-je. Pourquoi tu me regardes comme ça ?

Son sourire s'élargit.

— Tu as l'air différente. Je ne sais pas pourquoi. Peut-être parce que ça fait quarante-deux jours que je ne t'ai pas vue.

Je haussai les sourcils.

— Tu as compté les jours ?

— Bien sûr que j'ai compté les jours.

Il pivota vers moi, glissant un bras derrière le dossier du banc.

— Tu m'as manqué, Andy. Tu as l'air en pleine forme. Tu es très belle.

— Toi aussi, tu m'as manqué, lui avouai-je.

Ses épaules se décrispèrent comme si un poids s'envolait.

— Alors... Tu as parlé à ton conseiller pédagogique ?

Je battis des paupières, surprise.

— Comment tu sais ça ?

Tanner sourit.

— Je ne veux pas te faire flipper, mais je me suis renseigné sur ce que tu faisais.

Quand je haussai un sourcil étonné, il prit un air penaud.

— J'ai demandé à Sydney. Je sais bien que j'aurais pu prendre des nouvelles directement, mais je ne voulais pas… non, je savais que tu avais besoin de temps.

Syd ne m'avait rien dit. Je comprenais en partie pourquoi, mais j'avais aussi envie de l'étrangler.

— J'ai effectivement parlé à mon conseiller pédagogique. J'ai été… honnête sur les raisons pour lesquelles j'ai manqué pratiquement la moitié du premier semestre. Il est trop tard pour rattraper le temps perdu, mais ils vont voir ce qu'ils peuvent faire. Les cours pourront peut-être être déplacés sur le deuxième semestre et on va voir comment un délit de conduite en état d'ivresse peut affecter mes emplois futurs.

C'était toujours très difficile de prononcer ces mots à voix haute, mais j'en avais besoin pour rendre la chose réelle.

— Ça peut poser des problèmes dans l'enseignement.

— Et qu'est-ce que tu feras dans ce cas ?

Grande question. Heureusement, j'y avais réfléchi.

— Tu te souviens que tu me demandais pourquoi je ne serais pas psychologue ? Eh bien, c'est peut-être une bonne idée, finalement.

Son sourire était de retour, illuminant tout son visage.

— Ça fait plaisir à entendre.

Je souris tout en haussant les épaules.

— Oui, j'ai une expérience directe de certains de ces problèmes et je crois… que je pourrais aider les autres. Je ne sais pas. J'y pense, en tout cas. J'ai encore le temps de me décider et je peux changer d'avis. Dans les deux cas… ça me convient. Rien n'est gravé dans le marbre.

— Tu as raison, approuva-t-il en me donnant un coup de genou. Tu peux faire tout ce que tu veux.

— C'est un vrai… soulagement pour moi d'en avoir pris conscience, répondis-je et je vis qu'il était surpris de m'entendre formuler tout haut ce genre de choses.

Cela me surprenait moi-même, mais je n'arrêtais pas de m'étonner ces derniers temps. Je pris une profonde inspiration, déportant mon regard au-dessus de la colline.

— Quand tu es venu me voir à la clinique, tu as dit…

— Je t'ai dit que je t'aimais, m'interrompit-il et mon cœur sursauta. Et ça n'a pas changé, Andy. Je t'aime.

Je tressaillis.

— Je n'étais pas sûre que tu éprouverais toujours les mêmes sentiments.

— Pourquoi ? Tu croyais que mes sentiments allaient changer à cause de ta dépression ?

Son regard ne flancha pas tandis qu'il tournait sa casquette, visière sur la nuque.

— Andy, j'espère bien que tu n'as pas une aussi mauvaise opinion de moi.

— Non, m'empressai-je de répondre. Tu es quelqu'un de merveilleux.

— Toi aussi, Andy. Tu es quelqu'un d'extraordinaire. Honnêtement, tu as fait ce que tant de gens ne font jamais. Tu as pris conscience que tu avais un problème et volontairement cherché de l'aide pour le résoudre. Oui, il a fallu le déclic d'un événement très grave et ça aurait pu être pire, mais tu l'as fait. Tu as repris ta vie en main, et tu continues de le faire.

Je clignai les yeux pour refouler les larmes qui les emplissaient soudain. Mince, il allait me faire pleurer et ça ne serait pas beau à voir.

— Je te l'ai déjà dit, tu as pris une mauvaise décision qui aurait pu être dramatique. Tu aurais pu mourir. Tu aurais pu tuer quelqu'un. Tu as eu de la chance que ça n'arrive pas, mais tu n'en as pas profité pour faire d'autres bêtises. Tu as *assumé* ce que tu avais fait et ce qui aurait pu arriver. J'ai vu ce que tu ressentais quand tu me l'as raconté. Tu avais déjà pris la mesure de ce qui aurait pu arriver. Tu n'as pas protesté quand ta famille a décidé de t'envoyer en cure. Tu es allée te faire désintoxiquer de ton plein gré et tu es même restée plus longtemps que prévu. Tu as choisi de te faire aider, Andrea, et pour cela tu as mon plus grand respect. Je suis sincère.

Il me souriait.

— Tu es incroyablement courageuse, et tu es remarquablement forte. Tu es belle, tu es drôle. Et tu as beaucoup d'empathie, poursuivit-il. Pourquoi mes sentiments pour toi auraient-ils changé ?

— Mais je...

Je faillis m'arrêter là, garder pour moi ce que je voulais, ce que j'avais besoin de dire. Mais une partie du processus de guérison consistait à me montrer honnête. À verbaliser mes émotions. À ne pas les refouler.

— J'ai un passif plutôt chargé. Je continue de travailler sur moi, mais je sais qu'il y aura des moments où je deviendrai fatigante, et ce ne sera pas facile. Pas facile du tout. Tu n'as peut-être pas envie de ça.

— Et pourtant, je ne suis toujours pas parti en courant, non ?

Je secouai la tête.

— Et je veux que tu saches autre chose, d'accord ? ajouta-t-il. Je serai toujours là pour t'écouter.

Ma gorge se noua.

— Tanner...

— Toujours, tu entends ?

Mon cœur se brisa et se reconstitua dans la même seconde. Il se souvenait de ce que je lui avais dit à propos des gens qui appelaient SOS Suicide, qui avaient seulement besoin qu'on les écoute. Il inclina légèrement la tête.

— J'ai quand même une question à te poser, Andy.

— Laquelle ? murmurai-je, m'efforçant toujours de ne pas pleurer.

— Pourquoi diable y avait-il des pots de peinture et des saucisses fumées dans ta voiture ?

Il me fallut quelques secondes pour comprendre sa question, et un petit rire m'échappa, qui se transforma en un vrai rire, profond, incontrôlable. Et mon Dieu que c'était bon de rire ainsi avec tout mon corps. Des larmes finirent par couler au coin de mes yeux, mais je riais toujours.

— Oui, j'imagine... que tout le monde a dû trouver ça bizarre.

— Je confirme.

Il leva une main, essuyant doucement une larme sur ma joue.

— Ton rire m'a tellement manqué.

Clignant les yeux, je le regardai.

— À moi aussi.

— Il faut que je te dise quelque chose.

Il se pencha si près que ses lèvres touchaient presque les miennes.

— À cause de toi, je suis foutu, dit-il contre ma bouche, et je sentais son souffle brûlant. Je suis foutu pour tout le monde, sauf toi. Tu sais ça ?

Mon cœur battit de nouveau la chamade, cette fois pour la meilleure des raisons.

— Je ne suis pas sûre que ce soit une bonne chose.

Il appuya son front contre le mien.

— Je suis foutu mais j'adore ça. Alors, si, c'est une bonne chose.

— Tu es vraiment partant ? lui demandai-je.

Tanner plongea ses yeux au fond des miens et posa une main sur ma joue, caressant ma mâchoire de la pulpe du pouce. Le Père Noël à poil aurait pu surgir de derrière un arbre que je ne me serais pas détournée de ses magnifiques yeux bleus.

— Je t'aime, Andrea. Je suis amoureux de toi, dit-il d'une voix qui ne tremblait pas. Et je serai à tes côtés, quoi qu'il arrive. C'est ça, l'amour.

Tournant légèrement la tête, je posai doucement mes lèvres sur sa bouche, ce n'était qu'un effleurement, mais la chaleur de ce contact envahit tout mon corps dans mes moindres cellules, et je voulais qu'il ne lise que du bonheur dans mes yeux.

— Je t'aime, Tanner. Je t'aime, affirmai-je. Est-ce que tu le vois ?

Un grondement profond s'échappa de sa poitrine, qui résonna dans tout mon corps.

— Je le vois. Je vois le bonheur dans tes yeux.

L'étincelle d'espoir qui avait pris naissance dans mon cœur flambait maintenant sans retenue. L'espoir n'était plus l'ennemi. L'espoir était devenu mon ami. Mon sauveur. Davantage qu'un nouveau départ, cet espoir était l'avenir, symbole de lendemains meilleurs qui effaceraient tous les mauvais choix que j'avais faits par le passé et ne ferais plus jamais. Cet espoir était davantage qu'une seconde chance, c'était la promesse de pouvoir oublier et me pardonner enfin à moi-même.

Mais c'était aussi autre chose.

Cet espoir était le présent, et cela aussi était important. Plus de fuite en avant. J'allais vivre ici et maintenant, et ce serait parfois difficile. Je connaîtrais des échecs et des revers, il y aurait certainement des rechutes, mais grâce à cet espoir et à une meilleure connaissance de moi-même, je saurais affronter les causes de mes souffrances. Car je pouvais compter sur *mes amis*. Je pouvais compter sur *Tanner*.

Et, le plus important, je pouvais compter sur *moi-même*.

Deux mois plus tard...

Andrea

— Tes parents m'aiment bien.

Je souris en levant les yeux sur Tanner qui se tenait dans l'embrasure de la porte de ma chambre et me regardait retirer mes bagues pour les ranger dans la petite boîte à bijoux sur ma coiffeuse.

— Je crois aussi.

Il croisa les bras sur son large torse, étirant le simple tee-shirt blanc qu'il portait sous sa chemise. Il avait retiré cette dernière à l'instant où nous avions pénétré dans mon appartement et elle n'avait pas bougé depuis du dossier de la chaise où il l'avait posée.

— J'ai plu à tout le monde.

Je levai les yeux au ciel en riant, mais à dire vrai, l'accueil sans réserve que mes parents lui avaient réservé m'avait emplie de soulagement. J'avais repoussé le moment de ces présentations officielles jusqu'à aujourd'hui, un peu avant Noël, où je l'avais emmené à l'un de nos dîners du dimanche.

Une fois mes bagues enlevées, je me débarrassai de mes chaussures à talons et me plantai au milieu de la pièce.

— Sérieux, je pense vraiment qu'ils t'adorent. Je crois même que ma mère voudrait t'adopter.

Il sourit.

— Je n'aurais rien contre le fait d'être adopté par de riches médecins, sauf que ça rendrait les choses bizarres entre nous.

— À peine.

Je me dirigeai vers lui, le cœur battant, en même temps qu'il s'avançait sur le seuil. Je glissai mes bras autour de sa taille et le serrai fort contre moi, posant ma joue contre son torse.

L'une de ses mains m'empoigna la nuque et l'autre se posa sur mes reins. Il ne dit rien tandis que nous nous enlacions, et c'était très bien comme ça.

Cet instant de silence me convenait, et je me contentai d'écouter les battements de son cœur.

Je me sentais en paix.

Les derniers mois qui venaient de s'écouler avaient été semés d'échecs et de succès, de sérénité et de chaos tandis que Tanner et moi naviguions de concert dans les eaux troubles de ma nouvelle sobriété et de mes traitements. Tout n'avait pas été facile. À certains moments, j'avais eu désespérément envie d'un verre, comme quand je pensais au départ prochain de Tanner pour l'académie, ou quand les conséquences apparemment sans fin de mes actions revenaient à la surface et que la réalité m'explosait à la figure.

Dave avait suggéré que j'arrête momentanément mes activités de bénévole à SOS Suicide et à l'hôpital. Les responsables m'avaient libérée, estimant que c'était mieux pour moi de faire une pause. Élégante façon de dire qu'ils n'étaient pas certains que je tiendrais le coup, et je l'avais bien compris. Ça m'avait fait un choc, mais honnêtement, je l'avais accepté.

J'avais également compris que si la dépression dont je souffrais n'était pas de mon fait, j'avais fait de très mauvais choix dans la façon de compenser, et j'allais devoir faire la preuve que j'étais capable de gérer ma pathologie et mon stress.

J'étais toujours inquiète pour les conséquences à long terme : l'impact d'un délit de conduite sous l'empire d'un état alcoolique pour mes emplois futurs ainsi que la nécessité de m'adapter à l'ablation de ma rate. J'étais également mal à l'aise avec les innombrables amendes que mes parents avaient dû payer, ainsi que les émoluments de l'avocat qui m'avait permis d'éviter une peine d'emprisonnement. J'avais eu de la chance, n'ayant jamais commis d'autre infraction, et le fait d'être restée de mon plein gré à la clinique au-delà du minimum requis avait aussi joué en ma faveur.

Mais il m'arrivait encore d'avoir du mal à me regarder dans la glace. Comment faisait Dave chaque jour ?

Au cours de ces derniers mois, à plusieurs reprises, j'avais failli craquer, me disant qu'un seul verre ne me ferait pas de mal. Mais j'avais été capable de résister et de corriger mes pensées. Je savais qu'un verre ne me suffirait pas. La première gorgée de bière me conduirait vers beaucoup d'autres. Et quand mon bon sens ne suffisait pas, mes amis étaient là. Tanner était là.

L'alcoolisme et la dépression, comme je l'apprenais un peu plus chaque jour, n'étaient jamais le problème d'une seule personne. Ces pathologies affectaient aussi votre entourage, parfois sans que vous vous en doutiez, et pas nécessairement en mal. Les gens avaient envie de vous aider. Ils désiraient comprendre. Il fallait juste les y autoriser.

Et le plus important, comme je m'efforçais de ne pas l'oublier, c'est que je n'étais pas toute seule dans cette galère. Au milieu des hauts et des bas depuis que j'étais sortie de la clinique, Syd et Kyler avaient été présents. *Tanner*, surtout, était présent, source constante d'amour, de compréhension et de soutien.

Même quand j'étais certaine qu'il avait envie de m'étrangler.

— Hé, murmura Tanner en glissant les doigts dans mes cheveux. Où es-tu ?

Levant la tête, je lui souris et sentis ma poitrine se dilater, remplie de tout l'amour que j'éprouvais pour lui. Parfois, la force de mes sentiments m'effrayait, mais c'était aussi très euphorisant, totalement magique, et je savais à présent que je n'échangerais jamais ce que j'éprouvais contre une bière.

— Je suis là, répondis-je.

La main de Tanner glissa sur ma joue, et ses yeux bleus emplis d'amour et de tendresse plongèrent au fond des miens. Je me haussai sur la pointe des pieds et nouai mes deux bras autour de son cou. Je n'eus rien besoin de lui demander, et il baissa la tête, posant sa bouche sur la mienne. Son baiser était doux, une lente exploration que je sentais bourdonner dans mes veines, et puis, lorsque sa langue caressa la mienne, ce fut un déferlement de passion.

Mes doigts se resserrèrent sur sa nuque et je pressai mon bassin contre le sien. Il grogna dans ma bouche et je sentis son érection s'épanouir contre mon ventre. Mon autre main descendit sur son torse et je tirai sur son tee-shirt, une prière silencieuse à laquelle Tanner répondit en faisant un pas en arrière, le regard embué de désir contenu.

— Tu es sûre ? demanda-t-il, cherchant mon regard. Tu es prête pour ça ?

Tanner et moi nous étions abstenus de reprendre les relations que nous avions partagées au chalet. Mon psy pensait que ce n'était pas bon pour moi d'avoir des rapports sexuels, car il craignait que je ne remplace une addiction par une autre pour compenser mon état dépressif. Au début, j'avais trouvé que c'était idiot parce que je ne m'étais jamais servie du sexe pour gérer mes problèmes.

Et puis, au fil de nos séances hebdomadaires, je m'étais rendu compte que ce n'était pas vrai. Ça m'en avait fichu un coup de comprendre à quel point ma pathologie avait infiltré les moindres aspects de ma vie, mais je voulais m'en sortir. Je voulais aller mieux et j'avais fait ce qu'il demandait, et même s'il m'avait plus ou moins libérée de cette obligation d'abstinence depuis plusieurs semaines, j'avais tenu bon. Tanner avait compris. Il était patient et il attendait.

Mais cela n'avait pas été facile. La tension sexuelle, l'alchimie entre nous était toujours présente, et la nier avait été une torture même si je n'étais pas prête.

Mais je l'étais, maintenant.

— Oui.

Joignant le geste à la parole, je posai la main sur son sexe à travers son pantalon. Il était dur et volumineux, étirant le tissu.

— Je suis prête. Et même plus que prête.

Il ferma les yeux, secoué d'un frisson, et quand il parla sa voix était voilée.

— On peut attendre...

Je refermai mes doigts sur lui en haussant un sourcil.

— Merde. D'accord. Tu es prête.

Ses lèvres étouffèrent mon rire, et ce baiser-là n'était plus doux ni lent. Il prit possession de ma bouche et m'enflamma le sang. Il me fit reculer et ses mains descendirent tout le long de mes côtes, tirant sur le tissu de ma blouse. Trop pressé pour en défaire les boutons, il fit passer le fin tissu au-dessus de ma tête tandis que je lui enlevais son tee-shirt. Nous nous séparâmes le temps qu'il se déshabille, et, bon Dieu, je n'avais jamais vu personne retirer aussi vite tous ses vêtements, même s'il avait gardé ses chaussures, qui l'occupèrent un petit moment. Je ne perdis pas non plus mon temps. Avec des mains tremblantes, j'ouvris la fermeture Éclair de mon pantalon, que je baissai en même temps que ma petite culotte. Quand je me relevai, Tanner avait déjà trouvé l'attache de mon soutien-gorge.

Nous aurions tout le temps plus tard de nous séduire tout en douceur, parce que j'avais vraiment très envie que Tanner me déshabille, un vêtement après l'autre, mais là, le désir me démangeait trop et je savais que lui aussi était impatient.

Puis ses mains et sa bouche s'en donnèrent à cœur joie et il m'embrassa, me lécha, me mordilla et me dévora. J'étais complètement trempée et il devint encore plus dur. Nous nous interrompîmes le temps qu'il attrape un préservatif, puis il me souleva et me jeta sur le lit.

Un rire m'échappa quand je rebondis sur le matelas, où il me rejoignit et s'allongea sur moi. Sa bouche reprit la mienne tandis qu'il guidait son sexe d'une main. Il me pénétra d'un seul coup de reins et je faillis exploser immédiatement. Il se mit alors à aller et venir furieusement et je soulevai mon bassin, enroulant mes jambes autour de sa taille pour l'accueillir au plus profond de moi.

Nos bouches avaient faim l'une de l'autre, nos corps jamais rassasiés. Nous nous réclamions à cor et à cri sans nous soucier du lit cognant contre le mur, seulement attentifs à nos râles et nos gémissements.

Ma tension atteignit son paroxysme quand sa grande main se posa sur ma joue si tendrement, sans commune mesure avec la frénésie de ses coups de reins.

— Je t'aime, hoqueta-t-il d'une voix gutturale. Je t'aime tellement.

Mes muscles intimes se contractèrent autour de lui et je jouis en lui criant mon amour, sans discontinuer jusqu'à ce qu'il s'immobilise et bascule à son tour dans un cri rauque. Je volai en éclats, tourbillonnant si haut que je fus étonnée d'être encore en un seul morceau quand je redescendis.

Après, nous restâmes alanguis l'un à côté de l'autre, sans rien dire, bras et jambes mêlés, ma joue appuyée sur son torse. Sa main me caressait tendrement le dos, les mots devenus inutiles.

Les silences étaient encore difficiles, mais ils avaient aussi parfois du bon. Un sourire comblé étira mes lèvres. Oui. Les silences comme celui-ci avaient un goût de paradis.

Remerciements

L'histoire d'Andrea n'a pas été facile à écrire, mais je devais vous la raconter afin que vous sachiez qu'en dépit des épreuves et des erreurs tout le monde a droit à une fin heureuse.

Avant tout, je voudrais remercier toute l'équipe de Spencer Hill Press, Kate Kaynac, Jessica Porteous, Rachel Rothman-Cohen et Cindy Thomas, pour avoir permis qu'*À demi-mot* existe, mon super agent Kevan Lyon pour m'avoir toujours soutenue, ainsi que K.P. Simmons et toute l'équipe de InkSlinger PR.

Merci à Stacey Morgan, qui n'est pas seulement une amie incroyable, mais aussi une merveilleuse assistante grâce à qui je ne pète pas les plombs. Un grand merci également à Laura Kaye, Sophie Jordan, Tiffany King, Chelsea Cameron, Jen Fisher, Damaris Cardinali, Jay Crownover et Cora Carmack (pour ne citer qu'elles) qui ont su m'aider à procrastiner jour après jour.

Enfin, ce livre n'aurait pas vu le jour sans vous, mes fidèles lectrices, que je ne remercierai jamais assez de m'avoir soutenue et encouragée.

Composition
NORD COMPO

Achevé d'imprimer en Espagne
par CPI
le 30 juillet 2017.

Dépôt légal juillet 2017.
EAN 9782290095478
OTP L21EDDN000584N001

ÉDITIONS J'AI LU
87, quai Panhard-et-Levassor, 75013 Paris

Diffusion France et étranger : Flammarion